美得令人心醉的词

丁萍 编著

中国财富出版社

图书在版编目（CIP）数据

美得令人心醉的词 / 丁萍编著．—北京：中国财富出版社，2015.11

ISBN 978-7-5047-5858-3

Ⅰ.①美… Ⅱ.①丁… Ⅲ.①词（文学）—诗歌欣赏—中国—古代 Ⅳ.①I207.23

中国版本图书馆 CIP 数据核字（2015）第 202478 号

策划编辑 刘 晗 **责任编辑** 张彩霞
责任印制 方朋远 **责任校对** 杨小静 **责任发行** 邢小波

出版发行 中国财富出版社
社　　址 北京市丰台区南四环西路 188 号 5 区 20 楼 **邮政编码** 100070
电　　话 010—52227568（发行部） 010—52227588 转 307（总编室）
010—68589540（读者服务部） 010—52227588 转 305（质检部）
网　　址 http：//www.cfpress.com.cn
经　　销 新华书店
印　　刷 北京京都六环印刷厂
书　　号 ISBN 978-7-5047-5858-3/I·0204
开　　本 710mm×1000mm 1/16 **版　　次** 2015 年 11 月第 1 版
印　　张 16.5 **印　　次** 2015 年 11 月第 1 次印刷
字　　数 305千字 **定　　价** 36.00 元

版权所有·侵权必究·印装差错·负责调换

[序]

和你一起读过的那些美得令人心醉的词

最是那一低头的温柔，不经意间触动了你我的心弦，一丝丝宛如清美的心情，让涌动在彼此心头那曾经的美好，被灵动闪闪的深情所倾倒，从此如同萧萧落木一般，尽染迷醉的妖娆。和你一起读过的那些美得令人心醉的词，如梦如幻，沉醉不已。斯人独憔悴，词的世界里有着无数个哀婉的倩影，她们经历那漫长细碎的流年，在轻雨靡风中流转成伤，一字一悲伤，句句惹人怜；她们用那悲伤的心痛祭奠早已逝去的年华，一世的容颜，过路的风景。

“诗庄词媚”，诗自有诗情，词亦有痴境。自《诗经》《楚辞》而下，历经汉魏六朝以及盛唐之诗，她久经岁月的洗礼，大浪淘沙之后，内化为寸寸词骨，由此文学园圃中又多了一副妩媚的面孔。自此以后，多少文人为她而痴傻一世情缘，亦歌亦哭为她折腰。一丝垂柳、一片花瓣、一方厚土，都是尘世风景中最炫美的哀怨。词上红尘，珍藏痴心人的守候，珍藏无限的温情与美好。

词的根植在南朝梁的热土上，发芽在盛唐的大气中，跃动的生命飞过十国和五代，便以爆棚之势占尽有宋一代整个世间的万种风情。在那柔情的词的世界里，或婉约，或豪放，或迷离，或情怨。婉约时，和美隐幽、浑融蕴藉；豪放时，杀敌报国、驰骋疆场；迷离时，情透纸背、难舍难分；情怨时，心驰神往、无法释怀。思华年恍然如梦，亦如流水，一去不返。不泣离别，不诉衷肠。

词灿烂的时代不是质朴淡雅的先秦，不是外族入侵的汉代，不是魏晋风骨的六朝，更不是磅礴大气的盛唐。俨然是清丽婉约的宋代及以后的时代里，一掬似凝结似流淌的水，轻轻浅浅地漫过世人心怀。掮一轮皓月，携一缕清风，穿越千年尘烟，寂寞纤指滑过灵魂的忧伤，多少深情未了。

历经宋代的鼎盛，尽显尘世间的奢华与侈靡，而后三百年间，从低处走起，在时间墙角一隅，暗暗感受着蜜甜的愁绪，“野草吹不尽，春风吹又生”，不停地发出诱人的清香。词的胸怀里，尽是数不清的世事繁华：忽而伊人倚门回首的娇媚，忽而文人为官为仙的洒脱，忽而儿女情长的百般蜜意。一幕幕尘世痴男怨女的卿卿我我之态，尽在词的世界里上演。

徜徉在词的世界中的人，或伟大或卑微，或旷达或懦弱，其情感或伤心或欢愉，或豪放或沉痛，或显露千娇百媚的众生万象，或坦露悲欢离合的爱恨痴憎。一场红尘恋，一份千年缘，几行隔岸相思清泪，隐逸了多少楼台旧梦？所谓伊人，在水一方，愿着一身荷香，乘一叶兰舟，划过秦时明月，穿过唐风宋韵，在烟波浩渺的西子湖畔寻你的美影！只想，为你环佩叮咚，轻敲在每个念你的夜晚，多少笑泪飞扬，蓦然回首，惘然一梦；只想为你巧笑嫣然，抹去你一生的尘埃，倾尽一生温柔与诗意，却最终遗失了你。

词的上下两阕、句的长短之间那点空隙，如同开得正艳、却骤然凋零的花，过片的转折，总是出其不意，将意境更进一层。词里交汇的是彼时心情，红尘的念想与超越生死的意愿在词里纠缠，千年期盼终成灰，古曲仍断肠，何处话凄凉，其意境何其美哉！红尘浮生别时意，咫尺天涯不相往，却难解愁，终是难忘，泪浸衣衫。放眼望去，看到的尽是几多愁如一江春水的李煜，是无可奈何花落去的晏殊，是纵有千种风情却无人诉说的柳永，是在二十四桥边叹物是人非的姜夔，是冷冷清清人比黄花瘦的李清照，是零落成泥碾作尘依旧香如故的陆游，是挑灯看剑沙场秋点兵的辛弃疾，是浪淘尽后唱大江东去的苏轼，是仰天长啸壮怀激烈的岳飞，是山河不在早生白发的元好问，是婀娜韶秀中蕴含刚健的夏完淳，是深叹人生若只如初见的纳兰。他们吟风弄月，将抒情性与音乐性完美融合，痛快淋漓，泼墨在酣醉中。

或许词就是一朵摇曳千年的情花，以绝色容颜吸引世人。她使人中毒又给人解药。无论哭，无论笑，这里都适宜。欢愉时，与她来一场约会吧，晓风残月、小桥流水处，都能邂逅世代流传的风华；烦忧时，缱绻于她的衣角，把内心深处的惆怅吟唱出来。

目录
Contents

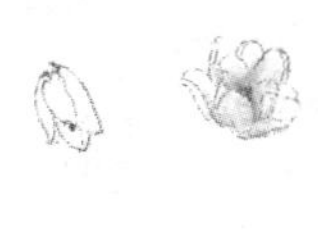

第一篇　情深如雨　最真的情碎了最爱的心

第三篇 幽怨如风 一个人的孤单，几许情愁，一世伤感

第四篇 睹物如墨 一世情缘却是一滴红尘泪

第五篇　时光如梦　一眼回眸便是一处风景

第一篇 情深如雨 最真的情碎了最爱的心

第一章

有爱的存在，才会有你我幸福的期待

杯盏里的痴笑，那影无情的谁
——昼夜乐（洞房记得初相遇）柳永

洞房记得初相遇[①]。便只合[②]、长相聚。何期小会幽欢，变作离情别绪。况值阑珊春色暮。对满目、乱花狂絮。直恐好风光，尽随伊归去。

一场寂寞凭谁诉。算前言，总轻负。早知恁地难拼[③]，悔不当时留住。其奈风流端正外，更别有、系人心处。一日不思量，也攒眉千度[④]。

【注释】

①洞房：深邃的住室。后多指妇女居住的闺阁。

②只合：只应该。

③恁地：这样地。难拼：指难以和离愁相拼。

④攒眉：皱着眉头，形容痛苦的样子。

“那时我们有梦，关于文学，关于爱情，关于穿越世界的旅行。”不论古今，很多文人都揣着一个出走的梦。逃离熟悉的地方，到陌生处寻找风景，似乎他乡的土壤里，必定能开出不一样的花朵。

出走的理由千种万种，但古代的男人们大多都如柳永一样，是奔着功名去的。宋真宗咸平五年（公元1002年），柳永在故乡通过了乡试，准备离开崇安，前往汴京应礼部试。

启程的日子一天天迫近，分离之苦一日日聚合，痛似凌迟。年轻贤淑的妻子为柳永打理好行装，嘱咐的话已说了一遍又一遍，一寸柔肠百转千回。

古时的男子为了功名而离乡，是举家支持的大事。妻子纵然不舍，也不能以儿女私情羁绊他为家族荣耀而奋斗的双脚，否则便是不识大体。个人的情爱，必须为前途大计让路，这是封建社会的生存法则。那些在历史上留下美名的女子，哪一个不是含泪挥别远行的丈夫？不仅不敢要求他此生不负，还要信誓旦旦地保证会照顾好家中老小，让远行者不必挂怀。

柳永自然能领会妻子的不舍，但却不能点破——越劝慰越会勾起更多的伤心，不如装作不知。当他踏上寂寞的路途后，思乡心切，念妻情深，也曾揣摩着妻子的心思，以她的口吻写了这首《昼夜乐》。

最初成婚时，妻子理所当然地认为此后两人必然“长相聚”。谁料好时光竟然短暂到如小会幽欢，然后便是长久别离。柳永在春色阑珊时策马款款离去，身后是马蹄在泥土小径上踩下的深浅痕迹，还有用残花败絮碾作的一缕芳尘。

“直恐好风光，尽随伊归去。”他走了，还把好风光一并打包带走，从此昏天暗地。

事实上，美好的春景定不会在眨眼间烟消云散，不过是因为眼前少了那个聚拢光华的人，天地间的一切就变得黯淡无光了。他走之后，她的世界只剩黑白两色，白昼也如一场梦魇。

有人颐指气使地主宰，有人心甘情愿地崇拜，在爱情里，这就是神话。

孤独而生恼，恼他轻负前约，恼他久去不回，怨极也生不出恨，不舍得恨他，索性对自己生了恼意——“早知恁地难拼，悔不当时留住”。所有怨语悔意，全部因爱而起。这爱深刻到何种程度？一日不思量仍然攒眉千度，实际上她却日日思量，这怨悔之深、相思之重，怕是车载斗量而不能了。

柳永这一番细腻的揣测，固然是对妻子以及妻子所代表的家园的思念，实则未必没有被人深爱的沾沾自喜。不能否认词中情感的真挚，也不能否认宠爱总易让人心花怒放——被宠爱的目光轻抚，被仰慕的视线簇拥，连心都要融化了。

年轻时的柳永还不太懂得珍惜，轻易辜负了那一颗真心，就这样把民风淳朴豁达的家乡渐渐甩在了身后，把深情的妻子也甩在了自己的记忆里。梦想催促

脚步，轻负深情，多为追逐名利，那时候他也未曾预料到自己的仕途将会那样坎坷。

天不老，情难绝
——诉衷情（花前月下暂相逢）张先

花前月下暂相逢，苦恨阻从容。何况酒醒梦断，花谢月朦胧。

花不尽，月无穷。两心同。此时愿作，杨柳千丝，绊惹[1]春风。

【注释】

①绊惹：牵系，挽留。

爱情，是人类最美好的情感之一。对它的探讨，从古至今从未停止过，也从没有人得出过确切的答案。古今中外，流传着无数可歌可泣的爱情故事：梁山伯与祝英台为了长相厮守，翩翩化蝶；牛郎和织女隔着银河相望，每年七夕在鹊桥匆匆一会，却如秦观词中所言“金风玉露一相逢，便胜却人间无数”；刘兰芝在与焦仲卿分别之际，道一句“君当作磐石，妾当作蒲苇。蒲苇纫如丝，磐石无转移”，朴实的语言深情款款，催人泪下。

这些痴情男女对爱情的坚守和忠贞，流传千古，也令后人对爱情充满美好的向往。爱情的魔力如此之大，世间没有人能对它免疫，有人因爱情而幸福，有人因它而痛苦，有时它就像一场大病，人们却心甘情愿地忍受折磨。

这首《诉衷情》，把对爱情的坚贞诉说得荡气回肠，想必词人自己也曾经历了刻骨铭心的爱情。

月朗风清，丁香花在月光下身姿摇曳，散发着醉人的香气。就在这花好月圆之际，少女躲开侍女，偷溜出来与心上人约会。他们相识于七夕灯会，一见倾心，但大抵是由于地位的悬殊，他们受到了各种阻挠，只能偷偷私会。这样的相会那么短暂，短暂到两人连互诉衷肠的时间都不够，索性就什么也不再说，只静静地享受着这片刻的相拥。这一刻虽岁月静好，但一想到马上又要分别，且不知下次相会何期，他们的内心纠结成一团。眷恋这短暂厮守的幸福，又充满了无法长相厮守的怨念。他们多么希望能“执子之手，与子偕老”，但现实却在他们中间画出了一道泾渭分明的界限。

短暂相逢，然后就要忍受长时间离别的苦楚，这种感觉如酒醒后的失落，梦断后的凄凉，花谢后的悲戚。他们在朦胧月色里分别，悲伤的面容被遮掩，痛苦却持续发酵。

少女夜不能寐，男子也辗转反侧，他们都在思念着对方。像是约定了一样，他们都走到各自窗前，仰望天上明月，嗅着醉人花香。这月，这花，仿如他们爱情的见证，传递着他们的情意。一想到对方眼眸中深厚的情意，两人似乎又有了坚持的勇气——只要真心相爱，痴心等候，又有什么可以永远阻挡他们呢?

虽然花会凋谢，但还会再开，花开花落，何时有过穷尽？月色虽然朦胧，但明月就在天上，日日月月年年，即便被云雾遮住，也从来没有缺席过。人生本来就如同一场戏，悲欢离合轮番上演，不管是聚是散，只要有真心牵系，就不怕分离。

两颗心就这样被真情紧紧绑在一起，“天不老，情难绝。心似双丝网，中有千千结”。爱情能给人力量，赋予他们坚持的勇气。想到那日在柳树下一同发过的誓愿，他们希望化作杨柳与春风，缠缠绵绵，永不分离。也不知天上月老可曾听到这由衷的誓言，使这对有情人终成眷属。

爱情跌宕起伏便更有滋味，纵然会令人痛彻心扉，却也让人无怨无悔。即使粉身碎骨又有何惧，只求心心相印，两情相悦。花不尽，情无穷，人们对爱情的追求也永远不会停止，对爱情的歌颂仍在继续。

问世间情是何物，直教生死相许
——殢人娇·赠朝云（白发苍颜）苏轼

白发苍颜，正是维摩境界[①]。空方丈、散花何碍[②]。朱唇箸点，更髻鬟生彩[③]。这些个，千生万生只在。

好事心肠，著人心态。闲窗下、敛云凝黛。明朝端午，待学纫兰为佩[④]。寻一首好诗，要书裙带。

【注释】

①维摩：维摩诘的省称，佛经中的人名，和释迦牟尼同时，是毗耶离城中的一位大乘居士。

②“空方丈”二句：天女在一丈见方的维摩室中散花，室小无任何妨碍。

③“朱唇”二句：红色口唇似用筷子点画，改变年少时的发髻形态更美丽。髻鬟：年少时的发髻。

④纫兰为佩：编织兰草来佩带。

有才子处，若无佳人，就像香烛失去红洒，亭槛远离水畔，虽亦有风采，但终究少了摇曳波光的增色和陪伴。

大词人苏轼的一生，对歌伎酒筵的喜爱从未稍减。他自己对此也从不讳言，在词中说：“回首长安佳丽地。三十年前，我是风流帅。为向青楼寻旧事，花枝缺处余名字。”俨然有几分柳永“忍把浮名，换了浅斟低唱”的疏狂风流。但苏轼毕竟不是柳永，苏轼流连于酒筵歌舞，欢喜与年轻的女郎谈笑交际，但从未迷醉在烟花柳巷，也没有真正迷恋过哪个歌伎。

但是，以苏轼的风流倜傥，肯定少不了女子对他倾心。但苏轼与女人的相处，不是“闲拈针线伴伊坐”，那是柳永的专属；也非“夜雨一帘幽梦，春风十里柔情”，那是秦观的幽情。他对女子的态度，从其诗句中可以见出：“美人怜我老，玉手簪黄菊。”

在这样的风景中，美人只是一种点缀，不是主角，但又不可或缺。就像剑穗之于宝剑，虽无益于杀伐，却可为勇士增添风流。在他的生命里，亦曾有过三个重要的女人，分别是他的原配王弗、继配王闰之，还有侍妾王朝云。其中，朝云与他亦亲亦友，苏轼曾笑言：“知我者，唯有朝云也。”朝云曾为苏轼生下一子，但不幸夭折。苏轼南迁惠州时，继配夫人王闰之已去世，家里的几个侍妾也相继辞去，只有朝云与他相伴。

“朝云”一名是苏轼所取，源自宋玉《高唐赋》中“朝为行云，暮为行雨”的巫山神女。她笃信佛教，苏轼便在《殢人娇》这首词里，把她比作“天女维摩”。佛经中有一个故事：在释迦牟尼与门人讨论学问时，空中出现一位天女，将鲜花洒落在众人身上。众菩萨身上的花都落在地面，只有舍利弗身上的花瓣不落下来，用神力也不能拂去。众人诧异万分，天女说：“结习未尽，固花着身；结习尽者，花不着身”。舍利弗于是越发努力修行。

朝云抛却长袖的舞衫，专心礼佛，与苏轼一起炼制丹药。苏轼在一首诗里说，一旦仙丹练就，朝云将与他一起辞别人世，去遨游仙山，不会再如巫山神女一样受尘缘羁绊。他甚至信誓旦旦地写道：“佳人相见一千年”。

苏轼在惠州建了一所房子，他管它叫“白鹤居”，后人却一致地称之为“朝云堂”。但朝云并未住过这座房子，房子还未竣工，朝云就得了瘟疫，竟至身亡。她在闭眼之前，握着苏轼的手，念出了《金刚经》上的偈语：“一切有为法，如梦幻泡影，如露亦如电，应作如是观。”

从此以后，苏轼的生命中没有再出现与他亲密的女人，直到老死。当后人怀念朝云时，会想起惠州西湖六如亭的亭柱上，出自苏轼之手的那副楹联：“不合时宜，惟有朝云能识我；独弹古调，每逢暮雨倍思卿。”

她是懂得苏轼的，她知他的抱负、不平、委屈，也知他在坎坷经历中变得越来越淡定从容的心。这一份知心，已是万丈红尘中最深的幸福。

结发为夫妻，此生两不疑
——醉花阴（薄雾浓云愁永昼）李清照

薄雾浓云愁永昼[①]，瑞脑消金兽[②]。佳节又重阳，玉枕纱厨[③]，半夜凉初透。东篱把酒黄昏后，有暗香盈袖。莫道不消魂，帘卷西风，人比黄花瘦[④]。

【注释】

①永昼：漫长的白天。

②金兽：兽形的铜香炉。

③纱厨：纱帐。

④黄花：菊花。

才女的极大不幸，常常是一颗真心无所寄托。远的如蔡文姬、谢道韫、朱淑真，近的如张爱玲、萧红，或所嫁非偶，或遇人不淑，或一份痴情被命运玩弄于股掌。重情的天性使然，那些生活重负都压不垮的女子，面对爱情却易被折断。

与她们相比，李清照得到并享受过爱情，投入且彻底，自由而坚定。

在盛世末的欢歌里，她遇到赵明诚，邂逅爱情；在乱世初的风声鹤唳中，丈夫暴卒，她也失去了曾经拥有过的一切美好：赌书泼茶把酒言欢的幸福、典衣当物购置古玩的乐趣，锦衣玉食的安乐生活、阳光温淡的青州十年，都随着金兵的到来戛然而止。此后她流离失所，不仅再嫁无果，反而一尝孽缘的鸩毒。今昔对比更显凄凉，有人说这是李清照的不幸，但细究起来，真正伤害到她的多是命运时局，而非爱情本身。

李清照对赵明诚的感情有多深？相思词中可见端倪：她的思念未作遮掩，她的情意执着坚定，即使偶有伤感也掩不住一袭风流，努力地爱，不卑不亢。

这是一个人未团圆的重阳节，赵明诚远游在外，李清照无心过节，心事重重。天气似也感知到她的百无聊赖，薄雾浓云，一派慵懒。倘若此时赵明诚突然还家，会不会像一束阳光将云雾劈开呢？

看着香料一星一点地在金兽香炉里燃烧殆尽，时间也一分一秒地撵着前面光阴的脚步，悠长的白昼对孤独的人来说实在是种折磨，将至的夜晚想起来也让人有莫名的抵触——看到玉白瓷枕轻纱罗帐，就想到往日团聚时的温馨，现在却只恐夜半凉意透进心里。相聚时的一切美好，到离别时就会成为甜蜜的负累。

遣怀需借美景，也少不了美酒。李清照善饮，在她留下的词作中，提到酒的几乎占了一半。古代文人对酒情有独钟，更有甚者无酒不成诗，或浅尝或酣醉，或借酒浇愁或乘兴痛饮，酒酣之际便是灵感来时。

李清照在东篱之下对菊孤饮，这一饮就到了黄昏。暮霭渐渐压下来，天地要缝合在一起，花香越加浓郁，愁思也更上心头。黯然销魂的模样，莫过于西风卷帘人比花瘦。

花瘦成于天然，人瘦却因相思，人解花语花通人性，一时之间人与黄花影像叠加，竟生出了同样的黯然。

相传李清照曾把这首《醉花阴》寄给远在外地的丈夫，赵明诚读罢，比试之心大起，“忘食废寝者三日夜”，作词五十首，然后把李清照的这首词夹杂其中，拿给朋友陆德夫品评。陆德夫把玩再三，说：“只三句绝佳。”赵明诚便问是哪三句，陆德夫回答：“莫道不消魂，帘卷西风，人比黄花瘦。”经此一番，赵明诚对妻子的才华心服口服。

清代谭莹有诗云：“绿肥红瘦语嫣然，人比黄花更可怜。若并诗中论位置，易安居士李青莲。”李青莲（李白，号青莲居士）“绣口一吐，就半个盛唐”，易安（李清照，号易安居士）对花自照，也堪堪照亮了两宋之交的半壁天空。

只两句就能与李白并峙争衡，足见其光彩夺目。但是更加动人心魄的，当是词中的情意——不造作不虚荣，不张扬也不遮掩，想便是想了，不为恩爱作秀，也不怕被人知道。这就是李易安，多情而略有自负，婉约却不失豪爽，爱得自然，愁得真挚，一腔柔情极尽缠绵却能艳而不妖，婉丽清新的语言一经她的拨弄，就成了浓得化不开的情感。

月有圆缺天有阴晴，离合带来的悲欢大概都躲不开一个“情”字。于是便有人“天不老，情难绝。心似双丝网，中有千千结”，还有人“春如旧，人空瘦，泪痕红浥鲛绡透”。时空场景都在变换，主角也日日不同，但相同的故事、相似的感情却一遍一遍重复上演。正所谓“玲珑骰子安红豆，入骨相思知不知？”

一切繁华凋零都是布景，李清照投入于自己的人生，把分分秒秒都活得酣畅淋漓。距离把孤独拉长，相思把离人惹瘦，你不在身边的时候，一切是你。

牵情搭绪，为留待骚人
——摸鱼儿（问世间情是何物）元好问

问世间情是何物，直教生死相许？天南地北双飞客，老翅几回寒暑。欢乐趣，离别苦，就中更有痴儿女。君应有语，渺万里层云，千山暮雪，只影向谁去？

横汾路，寂寞当年箫鼓，荒烟依旧平楚。招魂楚些何嗟及，山鬼暗啼风雨。天也妒，未信与，莺儿燕子俱黄土。千秋万古，为留待骚人，狂歌痛饮，来访雁丘处。

金章宗泰和五年（公元1205年），元好问在去往并州的路上遇到一位捕雁者，捕雁者告诉他："今旦获一雁，杀之矣。其脱网者皆鸣不能去，竟自投于地而死。"他被大雁殉情之事感动，挥笔写下了这首充满激情的词作。

万里无云，碧空如洗，一对大雁正翱翔在广袤的天空中，冷不防一支箭射来，其中一只应声而落，另一只却并未受惊离去，而是盘旋在伴侣坠落处的上空，不断发出阵阵哀鸣。当它最后确定伴侣已死，便猛地俯冲下来撞地而死。

词人不禁感慨："问世间情是何物，直教生死相许？"爱情是个永恒的话题，千百年来，芸芸众生陷落其中有苦有乐，却终是难以对它下定义。它究竟为何物，竟有如此魔力能令情侣不离不弃，甚至生死相随？这一对雁儿冬来夏往，天南地北，双宿双飞，多少年形影不离，共历风雨，始终如一地守护着对方。这份痴心，任何力量都不能撼动，即便是死亡，也无法让它们分开。世间痴情男女亦如同这对相伴多年的大雁，在坎坷的人世感受着"欢乐趣，离别苦"。

那只殉情的大雁若能讲话，大概会把对未来的迷茫绝望告诉世人：伴侣已殁，从此这千山万水的旅程，南来北往的艰辛跋涉，它都只能独自面对，情何以堪！苍茫天地，寒夜冷雪，从今后与谁相伴？索性不如归去，在黄泉路上与爱侣相伴，免得一世寂寞伤心。

词人环顾四周，发现此处正是横汾路，汉武帝曾巡游至此。当年箫鼓齐鸣，响声震天，何等热闹繁华！如今却荒无人烟，平林漠漠，何其寂寞冷清。人生无常，世间万物变幻纷繁，就像这对大雁昨日还比翼双飞，今日却共赴黄泉。

可惜死者不能复生，使尽万般解数来招魂，也是无济于事，山鬼只能独自在风雨中哀啼。逝者已矣，他只能独自叹息哀悼，感慨情深处竟可以生死相许。

大雁的殉情之举，可谓惊天地泣鬼神。纵然它们生死相许的深情或许招致上天妒忌，但自有人铭记并歌颂。寻常的莺儿、燕子，也是成双成对，但大难临头往往各自飞，死后不过一把黄土掩平生，有谁还会惦记呢？可是大雁的美名却会长存于世，被人们赞扬歌颂。即使千秋万古，也依然有文人骚客为它们作传作词，赞其忠贞。元好问有感于此，遂从猎人手中买下了这一双大雁，将它们合葬在横汾路，并为其坟墓取名作“雁丘”，留待后世文人墨客“狂歌痛饮”祭奠凭吊。

借着对殉情孤雁的赞美，词人讴歌了生死相许的爱情。整首词情感充沛，几百年来一直被后人当作经典爱情名篇来吟诵。“双飞客”“痴儿女”将这对大雁拟人化，他对大雁的赞美，实则也是对人间情爱的赞美。“问世间情是何物，直教生死相许？”一个“问”字直击人心，而“生死相许”更是动人心魄。生命诚可贵，爱情价更高，大雁尚且能为爱舍生，大千世界也不乏痴男怨女为爱而生，也为爱而死，对感情的执着坚守足以抵过对生命的重视珍惜。

这就是爱情的力量。“在天愿作比翼鸟，在地愿为连理枝。天长地久有时尽，此恨绵绵无绝期。”

一念情生，天涯亦咫尺
——鹊桥仙（纤云弄巧）秦观

纤云弄巧，飞星传恨①，银汉迢迢暗度。金风玉露一相逢，便胜却人间无数。

柔情似水，佳期如梦，忍顾鹊桥归路。两情若是久长时，又岂在朝朝暮暮。

【注释】

①飞星：流星。

古心词韵

在神话传说中，天上仙女织女因私自下凡并与牛郎结为连理，触犯了天条，后被捉回天庭，永世不得与自己的丈夫和孩子相见。牛郎骑着黄牛，用扁担挑着两个孩子追赶到天上，希望能和妻子重聚。王母娘娘摘下头上金簪，在天际划出一道银河，把这对有情人分隔在了银河两岸。但是，牛郎和织女终日守在银河旁不肯离去，遥望着彼此模糊的身影。他们的爱情最终感动了王母，王母允许他们在每年七月初七夜晚相见。

这动人的传说从古流传至今，牛郎和织女对爱情的执着，打动着世间痴男怨女。

又是一年七夕，词人秦观站在葡萄架下，望着天空，仿佛在寻找牛郎织女相会的身影。他凝神屏气，想要听他们互诉衷肠，就这样痴痴望着、听着，便不觉得陷入了沉思，铺陈到纸上，便是这一阕《鹊桥仙》，表达了词人对爱情的观点——倘若彼此有情，一眼也是情，一夕也是爱，岂能以时间长短相论！

天上的云纤薄轻盈，大概只有织女的纤纤玉手才能织出如此精巧的云朵吧。流星不时划过天际，仿佛也是在为牛郎和织女遥寄相思。宽广的银河遥远无垠，固然美好得令人沉醉，却也无情，将有情人生生地隔在两岸。

终于到了七夕，牛郎与织女悄悄渡过银河，匆匆相会。正值秋高气爽，秋蝉在树梢上发出凄凉的嘶鸣，秋风瑟瑟，吹乱了他们的头发，白露重重，打湿了他们的衣衫，但无论如何，也动摇不了他们渴望相见的决心。眼光交汇的刹那，仿佛世界都为他们安静下来。他们深情凝望着对方，双手紧紧握在一起，似乎这样就再也不会被分离。虽一年才得一次相聚，但他们的款款深情已“胜却人间无数”。试问世间哪对情侣，能够经受住这样遥远的距离和漫长的时间考验？分离虽让人肝肠寸断，但若想到你所思念的那个人分分秒秒也在思念着你，一切便都值得。

他们只是紧紧地相偎，没有只言片语的交流，却胜过千言万语。从眼神中流露出来的柔情，像绵延的溪水一样清澈。这样的场景，不知在梦中已出现过多少回，可真的见了面，却又觉得像在梦中一样。若是梦，就盼着永远不要醒来吧！但既是梦，又怎么可能一直不醒？相聚的时间短暂，转眼就到了分别的时刻，牛郎和织女依依不舍地道别，向着相反的方向而去，谁也不忍再回头看一眼对方离去的身影，只怕这一看，泪水便会汹涌而下。

罢了，罢了！在漫长的年华里，早已习惯了这样的相会与相离。人生不就是在这样的分分合合中度过的吗？若是情比金坚，自然不会因为距离的遥远而淡漠，何必执着于旦夕之间。

古往今来，如秦观这样以牛郎织女的故事入诗文的不在少数。其中流传最广的还有南北朝诗集《古诗十九首》中的这一首：

迢迢牵牛星，皎皎河汉女。
纤纤擢素手，札札弄机杼。
终日不成章，泣涕零如雨。
河汉清且浅，相去复几许？
盈盈一水间，脉脉不得语。

牛郎与织女隔河怅望对方，咫尺犹如天涯，何其迢迢！世间事常是如此，让人不胜唏嘘。到了唐代，有诗人李商隐作《辛未七夕》：

恐是仙家好别离，故教迢递作佳期。
由来碧落银河畔，可要金风玉露时。
清漏渐移相望久，微云未接过来迟。
岂能无意酬乌鹊，惟与蜘蛛乞巧丝。

这些诗词，都在歌颂牛郎和织女，更是在歌颂伟大的爱情。秦观那一句“两情若是久长时，又岂在朝朝暮暮”正是其中经典，一语道破爱情的真谛。失去了缘分的人，即使在同一座城市里，也不太容易碰到；但真正相爱的人，即便隔着千山万水、人山人海，也会有相聚的时刻，即使短暂到只有一日，也会绽放出最耀眼的光芒。

若有知音见采，不辞唱遍阳春
——清平乐（凄凉晚色）金庄

凄凉晚色，丝雨和愁织。梦到楚江行不得，一片湿云空隔。
年时曾忆城东，杏花点点飞红。门外凭他寒食，玉阑自有春风。

爱情来的时候，谁都抵挡不住。它的到来，或许使人猝不及防，却也让人喜出望外。相爱的男女，眼中只有彼此，因爱的人而哭，因爱的人而笑。爱情像一场高烧，让病得糊涂的痴男怨女们做出许多傻事，甚至有时显得十分可笑，却又不乏罗曼蒂克的情怀。与这场高烧相伴而来的思念，就像是好不了的咳，动辄就是撕心裂肺的牵扯，尤其深爱而又分离之后，痛苦就更是令人难捱。

这便是一个痛苦的思人之夜。四周宁谧，月色撩人，床榻上熟睡的女子微微翘起嘴角，想必是做了好梦。在梦里，她和心上人一同去杏林赏花，谈笑风生，你侬我侬。说话间，他们便到了楚江边上。少女向那楚江望去，只见江水滔滔，奔流不息，不远处的天边，一片片仿佛蓄满了雨水的云正缓缓地飘来。

“看来是要下雨了！”女子转过身来，正要对身边的爱人说，但却恍然发现人早已不在身边。她在杏花林中一声声地唤着心上人的名字，却得不到回应，四周寻遍，也看不到他的身影。她又是担忧，又是伤心，泪水如断线的珠串从粉嫩的面颊上滑落。

哭着哭着，女子终于醒来，才知只是做了一场梦而已。梦虽是假的，但那份伤心和那冰凉的泪水却是真的，被枕已被浸湿，一如她那颗冰凉且湿冷的心。

再也无法安然入睡，她索性披衣起身，走到窗前，一推开窗户，凉飕飕的晚风就灌了进来，让人更加清醒。夜色清冷，雨丝淅淅沥沥，隔窗打上女子的衣襟。她的愁闷，也混杂在这雨丝中，像是要织成一张密不透风的网，把天地和女子的心都牢牢地网罗其中。

看着远处忽明忽暗的灯火，女子陷入了沉思。回忆拉着她飘向云端，飘向雨水淋不到的天际，又带她回到了与爱人相遇的地方。那时正值晚春，有一日她可迈出闺门，外出游玩。正满心欢喜地在热闹的街市中穿梭，隐约听到有人在背后叫她，她一回眸，目光与那叫她的男子交汇。瞬时间，她仿佛完全忽略了身边的一切，忘记了正身处川流不息的人群里，也忘记了时光的流逝，只看到那男子向她走来。男子走到她身边，双手递过来一个香囊，轻声说道："姑娘，你的香囊掉了。"

就是这样的不期而遇，情丝牵扯，年轻的男女坠入了爱河。正值寒食节令，风雨颇多，天气晦暗阴霾。按照习俗，寒食期间禁火，需以冷食代替。在这样阴冷的天气，再加上饮食清淡，人们难免会觉得寒食之禁是种煎熬。但是，那些被爱围绕的人们，只会体察到时光的美好，就如当时正享受着恋爱欢愉的女子，不管是怎样的风吹雨打，怎样的阴冷潮湿，只要有心爱的人陪伴，她就觉得置身明媚春光里。当她全身心地扑在爱人身上，似乎天地只为这一人晦晴，日月只为这一人升落。他就是她全部的世界。

这女子的爱天真烂漫，忘乎所以。爱情纯美至此，怎能不令人动心？然而世间有太多的无奈，残酷的现实往往将世间那些纯真的情意摧毁。也不知这女子后来又经历了怎样的遭遇，终究还是陷入了情伤。现实将美好毁灭，也更加让人感叹纯真的爱情最是珍贵。

多数词人，多半提笔写往事的美好，落笔写现实的苦楚与相思，而这首词的作者金庄则先写现实的苦涩，后写往事的迷醉，余韵停留于温暖的回忆。这位女词人，并非在借词呻吟，而是为了歌颂那超越一切的爱，赞美那天真烂漫、忘乎所以的情。

落花人独立，微雨燕双飞
——莺啼序（横塘棹穿艳锦）吴文英

横塘棹穿艳锦，引鸳鸯弄水。断霞晚、笑折花归，绀纱低护灯蕊。润玉瘦，冰轻倦浴，斜拖凤股盘云坠。听银床，声细梧桐，渐搅凉思。

窗隙流光，冉冉迅羽，诉空梁燕子。误惊起、风竹敲门，故人还又不至。记琅玕[①]、新诗细掐，早陈迹、香痕纤指。怕因循，罗扇恩疏，又生秋意。

西湖旧日，画舸频移，叹几萦梦寐。霞佩冷，叠澜不定，麝霭飞雨，乍湿鲛绡，暗盛红泪。练单夜共，波心宿处，琼箫吹月霓裳舞，向明朝、未觉花容悴。嫣香易落，回头澹碧销烟，镜空画罗屏里。

残蝉度曲，唱彻西园，也感红怨翠。念省惯、吴宫幽憩，暗柳追凉，晓岸参斜，露零沤起。丝萦寸藕，留连欢事，桃笙平展湘浪影，有昭华秾李冰相倚。如今鬓点凄霜，半箧秋词，恨盈蠹纸。

【注释】

①琅玕：指竹子。

多年以后的某个深秋，吴文英坐在案几边看窗外的落叶随风飞舞，坠落满地，不禁慨叹人生匆匆，聚散无常，转眼自己便已从青葱少年变得两鬓斑白。日复一日数着匆匆逝去的岁月，他不由得常常回想起前尘往事，恩怨情仇。

昔日他住在横塘，与心爱的人儿日日泛舟湖上，穿梭在艳锦一般的荷花丛中，相偎看鸳鸯戏水。直到晚霞升起，暮色将至，才恋恋不舍与美人折枝荷花相携归去。

夜色渐浓，纱罩中透露出的柔和烛光朦胧了卧室，美人出浴后肤若凝脂，发髻斜坠，千娇百媚，正是“侍儿扶起娇无力，始是新承恩泽时”。两人卧听井栏边的梧桐随风坠落的细语微声，仿佛感到了秋天来临的丝丝凉意。

时间飞逝，流光容易把人抛。燕子再度飞回，却不道人去梁空巢已倾。他在旧屋中猛地听到了敲门声，以为美人归来，起身推门迎接，才发现是风吹翠竹拍打在了门上，故人并未回来。遥想当年佳人坐倚窗前用纤纤玉指在竹竿上刻写新诗，那些残留的痕迹如今已是陈旧不堪。当初总怕韶华易逝，有朝一日“罗扇恩疏”情意断绝，却不料一语成谶。

后来在西湖与另一位佳人共度的日子，也时常魂牵梦萦，惹人空叹。彼时两人亦常常泛舟湖上，看醉人景色，享人间乐事。潮起潮落，烟雨流云，季节变换，不时惹得佳人泪湿巾帕，更显楚楚动人。到天黑两人依旧厮守在船上，共宿水波深处，佳人在月下为悦己者翩翩起舞，即使缱绻到天色明亮，依旧容光焕发没有一丝困乏倦意在脸上。“大都好物不坚牢，彩云易散琉璃脆”，花开注定会谢，当时的情深意长和海誓山盟终究烟消云散，再回头不过又一段镜花水月的露水情缘罢了。

庭院中的秋蝉声阵阵入耳，恍然想起往日西园幽会时的蝉鸣，仿若为他们的谈情说爱伴奏唱曲。又忆起在吴宫的垂柳岸边与情人缠绵幽憩，从天黑到天明，夜夜欢好。那时有美丽妖娆的歌伎陪伴身边，与她沉醉在男欢女爱中，翻云覆雨，何其逍遥快乐；如今两鬓已如霜染，每每念及往事，抑郁难当，遂写下一首又一首悲凉的诗词，赍恨充满了那一页页的旧纸笺。挚爱过的女子们皆未能相守相伴，一个个出现在他的生命里，然后又离去，再也不见，只留词人独自挥笔抒愤，缅怀往事。

这首词是吴文英晚年所作，词牌名《莺啼序》亦为词人独创，咏物抒情，内容十分丰富，堪称他一生的情事总结。人常说“吴词密丽”，在这首词里即可看出：辞藻华丽，如“艳锦”“香痕”“花容”“感红怨翠”“嫣香易落”“暗柳追凉”“丝萦寸藕”等；意象密集，如“鸳鸯”“断霞”“灯蕊”“梧桐”“琅玕”“画舸”“霞佩”“叠澜”“麝霭飞雨”等。宋词的婉约艳丽在这首词中表现得淋漓尽致。吴文英的语言搭配、字句组合亦别出心裁，独树一帜，况周颐这般形容：“梦窗密处，能令无数丽字，一一生动飞舞，如万花为春”。

即便这阕词内容丰富到统揽了词人一生情史，他亦没有放过对每个字的雕琢，至今读来仍觉这种精雕细琢而成的伤感，虽不是大悲大痛，却在无形中将眷恋伤情丝丝渗入心中，让人感受到词人的种种怀念、怨恨与无奈。

无边落木，空阶滴泪到天明
——浣溪沙（谁念西风独自凉）纳兰性德

谁念西风独自凉？萧萧黄叶闭疏窗①。沉思往事立残阳②。

被酒莫惊春睡重③，赌书消得泼茶香④。当时只道是寻常。

【注释】

①萧萧：稀疏的样子。疏窗：刻有花纹的窗户。

②残阳：夕阳，西沉的太阳。

③被酒：醉酒。

④赌书：比赛读书的记忆力。典出宋李清照、赵明诚翻书赌茶之事。

古心词韵

世界上最遥远的距离，不是天各一方，也不是你站在我面前却不知道我爱你，而是两个人眼中明明有着彼此，却终究跨不过浮在眼前的桥。

那桥便唤作“奈何”。奈何桥的那一端，妻子卢氏或许已经忘记这一世的记忆，然而这一端，纳兰却不得不守着三年来的点滴记忆，沉浸在亡妻的痛苦中不能自拔。

康熙十六年（1677年），是纳兰生命中无法回避的标签。这一年，妻子卢氏产下一子，取名“海亮”。儿子的诞生给他们夫妻带来了巨大的喜悦，同时，却也让纳兰陷入了惶恐中——产后的卢氏一直被疾病纠缠着，花朵一样娇艳的面容逐渐憔悴，身体瘦削得厉害，连笑起来都有些力不从心了。日复一日，卢氏的身体越来越糟糕，纳兰的担忧越来越深重，即便请来名医诊治，也无力回天，他挚爱的妻子终究还是撒手人寰，那双美丽的眼睛再也不会深情凝望着他。

卢氏去世后，纳兰写了很多悼念她的词，这首《浣溪沙》便是其中之一。他在沉痛的思忆里，抒发着沉重的伤痛。

西风又起，寒凉入骨，如今爱人已去，不知还会有谁能在这冷风中将他惦念，徒留他独自悲凉罢了。无边落木坠叶萧萧，遍地黄叶堆积，大肆渲染着秋日的萧瑟。许是在往昔，纳兰也曾和卢氏一起在秋色里漫步，感慨着万物沉寂前的纷扬，但是现在，纳兰却只是紧闭着窗户，将自己锁在房中，自以为不听不看就能不烦不恼。可越是安静的环境里，越能勾起对旧事的回忆，回忆不堪重负，他终于推门出屋，却见已是日暮时分，斜风残阳里，往事排山倒海而来。

当年，他与她形影不离的日子还历历在目。他在春日醉酒，酣甜入眠，卢氏怕惊扰了他的美梦，体贴照顾，关心备至；他与她亦曾一起赌书泼茶，便如宋代那对恩爱夫妻赵明诚与李清照一般，琴瑟和鸣，志趣相投。

“赌书泼茶”之事，李清照自己曾在《〈金石录〉后序》中记录得很详细：“余性偶强记，每饭罢，坐归来堂，烹茶，指堆积书史，言某事在某书某卷第几页第几行，以中否角胜负，为饮茶先后。中即举杯大笑，至茶倾覆怀中，反不得饮而起，甘心老是乡矣！”晚饭后，她与丈夫会煮上一壶茶，然后轮流由一人说出一句或一段古人的诗文，让对方猜这话出自哪本书、第几卷、第几页、第几行，以猜中与否分胜负。李清照博闻强记，每每占了上风，丈夫虽败给了她，却不羞不恼，还常常在她端起茶杯时讲起笑话，常常引她大笑，以至于茶杯倾覆怀中，浇得一身湿漉漉的。不过是简单的生活情趣，然而夫妻间的深情与默契，却已不言自明。

纳兰与卢氏，也曾有过这样简单但甜蜜的幸福。只不过，这一切在当时看来，都以为是平平常常的事，可如今妻子已去，再回忆起来，都已尽是伤心。

时间的不可逆转，往事的无法重现，真是令人痛心。岁月随风奔跑，忘不掉、洗不净的，竟然都是从前日子里最平凡的场景和最微小的细节。那些“当时只道是寻常”的事，在生死殊途之际，如一把钝刀将人刺痛。

当时只道是寻常，从前常常以为平淡而真实的幸福是理所当然的事情。等到阅尽繁华、勘破荣辱，才惊觉时过境迁、物是人非的感悟竟是透心的凉。所以，崔护有“人面不知何处去， 桃花依旧笑春风”的感慨，晏殊有“去年天气旧亭台”的嗟叹，欧阳修有“可惜明年花更好，知与谁同”的“此恨无穷”。

这样的遗憾，太深，也太浅。一经察觉，就早已成了无法追回的过去式。或许，短暂的东西才让人憧憬，也只有遗憾才让人痴迷于圆满，总是等到物是人非，才知当时的好。

第二章

不要轻易说爱，许下的承诺就是欠下的债

世界突然静了下来，只因你的出现

——南乡子（细雨湿流光）冯延巳

细雨湿流光①，芳草年年与恨长②。烟锁凤楼无限事③，茫茫。鸾镜鸳衾两断肠④。

魂梦任悠扬，睡起杨花满绣床。薄幸不来门半掩，斜阳。负你残春泪几行！

【注释】

①流光：雨后草叶上油亮的光彩。

②“芳草”句：怨恨像草一样每年萌发、生长。

③凤楼：传说，春秋时期，秦穆公为其女弄玉筑造凤台，弄玉与萧史常于此吹箫，后来一同飞升成仙。“凤楼”由此而来，这里指女子的卧室。

④鸾镜：镜子的别称。传说，用镜子照鸾鸟，鸾鸟见影便翩翩起舞，所以把镜子叫做鸾镜。鸳衾：绣着鸳鸯图案的被子，比喻男女欢合。

古心词韵

掩饰不了的除了爱情和咳嗽，还有一样是相思，越压抑越生长，越克制越茂盛。藏，欲盖弥彰；躲，无处遁形；治，无药可解。最后，人不得不妥协，放任自己徜徉其中。有人说："当你不能够再拥有，你唯一可以做的，就是令自己不要忘记。"回忆和想念，也是值得珍惜的，即使美好的当初已经改变了模样，就像底片见了光。

眉眼清秀、形容清瘦的女子，描了淡淡的妆容，挽着简单的发髻，身穿素净的衣服，或凭窗而望，或伫倚危楼，或独坐庭中。她正思念着久不归家的男子，郁郁寡欢。

暮春的雨细密且绵长，无声无息地下了一整夜。早晨醒来，天空已经放晴，园子里的花草被濯洗得分外鲜艳。一缕清新的阳光照射过来，湿润的青草叶闪闪发光，随风微微晃动，摇曳生姿。新的一天又开始了，她的相思又增长了一天。日复一日，年复一年，心中的怨恨像满园的芳草一样萌芽、生长、繁盛、式微，周而复始，一轮接一轮演绎着宿命无可奈何的伤悲。

从天黑到黎明，从清晨到黄昏，天空、阳光、云霞、细雨、微风、花朵、草叶、蜂蝶、明窗、净几、绣床，无一不惹着她的相思。与他卿卿我我、恩爱甜蜜的浪漫时光和欢乐往事，都被深锁在这凤楼中，随着他的离去渐渐如烟云散去，不知归向何处。看花落泪，见月伤心，已成为她生活中的常态；更何况日日对着梳妆的鸾镜，夜夜拥着昔日共眠的鸳衾，每每看见，都肝肠寸断。成双成对的美好寓意，比翼双飞的山盟海誓，现在都已落空，她不得不习惯形单影只的光景。

这一次午梦做了很久，在梦里，她飞到他的身边，与他厮守在一起，彼此诉说着别后种种相思情意，为久别重逢而欢喜落泪，携手共看鸳鸯戏水，相偎相依，仿佛回到了当初新婚燕尔、亲密无间的岁月。醒来之后，枕边空空，才知只是做了一场好梦。这场梦好长好美，又那么真切，似乎都能感知到他的体温。自别后，忆相逢，几回魂梦与君同。

入睡时没有关上窗户，一觉醒来院子中的杨花已随风飘入卧室，落满绣床。"似花还似非花"，"细看来，不是杨花，点点离人泪"，她看着鸳鸯被上的点点杨花，不禁落下泪来。

已近黄昏，夕阳西下，又一个漫漫长夜即将到来。她担心薄情郎随时回来，可能进不了门，于是睡时将门半掩，然而却迟迟没有等来他推门而入。在这落花时节，一再流下相思的眼泪，连她自己都觉得有些痴愚。到底什么时候，才能天遂人愿两不负？

别无他想，只盼良人早日归来，了却这无边相思意。

冯延巳的这首词语言清婉，构思独特，感情真挚，历来颇受好评。首句"细

雨湿流光”被王国维赞为“能摄春草之魂”，词人采用了通感手法，写有形的细雨打湿了无形的流光。“流光”一语双关，既表现雨后春草叶上的“流光溢彩”，也指易逝的光阴，都通过有形的细雨被读者感知到。宋代诗人周文璞的评价更高：“《花间集》只有五字绝佳：‘细雨湿流光’。”“薄幸不来门半掩”，通过半掩门扉等候良人归来这个细节，女子的相思之情被表现得更加细致，构思也别具一格。末句“负你残春泪几行”，以自言自语，自怜自怨的话，表现了她的万般纠结。

怎奈离烟凉，了不断情深思切
——谒金门（空相忆）韦庄

空相忆，无计得传消息。天上嫦娥人不识，寄书何处觅？
新睡觉来无力，不忍把伊书迹。满院落花春寂寂，断肠芳草碧。

等待是世上最折磨人的事情之一。等待中，有人茶饭不思，对身边人事兴趣寥寥，唯独对与所等待之人相关的一切印象清晰，且兴趣浓浓。她清楚记得分别时对方说过的每一句话，看到满院姹紫嫣红，也会想起曾经相伴共赏的时光，再看着如今不见情人踪影的落花小径，更是悲从中来。总之，他虽然不在身边，但在等待的人眼里，他处处都在。

在反复回味中，等待成了一种习惯，女子承受着时间的细碎折磨，渐渐容颜憔悴。对方音讯全无，这样的等待漫长得仿佛没有尽头，每一分每一秒都浸透着苦楚。然而，这等待中的时光有时又如白驹过隙，仿佛只过了一个夜晚，窗外的春花就已凋零，女子的容颜就已苍老。

手捧一封已经被翻阅了千百遍的书信，信纸都已磨损，字字句句也早已刻在她的心上，可她仍然反复看着，仿佛看到他的字迹，就能感知到他的存在，仿佛读着他的字句，就能听到从千里外传来的绵绵情话。可是，这短暂的自我安慰，不过是一场空欢喜罢了。相思的痛苦不会减少一分，等待的日子也不会早一天终结。这书信已是很久前寄来，如今他身在何处、是否安好，她都不知道，想要寄一封书信表达别后相思情意，竟然不知寄到何处！

夜不成眠，她在清冷的月光中慢慢踱步，看着窗外那轮皎洁的明月，不禁想拜托天上的嫦娥帮她传递书信，把自己满心的焦虑与相思寄与情人。可是，想那嫦娥终年困守清冷的广寒宫中，必定已自顾无暇，又怎会替世上不能相守的凡人传情达意呢？

这一番畅想，已有几分荒唐意味。之所以有这荒唐想法，不正是因为那如同绵里针的相思吗？看似无力，却扎得人心痛。

不知不觉中，女子渐渐入睡，手中还握着那封微微泛黄的书信。醒来之后，只觉浑身无力，困倦不堪。就常理而言，醒后本应该恢复精神，想来大概是她在梦中也受尽相思折磨，醒来后又一眼见到对方的书迹，心情依然愁闷哀苦，故而“无力”。沈际飞的《草堂诗余正集》里把“把伊书迹”四字视为令这首词通体皆活的词眼，赞“四字颇秀”。

她倚在床头，痴痴望着窗外，晨光透过薄薄的窗纸洒进来，却照不亮她的心。庭院深深，万籁俱寂，春色渐尽，满院落花飘零。耳边仿佛传来了花落的声音，轻盈如一根羽毛撩动心尖，又沉重如一块巨石压在头顶。时光竟如此匆匆，不知不觉又到花落时节，可是花开花落，于她似乎也没什么区别，不过都是在徒劳等待罢了。

清人徐釚《词苑丛谈》卷七载（尤悔庵）惜其未有和篇，因拟为之云：“休相忆，红叶不传消息。燕锁雕梁路未识，旧巢难再觅。风卷杨花无力，浪打萍花无迹。永巷夜台同寂寂，土花和血碧。”同是抒写相思等待之愁苦，连这一阕词都有相和者，女子却无人相伴——她的孤独，就像大雪后的红梅、碧水上的白鸥，越发显眼了，直刺得人眼睛酸涩。

寂落得一地寥落，斯人独憔悴
——临江仙（梦后楼台高锁）晏几道

梦后楼台高锁，酒醒帘幕低垂。去年春恨却来时。落花人独立，微雨燕双飞。
记得小蘋初见，两重心字罗衣。琵琶弦上说相思。当时明月在，曾照彩云归。

怀念，是晏几道情感的主旋律。他好像做过一场关于爱情的极绚烂的美梦，于是在梦醒以后，便一直为着追忆那场梦里的鲜妍而耗尽心力。

“梦后楼台高锁，酒醒帘幕低垂。”风烟流荡中，他仿佛回到相国公子轻裘玉带、倚马斜桥的时光，而她绮色华年青春正好。在最好的时光里，他们饮酒欢歌，互诉衷情。纤指拨动间，一曲琵琶声声含情，光阴的河流奔涌流转，而这一切都最终凝成了一幅永恒的画卷，在记忆的最深处闪耀着金色的光晕。

可当风流云散，琵琶声绝，他从钟鸣鼎食的金玉高堂坠落到了万丈红尘里，早已看尽了人情冷暖、世态炎凉，身边的人随流年淡去，只剩自己端着酒盅，靠些许回忆温暖心情。宴席早已散去，而那一见倾心的女子也难再见。彩云易散琉璃脆，或许世事本是如此，不应奢求，只是那难以消解的相思，缠绕心头，挥之不去。他再次思念起了那个衣上带着两重心字的女子。那一曲惆怅婉转的琵琶，仿佛至今仍在耳畔，向他诉说深情。

独立楼台，于微雨落花之中遥忆故人的这一场相思，因为这一件两重心字的罗衣而变得缠绵起来。那时，小晏和她必是心心相印，这命运般的恋情，一步也不能逃离，即使最终留下的只有永无止境的回忆，他们也都是甘愿。

庭院深深载着多少情愫，都只因一次偶然的相见。

有时，不过惊鸿一瞥便成就一场翻涌的爱恋，来时如电，去时如雾，来不及思考，所有的情感重量便压在你的心上。但或许这样也好，狂澜过后便是心如止水，所以很多人不愿长情，不愿痴守，因为长情是一场与时光的博弈，输的永远是自己。或许也正因如此，痴情守着爱情的人就成为他自己的英雄。

所以，晏几道便成为婉约宋词里最坚定的战士，那相同的十个字，一样的暮春微雨，一样的落花人独立，无限寂寥也因他的痴情而越发惹人怜惜。它就此破纸而出，在绵长的光阴里流荡着。而晏几道在琵琶弦上所诉说的相思，却只是一句微痛纤悲的“当时明月在，曾照彩云归”。

唐人李白曾写“只恐歌舞散，化作彩云飞”，叹息欢乐不可长久。小晏此处用“彩云”代指小蘋，未尝没有此意。当他在一场欢宴过后，于酒后深沉的梦里醒来，看到楼台高锁、帘幕低垂的景象，心头大概是有一些空虚和茫然的，所以忆及往事时，往事亦染上一层迷蒙色彩。他一直记得的是初见时她的模样，也一直记得她用琴弦弹奏出的心事，却更记得她离去的那一刻，月光在她身上流连的情状。

或许他已将这难言的思念倾注于明月之上，若它可穿过光阴的罅隙，回到许多年前那一个夜晚，他希望它可以再次温柔地抚过她皎洁如玉的脸颊和如云如墨的长发，照在她如彩云般翩然的身影之上，多流连一刻，哪怕只有一瞬，却已偿了相思。

早生了春意，却负了一肩悲愁
——声声慢（寻寻觅觅）李清照

寻寻觅觅，冷冷清清，凄凄惨惨戚戚。乍暖还寒时候，最难将息①。三杯两盏淡酒，怎敌他晚来风急？雁过也，正伤心，却是旧时相识。

满地黄花堆积，憔悴损，如今有谁堪摘？守着窗儿，独自怎生得黑！梧桐更兼细雨，到黄昏、点点滴滴。这次第②，怎一个愁字了得！

【注释】

①将息：调养休息。

②次第：情形。

古心
词韵

世上贪心之人，常在追求巨大的幸福，但多数人只向往一份小小的安逸。年轻时的李清照，也曾期待过简单的幸福。譬如二十余岁屏居青州时，她曾把自己的居所命名“归来堂”，取陶渊明《归去来辞》中的“倚南窗以寄傲，审容膝之易安”一句，自号“易安居士”——在简陋的环境里坦然安适，这是陶渊明的豁达，也是李清照的心愿，颇有一番“甘心老是乡矣”的祈求。

这份生活看似简单，却必须由两个人完成，若只剩一人，再怎么努力也是枉然。女人谋爱，她追求的幸福需要另一个人的参与，也需要命运的成全。只可惜命运有两张面孔，慷慨时会毫不犹豫地赏赐功名利禄、锦衣玉食、如花美眷，如若吝啬起来，易安那点微小的心愿也成奢望。

在她最需要依靠和慰藉的时候，赵明诚病故了。像被一场泼天冷雨浇了个湿透。她还没来得及把自己的伤心完整地表达出来，就被熙攘的人群推上了逃亡之路。此后一去经年，跌跌撞撞到步履蹒跚，词人渐渐老去，再来整理旧时心情，只觉万千心事只剩一个“愁”字，但只此一字，又不足以表达出内心巨大的悲伤。

易安所有的悲伤都写在这首词里了，沉重的情绪乌压压地覆上来，让旁观的路人都忍不住地想要替她去痛。

梁启超先生曾为《声声慢》作过批注：“这首词写从早到晚一天的实感。那种茕独凄惶的景况，非本人不能领略，所以一字一泪，都是咬着牙根咽下。”后人常被上阕七组叠字倾倒，神来之笔无须赘述。比起形式技巧上的冲击，更能撩动心弦的，是词人“寻寻觅觅”却偏偏寻不到的失望，还有“咬着牙根咽下”的伤心。

乍暖还寒时候，秋意浓，冷风起。或为御寒，或为解忧，词人饮下三两杯淡酒，却觉得凉意更甚。她独自一人在庭院里，低头看到满地金菊正在怒放，自己却因忧伤而容颜憔悴，便没了赏花的心情；抬头看到云中过雁，依稀是旧时替自己传锦书递相思的那只，只可惜，旧情难却，斯人不在，纵有音书也再无人可寄。从清晨到黄昏，这一天还真是难熬。傍晚时分，她坐在窗前，隔着薄薄的窗纸听着细雨淋湿梧桐的声音，一点，一滴，就像敲打在心上。

幸福与痛苦是比较出来的，处境越是难堪，就会越怀念此前的美好。一旦回忆起丈夫在世时两人耳鬓厮磨的温馨，伤心就蔓延开来再也止不住了。这首词的悼亡意味极浓，一是出于“独自”二字的凄怆，词人在无意中强调着自己的孤独，实是借此表达对亡夫的思念；其二便是“梧桐”这一意象的出现。传说梧桐这种树木有雌雄之分，梧是雄树，桐是雌树，两树同长同老，同生同死。对于易安来说，院里的草木尚且有伴，她的孤独就更加明显了。

如李清照这样的伤心，今人三毛亦曾有过。丈夫荷西去世后，三毛九十九句断肠话，说的都是一个荷西。伤心如此纯粹，倒也让人羡慕。她说：“结婚以前，在塞哥维亚的雪地里，已经换过了心，你带去的那颗是我的，我身上的，是你！埋下去的是你，也是我，走了的，是我们。”她还说，“锁上我的记忆，锁上我的忧伤，不再想你，怎么可能再想你，快乐是禁地，生死之后，找不到进去的钥匙。”

三毛丢掉的那把钥匙，大概也是李易安“寻寻觅觅”想要重拾的东西，但光阴不可逆转，逝去的人、丢失的快乐，都已一去不返。比起三毛的纯粹，易安的伤心更加复杂。对赵明诚的思念只是一个引子，它把更多悲观的情绪勾引出来，把所有委屈、不平、痛苦堆在一起，轻轻一碰，就会疼痛。

李清照的“易安”梦，断送在风雨飘摇的两宋之交。我们可以同情，可以抱怨，还是无力回天，须知这世界本来就不是有求必应的，大概终有那么一些人，生来就注定了伤心。

君若扬路尘，妾必浊水泥
——巫山一段云（蝶舞梨园雪）李晔

蝶舞梨园雪，莺啼柳带烟。小池残日艳阳天①，苎萝山又山②。

青鸟不来愁绝③，忍看鸳鸯双结。春风一等少年心，闲情恨不禁。

【注释】

①残日：夕阳。

②苎（zhù）萝：山名。在今浙江诸暨市南，相传西施之母曾在此山卖薪，这

里是西施的故乡。

③青鸟：传说中王母的侍者，后用来比喻传递爱情信息的使者。

唐昭宗李晔生活在风雨飘摇的晚唐，二十二岁登基称帝，最初也有一腔恢复盛唐基业的壮志，怎奈时势如流水而下，焉有逆流之理？身处乱世，内忧外患，纵有济世之心也无力回天，他在位期间，多次因祸乱被迫出逃，狼狈不堪。幸而那动荡又复杂的局势，并未毁了他对诗文的爱好，也唯有在淡淡墨香里，李晔才能暂时搁下家国重负，暂时忽略乱世仓皇，把一颗赤子之心捧出来，道出一位词人的情怀。

这首小令的主旨，唯“爱慕”二字。他以帝王之尊，竟然也在心里揣着深沉的爱慕，实在令人惊讶，至于他爱慕的女子到底是何人，更是无从考证。但无论如何，那细腻又动人的情感，仿佛拂面而来的春风，令读者也不禁在那温软又熏醉的天气里荡漾起来。

皇宫内苑里，正是“蝶舞梨园雪，莺啼柳带烟”的好风光。“梨园”是昔日唐玄宗时训练宫廷歌舞艺人的地方，可“稻米流脂粟米白，公私仓廪俱丰实”的开元盛世，早已成为诗人追忆的旧事和说书人口中的谈资，如今梨花盛开，纷纷随风飘落，如雪花漫天，却不见俏丽的舞女舞动出更美的无边春色，只有三两只蝴蝶穿行其中，翩然如梦中风景。从如烟柳丝中传来几声清脆的黄莺啼鸣，似乎能将这梦惊破，可醒来又能如何呢？也不过是在这如画的风景里，捧着一颗因深情而碎的心，徒劳伤感罢了。

池水荡漾，残阳西斜，暖风如熏，明媚的春光能让人一时沉醉，却不能让人真正忘忧。一句“苎萝山又山”还是出卖了他的心事。“苎萝”是战国时越国美女西施的故乡，李晔思慕的女子，有着可与西施媲美的倾城容颜，然而“山又山”的千难万阻把他们分在两地，令词人不能与她朝朝暮暮地厮守。

如此看来，令唐昭宗李晔思念的女子并非宫中佳丽。以帝王的尊贵身份和无上权力，竟然不能把自己爱慕的女子召入宫廷，其中必然有错综复杂而又不能为外人道的缘由，一道宫墙的阻隔，可能远比千山万水更难跨越。

相距遥远，唯有期待青鸟传书，可是“青鸟不来”，不得佳人音讯，他愁苦欲绝，又看到池中鸳鸯成双成对，有几多羡慕，也就有几多伤心。转身离开池塘畔，不忍再看双宿双栖的池鸟，唯恐这绵绵相思变得更甚，以至于被缠绕其中，再无法自拔。

可是，即使眼睛避开了诱人相思的风景，这一颗心终究要被痴情纠缠。他的情感炽烈，思念火热，如燃烧的火焰一样让人不安，却又如春风一样无处不在——“春风一等少年心，闲情恨不禁。”情真且深，就如同一个魔咒，即使有满园春色入眼，有蝶飞花舞为伴，仍然不能让他从浓烈的思念里解脱出来。

在爱情的春风里，他不再只是一位囚困于政治纠葛的帝王，而是一个懵懂青涩的少年，只盼着自己的一腔深情，会被那个自己所爱的人收留。

独舞世界，那一池凌波清月
——鹧鸪天（醉拍春衫惜旧香）晏几道

醉拍春衫惜旧香。天将离恨恼疏狂。年年陌上生秋草，日日楼中到夕阳。

云渺渺，水茫茫。征人归路许多长。相思本是无凭语，莫向花笺费泪行！

晏几道也是个多情种，外表看起来越是狂放不羁、恃才傲物，内心越是情意深重，最易为情所困。酒是多情者最爱的宣泄和表达方式。痛饮几杯后，醉意朦胧，或哭或笑，或忧或叹，都可以尽兴而为，即便怕人非议，也可推说为酒后失言；又或者喝到酩酊大醉倒头就睡，什么都不要想，最好等到清醒之后，眼前就全是明媚时光。

这一次，他又喝醉了。一抬眼，迷迷糊糊看见了伊人的春衫，于是踉踉跄跄踱了过去，双手细细抚摸，轻轻拍打，嗅取旧时欢乐生活留下的气息。即使伊人已经离开许久，余香留存。他依旧把这些旧物摆放在显眼的位置，奉若至宝，以便随时能够缅怀过往。

天意弄人，他自认为看透世事，自负狂放不羁，能将一切感情放下，却不想

竟被离愁别怨折磨得苦恼不已。一定是上天在故意惩罚他吧，他想，不然“疏狂”如他何至于此?

庭院外南来北往的路上，年年都会生长秋草，野火烧不尽，春风吹又生；阁楼上视野开阔，日日会去到那里看夕阳。夕阳无限好，只是近黄昏。日复一日，年复一年，他伫倚危楼，望尽天涯路，盼伊人归来，在这样的等待中饱尝相思之苦，备受相思之累。

云雾飘渺，江水茫茫，伊人现在何方？山高水远，归途长得看不到尽头。伤心沮丧之感常常涌上心头，久久不能平息。此生还会不会再见面呢？只怕相逢无期。思及此处，他转身回到室内，借酒浇愁，不过更愁而已。

自别后，忆相逢，几回魂梦与君同。对她的思念一刻都没有减少过，时间越久，反倒越发想念。除了醉酒，除了睹物思人，就只剩挥笔倾诉相思意。他一手执酒杯，一手拿起笔来，想把心中无限苦闷写下来告诉她，可提笔却又不知道该如何表达。他的情绪太过复杂，有不舍、想念、怨恨、痴爱、遗憾……思绪万千无从说起，心似双丝网，中有千千结。

罢了，“相思本是无凭语，莫向花笺费泪行”！相思之苦说不完道不尽，还是不要浪费花笺和泪行了。此句看起来决绝，实则尽显痴心。就算写满了这一张张彩色的纸笺，字里行间浸满眼泪，也无法将全部的思念表达出来。

索性扔掉了手中的笔，他回到卧室，继续“醉拍春衫惜旧香”。夜凉如水，不知道远方的伊人会不会冷，有没有厚衣衫取暖？夜深人静时，不知她会不会像自己一样，想起两个人曾经的美好时光。

这首词秉承了小山词一贯的风格：用词清丽，情景融合，对往事的追怀中饱含伤感。借“醉拍春衫”“年年秋草”“日日夕阳”“泪行”几个生动感人的画面，把离别之愁和相思之苦表现得淋漓尽致。从相知到相恋，从相恋到相思，任何一场爱情都需经受别离的苦痛。“相见时难别亦难，东风无力百花残”，面临相思，终归难以用理智去加以克服，那就沉沦其中吧。

唯有友情，是一剂通心的良药
——贺新郎（把酒长亭说）辛弃疾

陈同父自东阳来过余，留十日。与之同游鹅湖，且会朱晦庵于紫溪，不至，飘然东归。既别之明日，余意中殊恋恋，复欲追路。至鹭鸶林，则雪深泥滑，不得前矣。独饮方村，怅然久之，颇恨挽留之不遂也。夜半投宿吴氏泉湖四望楼，闻邻笛悲甚，为赋《虞美人》以见意。又五日，同父书来索词，心所同然者如此，可发千里一笑。

把酒长亭说。看渊明、风流酷似，卧龙诸葛。何处飞来林间鹊，蹙踏松梢微雪。要破帽多添华发。剩水残山无态度，被疏梅料理成风月。两三雁，也萧瑟。

佳人重约还轻别。怅清江、天寒不渡，水深冰合。路断车轮生四角，此地行人销骨。问谁使、君来愁绝？铸就而今相思错，料当初、费尽人间铁。长夜笛，莫吹裂。

辛弃疾和陈亮二人的深厚友谊，可谓一段佳话。无论在他们生前还是身后，都有过无数赞誉。那些饱含壮志未酬之情的唱和诗篇，还有鹅湖上携手同游的难忘经历，都彰显着他们的友情。

他们的相识颇有些传奇意味。当年辛弃疾从北方投奔南宋，寓居在江南的带湖山庄。名士陈亮仰慕辛弃疾的英名，特地前去拜访。那天天降大雪，路滑难行。到达辛弃疾所住之地要经过一座小桥，行至桥边时，陈亮所骑的马儿畏惧河水，无论如何也不肯过桥。陈亮本来急于见到辛弃疾，情急之下便挥剑怒斩马头，然后在风雪之中徒步向带湖山庄走去。而这一幕，恰好被站在楼上赏雪的辛弃疾所见。辛弃疾大有惺惺相惜之感，正感叹不知这是何人竟有如此英雄壮举，不料词人竟径直来到他家中递上了拜帖。正所谓英雄惜英雄，两人相见之后，举杯对饮，畅谈天下局势，意气相投，遂结为至交好友。这一年，辛弃疾三十九岁，陈亮三十六岁。此后他们各奔前程，皆为了南宋朝廷奔走呼号，聚少离多。

十年之后的又一个寒冬，相识多年的老友又一次重逢。这十年的辛酸坎坷自不必言，两人的双鬓都已斑白。辛弃疾见到陈亮后十分感慨，虽因另一位好友朱熹未能前来而略感遗憾，仍邀陈亮同游离家不远的鹅湖。此时，辛弃疾已年将半百，身患小疾，但为了陪伴故友，依旧带病前往。

他们久别重逢，自然有许多话要说。在这段时光里，二人对着窗外飞雪，饮酒作诗，谈笑高歌，不亦快哉。陈亮离去后，辛弃疾心中颇为不舍，又策马前去追赶，无奈雪深泥滑，山间道路不好行走，于是他便在路边的酒家独自喝起了闷酒。这天夜里，辛弃疾借住在泉湖吴氏的四望楼，半夜听到邻家传来的悲凉笛声，不由心生感慨，写下了这首为故友陈亮所赋的《贺新郎》。这是辛弃疾内心深处关于友谊和理想的真切独白。

遥想当时，他二人在长亭上把酒言欢，陈亮一袭粗布麻衣，那傲然的神态和洒脱的风姿就如晋代名士陶渊明一样令人生敬。他知陈亮虽然羡慕那一方青山绿水的宁静悠然，但心中又何尝不是像他自己一样燃烧着重整河山的壮志豪情。正当他的思绪要飘向金戈铁马的战场时，林间不知从何处飞来几只小鹊，在松枝间轻灵跳跃，把那树枝上的积雪踏得簌簌而落，词人的心也被拉回到现实里。阔别多年，如今他们都已鬓角微白，却壮志依旧未酬，如何不让人感慨。

想宋朝大好河山，在金人的铁蹄之下悉数被毁，只能在江南一隅苟且偷安，这“剩水残山”只能依靠稀疏几支老梅来点缀风光。虽然这天下有不少像他二人一样的义士，都有收复河山的决心与抱负，但终不过是寒冬里几只空中过雁，无法改变这萧瑟的现实。

十年之后再次相逢，又匆匆离别，词人不禁感叹：你虽然依约而来，但又怎舍得这样轻易离去？“怅清江、天寒不渡，水深冰合”，如此天寒地冻，再加上我身体大不如前，如何能够追得上你远行的脚步。自别之后，我对你的想念就如同这长夜笛声，漫漫无期，似乎要将天地都吹裂。

想到这里，词人甚至怀疑，他们当初的相逢是否是个错误，最初倘若不相识，也就不用承受现在的离别之痛了。又不知要过多久，他们才能再次把酒畅谈，对雪赋诗了！

在辛弃疾填写《贺新郎》的那个深夜，刚刚离去的陈亮也是彻夜未眠，于是寄信向辛弃疾索词。一回到家中，陈亮果然收到了辛弃疾的来信，可谓知交之人心有灵犀。读罢这阕《贺新郎》，陈亮也依韵做了一首相和之词，曰：

老去凭谁说？看几番、神奇臭腐，夏裘冬葛。父老长安今余几，后死无仇可雪。犹未燥、当时生发。二十五弦多少恨，算世间、那有平分月？胡妇弄，汉宫瑟。

树犹如此堪重别。只使君、从来与我，话头多合。行矣置之无足问，谁换妍皮痴骨。但莫使、伯牙弦绝。九转丹砂牢拾取，管精金，只是寻常铁。龙共虎，应声裂。

辛弃疾和陈亮二人以这首《贺新郎》始，来回唱和共五首，这段友情更是被传为千古佳话。

两鬓可怜青，只为相思老
——木兰花（人生若只如初见）纳兰容若

人生若只如初见，何事秋风悲画扇[①]？等闲变却故人心[②]，却道故人心易变。骊山语罢清宵半[③]，泪雨霖铃终不怨[④]。何如薄幸锦衣郎[⑤]，比翼连枝当日愿。

【注释】

①何事：为何，何故。

②等闲：无端，平白地。

③骊山：在陕西临潼东南，因山形似骊马，呈纯青色而得名，是著名的游览、休养胜地。

④“泪雨”句：唐郑处诲《明皇杂录补遗》：“明皇既幸蜀，西南行初入斜谷，属霖雨涉旬，于栈道雨中闻铃，音与山相应。上既悼念贵妃，采其声为《雨霖铃》曲，以寄恨焉。”

⑤薄幸：薄情，负心，也指负心的人。锦衣郎：指唐明皇。

古心词韵

每个少年都会远去，每个红颜都会苍老，美好总是容易逝去，所以，成长就注定了一路走一路失去。烟火、流星，还有爱情，这些易逝的东西又总是有着让人惊艳的美丽，亦如初见。初相遇时的瞬间流光、怦然心动，都让人眼热心跳，而后这份惊艳与倾情还是泯灭在了仓皇的光阴里——或许毁于冷漠，或许毁于背叛，或许败给了现实。

阅遍了纳兰容若的《饮水词》，其中美词佳句屡屡令人心折，最让人动心的还是《木兰花》里的第一句。这是一首拟古之作，容若借汉唐典故，以一个失恋女子的口吻谴责负心的男子，词情哀怨凄婉，屈曲缠绵，一句胜过了千言万语，当这一句变得耳熟能详，原词中涉及的故事反倒没能得到那么多的关注。

起首一句，将人生中那些不可言说的复杂滋味尽数涵盖，它也代表了词人的梦想：人生如果总像刚刚相识的时候，那样甜蜜且温馨，那样深情且快乐，该是多么美好。但所谓“梦想”，最后常常都变成了遗憾，难怪会有人唏嘘：“何事秋风悲画扇？”此处，纳兰用到了汉代才女班婕妤的典故。

汉成帝时，班婕妤被选入宫中，她不仅容貌秀丽，文学造诣又高，还擅长音律，深得成帝宠爱。但是，这一切在赵飞燕姐妹进宫后就改变了。赵氏姐妹得宠，班婕妤被日渐冷落。即便如此，她还是能感受到来自赵氏姐妹的敌意，所以，聪明的班婕妤自请去长信宫侍奉太后，悄然隐退在了淡柳丽花中。

然而，在长信宫的孤单岁月里，班婕妤仍是不时忆起汉成帝昔日的恩宠。这番念念不忘化成诗情，就有了著名的《团扇诗》：

新裂齐纨素，鲜洁如霜雪。
裁为合欢扇，团团似明月。
出入君怀袖，动摇微风发。
常恐秋节至，凉飙夺炎热。
弃捐箧笥中，恩情中道绝。

被抛弃的团扇，就如被冷落的班婕妤。她对团扇命运的同情，又何尝不是对自己的同情。人与团扇的命运有了共同点，被需要时，主人时刻都不会离手，一朝不再被主人需要，就会被弃至一旁。

由班婕妤的命运，纳兰不禁叹道："等闲变却故人心，却道故人心易变。"曾经相爱相亲的故人，难道不应该长相厮守吗，为何那么轻易就相离相弃？明明是你变了心，却只说是情人间本就容易变心，本就容易辜负。这是词人替那些被抛弃的女子所道出的，其中包含了委屈、不平、伤心等多种复杂的情绪。说爱便爱，说了便了，爱情有时就是这样让人彷徨无措。

下阕中纳兰又用到了唐明皇与杨贵妃的典故。据《太真外传》记载，唐明皇与杨玉环曾于七月七日夜，在骊山华清宫长生殿里盟誓，愿世世为夫妻。白居易的《长恨歌》里也提到过这个传闻："在天愿作比翼鸟，在地愿为连理枝。"良夜清宵，与有情人，诉甜蜜语，真是乐哉！可是，后来安史之乱爆发，玄宗入蜀。玄宗麾下将士认为杨贵妃是红颜祸水，更指其兄杨国忠是祸国奸臣，三军众怒，玄宗迫于压力，无奈将杨贵妃赐死马嵬坡。

安史之乱平定后，唐玄宗北还，途中因思念杨贵妃，曾作《雨霖铃》以悼之。悼念又有何用呢，红颜已成枯骨，长生殿里许下的誓言已被他亲自践踏成泥。可怜芳魂已无踪迹，杨玉环临死前还曾对玄宗说道："妾诚负国恩，死无恨矣。"她果真无恨吗？

词以"何如薄幸锦衣郎，比翼连枝当日愿"作结，纳兰对薄情者的谴责较之上阕更为明显：薄情人背情弃义，"当日愿"怎不成空？多少红尘往事，最后都只化作一抔尘土，几多寂寥，让人不得不感叹："人生若只如初见。"

相思萦绕间，一眼迷蒙
——百字令（春光老去）厉鹗

丁酉清明

春光老去，恨年年心事，春能拘管。永日空园双燕语，折尽柳条长短。白眼看天，青袍似草，最觉当歌懒。愔愔门巷，落花早又吹满。

凝想烟月当时，饧箫旧市，惯逐嬉春伴。一自笑桃人去后，几叶碧云深浅。乱掷榆钱，细垂桐乳，尚惹游丝转。望中何处？那堪天远山远！

古心词韵

一个人，一本书，一杯茶，一台古老的收音机，便将时光缓缓倒流。当春日的歌声被园中的双燕呢喃着唱出时，思念总是适时出现。思念是一种美丽的孤独，它如山涧中的花一般，自开自落，自我欣赏，也自我哀叹。它也如一只漂泊无依的舟，找不到停泊的岸、牵绊的礁石，只能张望着彼岸。

席慕蓉说：

当我猜到谜底，才发现，筵席已散，一切都已过去。

筵席已散，众人已走远，而你在众人之中，暮色深浓，无法再辨认，不会再相逢。

不过只是刹那之前，这园中还风和日丽，充满了欢声笑语，可是我不能进去。他们给了我一个谜面，要我好好地猜测，猜对了，才能与你相见，才能给我一段盼望中的爱恋。

当我猜到谜底，才发现，一切都已过去，岁月早已换了谜题。

是啊，从前的市井烟火、人间情味，在对方转身的那一刻，就已经变成迟暮的春天。岁月给人留下的，只是淘不尽的伤感和思恋。眼前的小桥流水双燕翩飞，尽是对思恋者无情的嘲弄。

单单相思盼望伊人归来倒也罢了，最难将息的莫过于明知相逢无期，却在相思中让从前的浪漫和绮丽，像秋雨般点滴到天明，真可谓是“这次第，怎一个愁字了得”。回忆，我始终认为是一场盛大的葬礼，曾经最美的，却也成了最痛心的记号。“泪眼问花花不语，乱红飞过秋千去”，它让我们怅然落泪，让我们凄然醉歌。

厉鹗的《百字令》便是一个关于相思和回忆的故事。又是春光迟暮，一如往昔年年，春光尽被相思萦绕。曾经的花园，人去园空，双燕的莺莺软语更显凄凉，就连柳枝也时时提醒着离别，怎不让人伤怀呢？可是啊，情思依旧宛如春草生生不已。静静门巷，风吹落花满地，无声无息。回想当初，皓月当空，箫声悠扬，街市中满是嬉戏追逐的欢声笑语。然而，春天的脚步匆匆不止，榆钱落了，铜子挂树，尚有丝丝蛛网，无依漂浮，春已尽，人已散，香尽烟消，能做的只有双手捧着回忆，望着天空，默默等待。

“春蚕到死丝方尽，蜡炬成灰泪始干”，懂爱的人是无悔的，爱是流淌在他们生命中的血液，生命不竭，就不会停止爱。爱，要求的不是完美，而是完整，痛彻心扉的相思从不会缺席。正如美国诗人狄金森说：等待一万年不长，如果终于有爱作为补偿。

离愁渐行渐无穷，有情难舍
——水龙吟（夜来几阵西风）陈维崧

秋 感

夜来几阵西风，匆匆偷换人间世。凄凉不为，秦宫汉殿，被伊吹去。只恨人生，些些往事，也成流水。想桃花露井，桐英永巷，青骢马，曾经系。

光景如新宛记，记相逢、瑶台殊丽。微烟淡月，回廊复馆，许多情事。今日重游，野花乱蝶，迷濛而已。愿天公还我，那年一带，玉楼银砌①。

【注释】

①银砌：银白色的石阶。

薄薄酒，胜黄汤；粗布衫，胜无裳；丑妻贱妾胜空房。男欢女爱，春花秋月，人世间的爱情都躲不过一场相逢。因为有爱，所以甘愿遍尝人间愁苦，只为换回今生的幸福、来世的重逢。有悲有喜，有爱有痛，这才是爱情的本质，可是一头扎进情海中的人，常常就像被月色蛊惑的行人，甚至早已忽略了夜色的漆黑。他们执迷于幸福，执迷于承诺，却不知道誓言常常是被用来打破的。所以，等到誓言成空，良人离去之时，被爱情辜负的女子常常还回不过神来。

“夜来几阵西风，匆匆偷换人间世。”一夜西风呼啸，吹落了枝头最后残存

的叶子。她清早起来，只觉得整个世界仿佛都发生了变化，人间仿佛已被那西风吹得翻天覆地了。凄凉秋日的变化，略带着几分沧桑，仿佛历史中的兴衰变化也能带给人的感受那般。昨夜听风声一阵紧过一阵，便知道那风有多无情，想必也会像摧毁了秦宫汉殿的历史风云那样无情吧！

历史的风云，于这闺中女子而言，是无半分关系的。秦人天下也好，汉室天下也罢，她不过是一个当户理红妆、对镜贴花黄的女子。她在乎的不过是那一个能让她笑亦能让她哭的男子。男人们大抵要上了战场才知道兵荒马乱中的艰辛，可太平盛世里，只那一人，就可以让女子的心陷入兵荒马乱中。

她恨，恨“些些往事，也成流水”，没有好事随流水而来，只有欢乐逐流水而去。回想当初，在桃花灿烂的季节，心上人的青骢马曾系在井栏旁边、梧桐花下、深巷之中，而她也正是在这些地方与心上人相约密会。“桃花露井，桐英永巷”，古来情侣常在这些地方幽会，尽显缠绵旖旎，不过“曾经系”三字一出，便让人知道不管有多么欢乐的过往，最终还是落了空，无情的男子辜负了她，一如那无情的西风一样，让她的世界陡然变了模样，她如何不“恨”？

恨越深，越见当初情深，也更能想象出当时的回忆有多么美好。如今想起来，回忆还清晰得寸缕可见。他们最开始是在华美的瑶台上相逢的，男子风流倜傥，女子妩媚娇羞，一个眼神交汇，便双双中了爱情的魔咒。在后来的岁月中，微烟中、淡月下、回廊里、复馆内，多少幽欢雅会让人难忘，爱情也在这朝夕相处的日子里越来越浓，浓得像一坛被珍藏了千年的酒，只饮一滴就能醉人。可是，不胜酒力的似乎只有女子一人，男人仿佛只是沉迷于她的“殊丽”之色。这也便暗示了，等到红颜老去之日，面对着人老珠黄的女子，他也便酒醒而去了。

今日再重游旧地，只见野花乱蝶，有几分荒芜凄迷，更加让人感叹欢乐已逝，只留悲伤。她不由得对天祈愿：“愿天公还我，那年一带，玉楼银砌。”希望天公能够让我重新拥有以往在玉楼银砌的快乐时光！明知这是不可能实现的，她还要高声呼唤，这从心底发出的呐喊，不知道能不能将她心中的抑郁与无奈发泄一二。

天地广阔，生命漫长，一颗心与另一颗心的相遇，究竟要跋涉过多么漫长的距离！好不容易有片刻闯入了彼此的心扉，却只是一个片刻，便又绝尘而去，最怕，感情被时光消磨，最怕，这之后的之后，你不再爱我。

第三章

多谢你的柔情，你是我永远唱不完的那首歌

若容香坊饮清泪，别不了一世情缘

——集贤宾（小楼深巷狂游遍）柳永

小楼深巷狂游遍，罗绮成丛。就中堪人属意[①]，最是虫虫。有画难描雅态，无花可比芳容。几回饮散良宵永，鸳衾暖、凤枕香浓。算得人间天上，惟有两心同。

近来云雨忽西东。诮恼损情悰[②]。纵然偷期暗会，长是匆匆。争似和鸣偕老，免教敛翠啼红。眼前时、暂疏欢宴，盟言在、更莫忡忡[③]。待作真个宅院，方信有初终。

【注释】

①属意（zhǔ yì）：倾心。

②悰（cóng）：欢乐。

③忡忡（chōng chōng）：忧虑不安。

爱人的情话，像四月丁香、八月金桂，又像晨间彩云、暮时霞光，空气被熏甜，天空也染色。“你的唇边，是呼之欲出的春天。”心就融化在这春天里，软

绵绵的，浮在云端。可世俗凡人，谁能一直停留云端呢？我们总要坠落，从幻想构筑的国度里出走。

现实如此，让很多人说起情话时，常常心虚。比如穷极时的情话，总少了三分底气。不求锦衣玉食也要争个衣食无忧，可这样简单的要求，也不是上下嘴唇一碰就能满足的。

“爱情”二字诚然纯粹，心意最重，可是，两个人的牵系，没有心意就少了根基，如果只有心意，必然也不牢靠。情诗与情话固然美好，终如情花，绚烂了一时却不能盛开一时。誓言的未兑现，是有情人挣不脱的梦魇。

深爱着柳永的虫娘，醉舞九天只为柳郎，又有缠绵情话不绝于耳，但是，她还是渐渐生了抱怨。“虫虫”是柳永对虫娘亲昵的爱称。想那长身玉立、风度翩翩的青衫男子，在小楼上、深巷里，深情呼唤她的名字，她回报以璀璨笑容。人们爱用“泛黄的时光”来哀悼岁月，可古旧长卷里，也从不缺少潋滟惊人的亮色。美丽的虫娘，就像不褪色的风景——“有画难描雅态，无花可比芳容”，也是如此，才能把风流多情的柳郎留在身边。

鸳被暖，凤枕香，贪欢享乐，人间天上。

如柳永这样的才子，少不了将连绵情话奉上。他在她的耳边，细细碎碎地数说，称赞她的美好与温柔，连道一定是自己运气太好，才能得到这么一位与自己两心同的曼妙佳人。情话脱口而出，常在情动时，情感超越了理智，捞月摘星都是愿意的，承诺也随着悦耳的情话吐露出来，又哪里顾得上能否兑现。

男人说完就忘掉的情话，常常就成了女人心口的一点朱砂。

虫娘身在烟花地，不管她和柳永的感情如何真挚深浓，在旁人眼中，终归是妓女与嫖客的关系。爱深了，爱真了，人都容易变得贪心。在欢场浮沉多年的女子，谁不想抓住一根救命的稻草，谁不想上岸？

可是，柳永不是虫娘的救命稻草。虽然他们郎情妾意，但一个从青楼中走出的女子，断不可能进入柳府的大门——以儒学治家的柳氏家族，能容忍柳永的放荡不羁已是不易，怎么可能容忍他把烟花巷里的艳遇带回家？是真情还是假意，长辈们才不在乎。家族名声与文人道统，容不得半点亵渎。

柳永许下了共结连理的约定，这曾让虫娘非常欢喜，可一旦这约定迟迟不能兑现，她便从云端坠落，清醒地回归了现实——他们的爱，是得不到祝福，也得不到保护的。柳永爱惜她，她便矜贵迷人；柳永要离开，她便一无所有。

想东想西，寻不到出路，整颗心都被悲剧填满。任是再七窍玲珑的女子，中了爱情的毒，也会弄丢那一份天赐的聪慧，因情生怨，因情生恼。对此，柳永岂会浑然不觉，在短暂而匆忙的偷期暗会里，虫娘的恼与怨，他都看得到，看得懂，也明白该如何安慰她的心——“争似和鸣偕老，免叫敛翠啼红。”虫娘想要的是鸾凤和鸣、相携到老的爱情，唯有如此她才能舒展愁眉。柳永懂她心事，也因此更是为难，唯有宽慰：“他日定寻个宅院，誓与你作伉俪，结同好，共始终。”

不知这样的许诺，是否还能安慰忧心忡忡的虫娘。但对于沦落风尘的女子来说，能得一知心人如此体惜已足够幸运。欢场中尽是浮花浪蕊，被侮辱、被损害、被辜负，这似乎就是烟花女子注定的宿命，如柳永这般真心爱慕、诚意体惜的男子，已非常难得。

想为当红的青楼歌伎赎身脱籍，然后寻个宅院安稳度日，对柳永来说，这并不是容易实现的事情。他流连京都多年，主要的经济来源是为教坊乐工还有青楼歌伎填词，以及脂粉红颜的偶尔接济。虽然他在歌舞场中轻狂挥霍，但事实上生活还是相当窘迫。只不过，被月亮蛊惑的人，哪里还会看到夜色的漆黑?

太多人看到了他的风光，却看不到他的潦倒。

至情至性，真情今生难却
——玉楼春（尊前拟把归期说）欧阳修

尊前拟把归期说，欲语春容先惨咽。人生自是有情痴，此恨不关风与月。

离歌且莫翻新阕，一曲能教肠寸结。直须看尽洛城花，始共春风容易别。

公元1034年春季的一天，在大宋西京洛阳，一群官员正在聚宴。众人酒兴大发，开怀畅饮，异常兴奋。可任职留守推官的欧阳修却心潮涌动，神情黯然，几次欲言又止。

春日暖暖，众多同僚和友人在一起聚会，各人吐露心曲，大家其乐融融。他

举起酒杯来，却难以下咽，话更难以出口。自己即将离开这里，这里的友人让他眷恋不舍，刚要郑重地把离开的确切时间告诉大家，但将说未说的犹豫之际，黯然销魂的离情潮水般涌上心头，泪水也涌出来，当着众人他竟然克制不住情绪，哽咽起来。

自古才子常多情，大文人欧阳修概莫能外，与友人离别便伤情如此，可见他更是多情种子中的佼佼者。欧阳修在公元1030年考中了进士，第二年被任命为西京洛阳的留守推官。当时洛阳文人汇聚，著名的钱惟演、尹洙、梅尧臣都在此为官，欧阳修在此履职四年之久，与他们无数次诗文唱和以及偕游或聚宴，结下了极其深厚的友谊。这年春天他任满将要离开，惜别之情激起了万千愁绪，这首词便是他发自肺腑的友情之呼。

他自认是个痴情者，自己是由于情痴才受此情苦。这份友情惜别发由本性，不是由自然景象触发愁情；离别的痛苦主观上无法避免，与春日的清风和清凉的明月都没有关系。陷在个人情感樊笼里的他，生发出了对人生的别样体悟——友情与爱情同样是至情至性的内心撞击。

面对众多的挚友，即使惜别到了无语凝咽，终须明明白白地道别。那就吟唱一首离别之歌吧！把离别的告白以及离愁别恨尽情地倾入这首离歌里，让大家在离歌的吟咏中叙尽友情别恨。不过只要一首离歌便已经足够，千万不要再咏唱第二首，因为一曲离歌已是“能教肠寸结”，继续唱下去在座众人谁都无法承受。他娓娓道来，但难分难舍的情感已到了极致，陷入了深深的哀伤之中。

感情的门闸一旦开启，欲要收拢便是件难事。他想让离别不致太过痛楚，邀大家收拾心情一起去踏春。在春光中畅玩，看遍美丽的春花，或许会消减和淡化离愁别恨，分手的时候才不至于难以承受。酒桌上的离别只能是举杯浇愁愁更愁，拿出闲情逸致去游春赏花，确是与友人道别的较好方法。但是这群洛阳才子长亭送别般的游春，恐怕怎样都不会游出“春风得意马蹄疾，一日看尽长安花”的心境。

欧阳修考取进士时只有二十三岁，在西京洛阳履职四年之久，正是情感奔放的青年时期，他对友情极其看重，因而对于离别难以释怀。这次离别二十多年后欧阳修做主考官时，仍把旧友梅尧臣拉到身边来，帮助他一起主持考试和审阅试卷，一举录取了苏轼、苏辙、曾巩等宋代大才子同登进士第，留下了文人友情的一段佳话。

故人在天涯，千里寻轻月
——阳关引（塞草烟光阔）寇准

塞草烟光阔，渭水波声咽。春朝雨霁，轻尘敛，征鞍发。指青青杨柳，又是轻攀折。动黯然，知有后会，甚时节？

更尽一杯酒，歌一阕。叹人生里，难欢聚，易离别。且莫辞沉醉，听取阳关彻。念故人千里，自此共明月。

渭城朝雨浥轻尘，客舍青青柳色新。
劝君更进一杯酒，西出阳关无故人。

唐代诗人王维的这首《送元二使安西》又名《渭城曲》或《阳关曲》，是送别诗中的佳作，流传千古，家喻户晓。朋友间的情谊虽不似情人间缠绵旖旎，但每逢离别，也是一样的凄切难耐。在这首经典送别诗里，前两句轻描淡写，勾勒出一幅清新而静谧的景象，后两句却笔锋一转，悲痛立现：再来与我痛饮一杯吧！出了阳关，只怕再也没有故人可以把酒言欢了。朋友话别，似乎无须多言，一个表情、一杯水酒，已能代表一切。

寇准的《阳关引》，与王维这首送别诗异曲同工，不过由于体裁的不同，寇准的词更能把离人的复杂情绪，谱写成一曲回环曲折、抑扬顿挫的离歌。这首词仿佛由一组组镜头构成，由远及近，由景及人，音画共融，将静态诗词赋予了动态美感。

离人眼望着塞外丛生的野草，漫无边际地延伸到天际，耳边不时传来渭水翻涌的声音，呜呜咽咽，配合着这辽阔的景象，让人心生浓郁的悲凉。昨晚又下了一整夜的春雨，打湿了这通向边塞的大道，过一会儿离人的马蹄飞扬，怕是也不会溅起寸缕尘土了吧！

“昔我往矣，杨柳依依”，旁边的柳树随风轻摆，像伸出手来挽留即将离去

的朋友。轻轻地折下一枝柳条，递到朋友手中，拍拍他的肩膀，虽无声，情已满。今日一别，不知何日再聚，万望珍重，再珍重。

离别的伤情让人不堪忍受，可即使黯然伤神，也无法改变分离的结局。还是共饮一杯好了。“更尽一杯酒，歌一阕”，对酒当歌，人生几何，聚聚散散，不是凭一己力量就能改变得了的。人生就是这样，“难欢聚，易离别”，所以还是抓紧这相聚的时光好了。

“相逢且莫推辞醉，听唱阳关第四声。”喝过了美酒，唱过了阳关曲，也该是上路的时候了。如果途中思念家乡，想念故交，那就抬头看看天上的月亮吧！“海上生明月，天涯共此时”，离家再远，月亮却还是同一轮月亮，即使相隔万里，也可共赏一轮明月来传递相思。

寇准这首送别词，无一字铺陈二人的情谊究竟有多深，但分别时的浓郁不舍却已经道出真相。在状似洒脱的举杯对饮之后，也有离情让人动容。这便是男人之间的友谊，没有相对垂泪，没有啰唆叮嘱，却可以将满腔情意寄托在酒杯里。

在《阳关三叠》的曲声中，他们长时间地静默着，默默对饮，然后离人从朋友手中接过柳枝，互道一声“珍重”，便策马扬鞭而去。每个人都还有一条很长的路要走，前方如果有南墙遮挡，便撞破它；如果有河水阻拦，就跨越它；如果有情丝牵绊，不论是爱情还是友情，却都无法果断斩断。便由这情丝牵引着，举头望向那空中明月，自有深情厚谊萦绕心间。

相思休问定如何，不道知心
——临江仙（忆昔西池池上饮）晁冲之

忆昔西池池上饮，年年多少欢娱。别来不寄一行书。寻常相见了，犹道不如初。

安稳锦屏今夜梦，月明好渡江湖。相思休问定何如。情知春去后，管得落花无？

晁冲之的家族是北宋名门，他的堂兄晁补之、晁说之、晁祯之都是当时有名

的文学家。绍圣年初，因为朝廷内党派纷争，晁冲之与其兄晁补之都受到牵连，遭到贬黜。一时间家族风光不再，往日的好友同僚也都被发配到各个偏僻之所，不知何年何月能够再次相聚。

今昔对比，晁冲之不免心生感慨，这首《临江仙》正是作于此时。虽不到百字，却充满了浓郁的苦闷和落寞之情。念及往昔在皇家园林金明池边和至交一同畅饮，谈天说地，是何等酣畅淋漓，风光无限！可世事难料，人心不古，谁曾料想到，未隔多久，友人们竟会天各一方，前途难料。往日的欢笑声仍在耳边回响，可这笑声越是豪迈，他心里越是凄凉，不知以后还有没有机会再像以前那样把酒言欢。

距别离那天已经过去了些时日，朋友却无半点音讯传来，哪怕是一句简单的问候也没有传来。他忧虑重重，不知道朋友过得可好，同时又难免有些抱怨，怨一朝分别之后，难道往日深厚的友情也随之消失了吗？但他自己也明白，遭逢如此大的变故，已是人人自危，皆求自保，谁知一封忆旧的书信会不会再横生事端。政治圈子里追名逐利，风云诡谲，人人朝不保夕，沉默不语犹恐招致祸端，更不敢有任何妄动之举来招惹是非。所以，少了书信往来也在情理之中，在这样险境横生的环境下，没有消息大概已经是最好的消息了。

寻常而言，离别人最盼相聚。但词人却道出一句："寻常相见了，犹道不如初。"即使彼此相见，重聚在一起，也不如不见，因为此时他们都不再是过去风流轻狂的少年，畅饮畅谈的快乐场景也不会再现了。司马光的《西江月》里也有一句"相见争如不见，有情还似无情"，以反语状写别后相思。晁冲之笔下已是相同情状，若有机会再次相聚，只怕日久生疏，又畏祸避祸，尽说些无关紧要的客套话语，不尴不尬，反而不如不见的好。

他嘴中说着不如不见，但心里也还是有汹涌的想念之情。可是相见也难过，想念也落寞，现实中的快乐早已蒸干，战战兢兢的日子真是难捱，只得去梦里偷得半晌清闲。好在今夜并没有苦涩的情绪钻入梦中，可以安稳地睡上一觉了。在梦里，词人与朋友在月朗星稀的夜晚泛舟湖上，"月明好渡江湖"，浑然一派安逸景象。假如这样的梦不会醒来该有多好，这一场险恶的政治风波也可以平稳度过！

在杜甫的《梦李白》诗中，也有过"江湖多风波，舟楫恐失坠"的担忧之语，为同处政治旋涡中的友人的处境担忧不已，但晁冲之却以"月明好渡江湖"的欢欣语气，表达了一种美好的祝愿。然而就现实情况而言，他和友人能否安然"渡江湖"，并不确定。由此，杜诗与晁词不过是殊途同归罢了。

在复杂的局势下，有些话不能明说，对彼此的境况其实都心知肚明，也无须多言。所以，即使是相会于梦中，仍需顾左右而言他，既是自保，也是为了保护友人。

在这样彼此失了消息的日子里，春天悄然逝去，落花满地，有谁会去问候这一地残红是否安好？花犹如此，人何以堪！曾经的朋友即使再默契，也回不到从前；即使再惦念，关心的话到了嘴边，却也终究没有说出口来。罢了，罢了，何必横生事端，也让朋友为难。

爬得越高，跌得就越痛，没有经历过人生的高潮与低谷，就无法真正地领悟人生。昔日欢娱今朝泪，也是人生的常态，又或许，虽然现在满心苦痛，多年之后再回忆起来，也是一段值得珍惜的记忆。这些人生中的起伏过往，最终都会烟消云散，当初心中的万千计较，最后也会归于平淡。

宁为太平犬，莫做乱世人
——虞美人（张帆欲去仍搔首）陈与义

大光祖席[①]，醉中赋长短句。

张帆欲去仍搔首，更醉君家酒。吟诗日日待春风，及至桃花开后却匆匆。
歌声频为行人咽，记著樽前雪。明朝酒醒大江流，满载一船离恨向衡州。

【注释】

①祖席：饯别的宴席。

“宁为太平犬，莫做乱世人。”短短十字，却是陈与义在五年颠沛流离中最真切的感受，也能代表生于战乱时代的黎民百姓的痛苦心声。钱钟书先生在《宋词选注》中说：“靖康之难发生，宋代诗人遭遇到天崩地塌的大变动，在流离颠沛之中，才深切体会出杜甫诗里所写安史之乱的境界，起了国破家亡、天涯沦落的同感。先前只以为杜甫‘风雅可师’，这时更认识他是一个患难中的知心伴侣。”看罢陈与义的一生，更知此言不虚。

陈与义出生于书香世家，幼时便能“作文辞，致名誉”，十七岁时进入太学。他小试牛刀，作五首《墨梅》诗，让徽宗皇帝有相见恨晚之感。

南渡之前的陈与义，就像他笔下亭亭玉立的墨梅一样，其诗词中也多是“长沟流月去无声。杏花疏影里，吹笛到天明”的优美静谧。靖康之乱爆发，不仅改变了无数黎民百姓的命运，也让诸多文人的文风发生了惊人变化，譬如陈与义，作品里更侧重表现普通百姓在战乱年代的颠沛流离，充满了血泪心酸。

这首《虞美人》作于建炎三年，那时的陈与义已经徒行万里，历经诸省。为了躲避金兵的驱逐，他一路躲避到湖南，不料在此遇到了多年未见的好友席益。当时的席益也是穷困潦倒，辞去了官职，流浪在衡山一带，二人相见都有惺惺相惜之感，只可惜相聚不久，陈与义又要离开。

“张帆欲去仍搔首，更醉君家酒。”阔别多年，昔日少年已经历尽沧桑，早已经两鬓苍苍了。乱中聚首，又在乱中分别，这一次见面乃是不期而遇的幸运，谁知一别之后还有没有机会再见呢！和太平岁月不同，乱世一别，从此不知对方将要面临怎样的境况，甚至连自己的生死也难以把握，故而就有了更多的怆然和凄凉。好友自有一番浓情挚意，温暖贴心，让人舍不得离去。无奈中，便饮酒将自己灌醉，以求在麻木中不去感受离别之苦。本是美酒，可这琼浆玉液饮下去，也只觉得酸涩无比。

渡口的客船已经扬起白帆，到了不得不离开的时候了。好友执手惜别，一瞬间，陈与义想起了以往的青葱岁月。年轻时候他们“吟诗日日待春风”，如今正是“桃花开后”、春色撩人之时，他们却再也无心欣赏，只能无奈地匆匆告别，然后各奔前程，可能后会无期。

“歌声频为行人咽，记著樽前雪。”侧耳倾听，不远处江面的画船上传来呜咽的歌声，似乎也在为这些渡口的离别之人伤心。可是这歌声如泣如诉，不仅不能宽慰人心，反而撩拨起了更深的无奈。

酒不醉人人自醉，醉眼蒙眬中，客船已经拔锚，载着一腔离愁别恨向衡州远行而去。女词人李清照的《武陵春》有名句曰：“只恐双溪舴艋舟，载不动许多愁。”其实这愁绪并非船载不动，而是沉重到让人觉得内心承受不住了而已。

江波拍打船身，船舱里的一盏孤灯也随着江风微微晃动，烛影摇晃，就像词

人那忐忑不安的心。此时的他只愿沉睡入梦，又怕到了明天酒醒时，发现自己又已经孤零零一人飘荡在这浩瀚天地间，唯有清风明月为伴。

寸寸柔肠，盈盈粉泪皆情愿
——扫花游（柳花巷陌）邵亨贞

春晚次南金韵

柳花巷陌，悄不见铜驼，采香芳侣。画楼在否？几东风怨笛，凭阑日暮。一片闲情，尚绕斜阳锦树。黯无语，记花外马嘶，曾送人去。

风景长暗度。奈好梦微茫，艳怀清苦。后期已误。剪烛花未卜，故人来处。水驿相逢，待说当年《恨赋》。寄愁与，凤城东、旧时行旅。

文人邵亨贞生活在元、明之际，入明之后，他的半生生活不离乡野，常做伤春感秋、赠答酬唱之作。在这首与友人南金的唱和之作里，邵亨贞为女子立言，写闺怨闺情，写爱情离开后，那些足以捣毁生活的孤独寂寞。

“只盼着一直下雨，这样就能以为你是因为下雨才没有来。”不经意间读到这样的文字，不由替恋爱中的女子感到了悲伤。作家毕淑敏说过：“爱的时候，眼珠近视散光，只爱看江山如画。耳是聋的，只爱听莺歌燕舞。爱让人片面，爱让人轻信。爱让智商下降，爱让人一厢情愿。”沉沦于爱情里的人，享受着自然而然的甜蜜，也承受着无法遏制的痛苦，就像尝过了生活的甜，总要多多少少吃点苦头，这本是生命的能量守恒。至于身处其中是悲是喜，是苦是乐，皆是自愿。

即便有朝一日，从爱情的美梦中醒来，冰冷的现实让人无奈，人心的善变令人伤感，还是有人会痴迷眷恋，昔日令人心醉神迷的，自然不是那么容易被割舍。

春事近晚，芳草迟暮的时节，女子回到了曾经生活很久的凤城。旧地重游，每到一处旧日时常流连的风景，青春时光里的一幕幕就如被投入水里的石子，惊起了心海的涟漪。

柳花巷陌依旧，却不见了昔日陪伴在她身边的少年。他们曾一起踏青赏春，度过了无忧无虑的青春时光，此时此刻，郊野上依旧有佳侣携手采香，四目相对间情意缠绵，一如当初的他们。日暮时分，她再次登上曾经熟悉的画楼，危楼独倚，只听到一阵阵凄凉的笛声由东风送来，撩拨着她那寂寞的心弦，让她不由得跌入了记忆里。曾经，她与爱人一起在这座画楼上眺望过水光山色，欣赏过潋滟风景；曾经，她在此处与爱人诀别送行，马鸣嘶嘶，尘土飞扬，爱人的身影渐渐消失在绚烂的春光里，从此天南海北再未相逢。

每个人都孤独，在分离的世界里，寂寞地跳着单人舞。时间在不知不觉中流逝，“风景长暗度”，对方却迟迟未归，约定的日子早已过去多时，“后期已误”，她知爱人归期渺茫，纵然心里千苦万苦，还是妥帖珍藏着旧日的情愫。大多数回忆本是美好的，只要能让过去的真正过去，可如果对旧时的苦与乐过多执着，就会陷落在旧时光里，又怎么向前？

不论她多么恋恋不舍，时光都如覆水，现实终归残酷，“好梦微茫”，她连一场相逢的梦都没有做过，想来更让人觉得心酸。不仅重逢无期，她其实连对方的消息也无从获知。古人以蜡烛或油灯照明，燃烧过程中，灯蕊有时会噼啪作响，跃出一小团灯花来，本是该剔拨灯蕊了，但人们常以为这是外出的人即将归来的讯号，由此有灯花报喜之说，譬如唐人杜甫的《独酌成诗》里有“灯花何太喜”之句，宋代许玠《菩萨蛮》里有“夜夜卜灯花，几时郎到家”。在这首词里，“剪烛花未卜，故人来处”意味着即使灯花迸溅，女子也没能卜算出那人的归期，“好梦微茫”的遗憾由此又深了一重。

遗憾不止于此。旅途中的爱人尚且杳无音讯，她自己也又踏上了漂泊之路。好梦都不曾做过，只能在心里企盼，盼“水驿相逢，待说当年《恨赋》”。原地等待尚且不见归人，天地浩大，又岂是那么容易在异地相逢？只能揣着这不切实际的想象，天涯飘零。

水迢迢，人杳杳，一叶寒涛
——惜黄花慢（送客吴皋）吴文英

次吴江小泊，夜饮僧窗惜别，邦人赵簿携小伎侑尊，连歌数阕，皆清真词。酒尽已四鼓，赋此词饯尹梅津。

送客吴皋，正试霜夜冷，枫落长桥。望天不尽，背城渐杳；离亭黯黯，恨水迢迢。翠香零落红衣老，暮愁锁、残柳眉梢。念瘦腰，沈郎旧日，曾系兰桡。

仙人凤咽琼箫，怅断魂送远，《九辩》难招。醉鬟留盼，小窗翦烛；歌云载恨，飞上银霄。素秋不解随船去，败红趁、一叶寒涛。梦翠翘。怨鸿料过南谯。

秋肃来临天下，枯萎的枫叶经霜杀落，由西风漫卷着飘落在长桥。夜幕已经降临，一艘画船在落日余晖中泊在吴江岸。几名文士下船进入傍江的寺院，在内摆酒设宴为友人饯别。彩灯明亮，窗纱透红，一名歌女唱着离愁别恨的情歌。友人即将离去，佳人唱响离歌，又勾起对情人的记忆，搅得江南才子吴文英心神恍惚，收拢不住驰骋的思绪。

霜寒月冷，败叶纷飞，他倍感苍凉。人在宴间，可他的心却设想着明天友人将乘船朝着没有尽头的水天驶去，友人的前途空旷寥廓，将是望不到天际那样的杳渺。背后的城郭会满怀愁情地眼望着友人而把自身渐渐隐没；与人一起送别的垂虹亭也会触景伤情，不忍心目睹这场别离；江中的水流怕更是如同饱尝离愁别恨一样黯然。

唐代赵嘏《长安晚秋》诗中道：“紫艳半开篱菊静，红衣落尽渚莲愁。”叙说的是晚秋时节紫菊仍在而红荷尽落的愁情。此时此地已是满眼荷花“翠香零落红衣老”，他的内心意向与赵嘏吟咏的情景何其相似，且比之更添愁情的是暮云愁锁，残柳皱眉。在他眼里，暮色都愈加沉郁苍茫，柳树都愁眉紧锁枝枯叶黄，好像都在为着人儿的离别愁苦心伤。目凋荷而伤年华，见残柳而添离恨，迟暮嗟，离别恨，他是何等的惆怅。

离别的酒已让他伤情，歌女的情歌又引起了他对前尘往事的怀想。他先是想起南朝的沈约，那个擅长写离别哀伤诗的美男子，因恃才旷放屡遭皇帝责罚，以致忧心憔瘦辞世。眼前自己虽是与沈约一样蹉跎到了瘦损腰围，但想当年也曾如他一样年少风流，也曾系舟岸柳吟咏着哀伤诗送别美丽的情人。情人那久别的倩影一再于眼前浮现，此时的他已是黯然离魂。

魂不守舍中忽觉"仙人凤咽琼箫"。他把当下离宴中幽咽的箫声听错，错以为是仙人萧史、弄玉在吹奏仙家的凤箫。待到心思回到送别的酒宴上，离宴的场景更让人伤怀。友人们吟咏着离别哀诗，即使有像创作《九辩》的宋玉那样的横溢才情，也无法招回悲痛欲绝的送客的断魂。离宴的箫声载着离恨驰入遥空，引他进入了幻想：友人终是要去的，自己的灵魂将随着飞云跟着友人的客船流向远方。

歌女深情地饮下饯行的酒，媚眼顾盼间露出绵绵的情意，撩情的女伎再次勾起他对久别情人的追忆。窗前剪断的烛花眩惑心神，幽怨的歌声满载离愁别恨飞上云霄。寒秋给他带来的仅是情绪低落，友人与情人的双重离恨却使他痛彻心扉。他忽而又入幻想：这悲情既然无法被那客船载走而断绝，就一定会化作那一片衰残的红叶，在寒江中随波而去，寻找它该有的爱的归宿。由幻而又进入了梦境，梦见了想念的情人翠翘，她是那样的可人。

"乡心正无限，一雁过南谯"，此时词人的梦中恍惚见到了日夜思念的佳人，她居住的南楼上似乎还有大雁鸣叫着飞过。他的内心都是疑惑：那南楼的悲鸿是美丽的翠翘派过来给我送信的吗？从这些都可以看出，词人实不愿从梦中回到现实。

送别友人，情真意切；思念情人，伤心欲绝。两项情感，委婉凄怨，缠绵悱恻。何以一时之间把诸种苦情加于已身，局外人都替他担心：不知多愁善感的他能否承载得动这沉重的感情负担。

一缕情怀，温暖友人心
——雨中花（旆拂西风）高观国

旆拂西风，客应星汉，行参玉节征鞍。缓带轻裘，争看盛世衣冠。吟倦西湖风月，去看北塞关山。过离宫禾黍，故垒烟尘，有泪应弹。

文章俊伟，颖露囊锥，名动万里呼韩。知素有、平戎手段，小试何难。情寄吴梅香冷，梦随陇雁霜寒。立勋未晚，归来依旧，酒社诗坛。

西风吹拂抖动的旌旗，一支队伍踏上了漫漫旅程。马队的行人是要去往天边星汉一样遥远的北方。张华《博物志》载："有居海边者，每逢八月必见海上浮槎去来，是以乘槎而寻，至天河，与岸边牵牛人问答，又原途如期而返。"《荆楚岁时记》中则说："汉张骞乘木筏寻黄河源头，历经数月，终至天河。"高观国词中这支出使北国的队伍，想来就是要去那乘槎而来的世外之人所在的地方，或如张骞出使西域一样，要去银河那头的天边。

出使人持着玉制的符节，穿着轻裘缓带，服饰华丽，仪表堂堂，器宇不凡，如仙人一样的气质，这就是天朝使者的形象。

大宋王朝，即便千年之后依旧让人向往。宋室南渡后，宁宗年间曾遣人出使金国，名臣史达祖随行其中，高观国与史达祖交好，一想到友人此次出行必是有一番见识，所以心中向往；想到好友去路是杳渺无际的远方，忍不住落笔为其路途绘上了些神秘的色彩；同时心中也期望着友人的使团能够引起北地人对大宋盛世天朝的向往与崇慕。

他设想着友人路上遇到的光景及心情：从前是惯于在杭州吟咏西湖的风月，享受江南的风物；现在要去往边远的北国，饱览塞外风情，想必会有别种情愫油然而生罢。他还喃喃叮咛着友人，如果行程"过离宫禾黍"，也就是经故都汴京和燕云之地，心中要是想起故国，想痛哭就尽情痛哭一场，三千里疆土沦为外族之地，到了那里谁都难以抑制悲痛。

《诗经·王风·黍离》曰：“周大夫行役至于宗周，过故宗庙宫室，尽为禾黍，闵周室之颠覆，彷徨不忍去。”失去故土的哀伤与怅惘，是铭刻在心头永远不会被磨灭的，失去故土的南宋臣民又岂能免俗。想到友人外出游历，高观国的所有寄予和畅想，都盈满了对故土家园的怀念，不但是替友人，他自己更是如此。

事实上，史达祖也曾在《龙吟曲》中苦吟“彼黍离离，彼稷之穗，行迈靡靡，中心如醉”，字句里满满的都是思念故土的哀愁。高、史二人志趣相投，看来爱国的心意也是相通的。

高氏常与史达祖一起唱和诗词，同为名动一时的文人。词中，前者对后者的出行加以奉扬，盛赞其文名远播，会对北国带来影响，更用“颖露囊锥，名动万里呼韩”来美誉史氏此次出使如囊锥出头，必是才华难掩，倍受器重。其实，南宋遣使北游金国，名为贺寿，实为探敌，以伺机北伐。高氏心知史氏此行含有“平戎”目的，因此不但期盼友人能够扬名，更是对友人的鼓励与支持。

当然，依依惜别之情仍流露词外：友人北去，不知何时回返，心有不舍，只望他北去路上有信捎回。南朝陆凯与范晔交好，大老远从江南寄回长安一枝梅花给范晔，并赠花诗：“折花逢驿使，寄与陇头人；江南无所有，聊赠一枝春。”话语中含情脉脉，高氏也望友人能有此一举，哪怕寄回一支梅花给他，他也知友人在远方安好。这份难得的期盼，足可看出高、史二人友情的深厚。

最后，词人将最后的期盼道出，唯希冀友人平安功成归来，那时再续诗酒，共吟西湖风月，赏花赏月赏风光。

“相思不得反，且寄别书归”，词人梦随陇雁，不避霜寒，连一缕梦魂都将追随友人一路北行，这份冲破艰难险阻追随友人的情怀，可谓是送别的绝响。

叹一笑，与君言欢待几时
——摸鱼儿（怎知他、春归何处）刘辰翁

酒边留同年徐云屋

怎知他、春归何处，相逢且尽尊酒。少年袅袅天涯恨，长结西湖烟柳。休回首，但细雨断桥，憔悴人归后。东风似旧。问前度桃花，刘郎能记，花复认郎否？

君且住，草草留君剪韭。前宵正恁时候。深杯欲共歌声滑，翻湿春衫半袖。空眉皱。看白发尊前，已似人人有。临分把手。叹一笑论文，清狂顾曲，此会几时又。

暮春时候，满街烟柳，花开正盛，老友相逢。久旱逢甘露，旧地遇故知，令人异常高兴。词题中的“徐云屋”与作者早年是同榜进士，结下了深厚的友谊。两人都经历了仕途的蹉跎，更有甚者，后来南宋都城临安被敌国攻陷，两人竟是各自天涯。这次他们不惑之年又重逢，欣喜之余徐云屋却因事不得不再离去，把酒送别之时刘辰翁吟起了悠悠的离歌。

春天将要归去，又不知春归何处。友人要离别，怕也如春天一样不知身去哪里。此番离别难卜何时再见，词人心中生出太多的伤感和愁思。置酒送别，举杯痛饮，他寄望醉酒来减轻这离别的伤痛。

年少时节，两人为博取功名出来漂泊，又一同金榜题名春风得意，那时候相知相交曾经无数次在都城临安这里的西湖共同赏景和吟诗论词。一幕幕在烟柳下逗留的情景，至今历历在目。再想想当下临安城已经沦陷，友人和自己这以往的骄子竟沦落成卑贱的遗民，心中倍增伤感和悲凄。少年时意气风发为功名奔走天涯，而今人将老时竟成了亡国之徒沦落天涯，忍不住发出悲叹。

他内心呼唤自己，不要回头去看那朦胧烟柳，不要怀念故国和身世，回忆起来会痛心彻扉。他又深知，东风依旧吹拂，细雨断桥在前，景象还似过去，忘怀往事只能是欺人之言，自己和友人如今的憔悴衰老已经说明是由伤心造成的打击。他想起了唐人刘禹锡，曾写下“百亩庭中半是苔，桃花净尽菜花开；种桃道士归何处，前度刘郎今又来”的诗句，用以抒发对光阴已逝的感慨。自己不但仕途蹉跎，空耗青壮时光，甚至天地倾覆失去了家国，情形的惨痛已非身遭贬官的刘禹锡可比。因而他一语双关地道出：问唐代的刘郎，你能记起前度的桃花，可桃花早已零落成泥，她还能够记起你吗？对世事变迁的感慨、对身世飘摇的欷歔，以及对故国缅怀的长痛，尽在此婉曲苍凉的一问中。

对故国往事的回忆以及对从前旧情的怀想，引发了他对旧友的依恋。想起昨夜此时与友人畅叙心怀，以致最后酒洒把衣衫湿透，那情景让人十分感动。他多想老友留下来陪伴自己，恋恋不舍地劝说，你还是不要急着离开吧，留下点儿时间一同去割取嫩香的韭菜。杜甫《赠卫八处士》有“夜雨剪春韭，新炊间黄粱”的诗句，情真意切地送别友人。他此时与杜甫的心意相通，想请友人一同剪韭菜，一同炊黄粱，一同吟诗作词，一同小酌漫语。他真心挽请友人多留几天，多品味一下友情，多吐露一些心曲。

昨日里是相见把酒言欢，今日却是在置酒送别，他的内心惋惜不已。与老友执手两相对，两人都已是苍颜白发。这种将老又将别又不知何时再重逢的情景，让人太难忍受。他不甘就这样分别，满怀希望地对友人发出邀约，将来一定还要找机会团聚，一起谈词论道，一起把酒言欢，甚至一起如三国周郎一样听人演奏，悠然地指点那演奏人的曲误。

将来友人再聚只是他的期冀，国已破，家已无，人已老，山河破碎，前途难料，人命飘摇，这一别大半即成永诀。你看词最终：“清狂顾曲，此会几时又”，他是明知再见恐成梦想，又给自己一点儿希望。但愿他的好梦成真。

身世悠悠何足问，只期心相许
——金缕曲（德也狂生耳）纳兰性德

赠梁汾[①]

德也狂生耳[②]。偶然间、淄尘京国，乌衣门第[③]。有酒惟浇赵州土[④]，谁会成生此意[⑤]。不信道、遂成知己。青眼高歌俱未老[⑥]，向樽前、拭尽英雄泪。君不见，月如水。

共君此夜须沉醉。且由他、蛾眉谣诼[⑦]，古今同忌。身世悠悠何足问，冷笑置之而已。寻思起、从头翻悔[⑧]。一日心期千劫在[⑨]，后身缘、恐结他生里。然诺重，君须记。

【注释】

①梁汾：即顾贞观。

②德：词人自指。

③乌衣门第：指世家望族。

④赵州土：平原君好养士，死后虽未葬赵州，但他是赵国公子，又是赵相，故称他的墓为“赵州土”。

⑤成生：纳兰性德自指，纳兰原名成德，故云。

⑥青眼：黑色的眼珠在眼眶中间，青眼看人则是表示对人的喜爱或重视、尊重。

⑦谣诼：造谣诽谤。

⑧翻悔：对先前允诺的事情后悔而拒绝承认。

⑨千劫：佛教语，指旷远的时间与无数的生灭成败，现多指无数灾难。

“朋友是自己选择的亲人。”有人如是说。确实，人生来无从选择自己的父母、亲人，但朋友却是可以自己选择的。一个与你并无血缘牵绊的人，却知你冷暖、知你悲喜、知你起落，何其难得！于此生此间遇到这样的知己，一起闲看云起，静坐闲聊，淡而深长，此心足矣。

纳兰一生中常感寂寞。人多羡慕他衣食无忧，有才名又有功名，但事实上他的寂寞恰恰源自万事无缺——财富、家世、地位、才华，人们穷尽心思追求一生而不得的东西，他样样都有。可是，他始终无法摆脱内心深处的悲观与困惑，富贵权利都不能吸引他，凡能轻取的身外之物也就丧失了吸引力。“虽履处盛丰，抑然不自多。于世无所芬华，若戚戚于富贵而以贫贱为可安者。在高门广厦，常有山泽鱼鸟之思”，这样的纳兰，在利欲熏心的名利场中是交不到知心朋友的。他的好友多是不肯悦俗的高洁雅士，如严绳孙、朱彝尊、陈维崧等，其中与他交情最深厚的，大概要算是顾贞观了。

顾贞观也是清代著名诗人，一生郁郁不得志，早年担任秘书省典籍，因受人轻视排挤，愤而离职。这首《金缕曲》是纳兰与顾贞观相识不久后的题赠之作，寄托着诚挚的情意。此词后记中，顾贞观记云：“岁丙辰，容若年二十有二，乃一见即恨识余之晚，阅数日，填此曲为余题照。”

纳兰自认为天生痴狂，生在豪门望族，又在宫中供职，而这一切实属偶然，并非他刻意追求。在朋友面前，他不以贵族公子自居，而是自诩“狂生”来打消友人的顾虑，使其不至于因为身份、地位的悬殊而拒绝与自己交往。而且，容若还用“偶然间”三字来表明自己如今所取得的荣华富贵纯属“偶然”，言外之意是希望出身寒门的顾贞观能够理解他，心无芥蒂地对待他。

随后，容若用唐代诗人李贺《浩歌》中“买丝绣作平原君，有酒唯浇赵州土”成句，进一步表达自己对平原君的仰慕，并表示自己亦有如平原君那样礼贤下士、喜好交友的品格，但是他却感觉没有人能够理解他的苦心，因此发出了“谁会成生此意”的感慨，其中所透露的孤寂之情，也就不言而喻了。

至此笔锋忽又一转，“不信道、遂成知己”，正当容若深感知音难觅时，想不到竟然遇到了顾贞观。他道自己与顾贞观青眼相对，互相器重。“青眼”二字，取自阮籍的典故。相传阮籍能“青白眼”，碰到尊敬的人，则两眼正视，露出虹膜，为“青眼”；碰到厌恶的人，则两眼斜视，露出眼白，为“白眼”。他们这一份友情，像如水月色照彻夜空，既高洁又纯净。

下阕首句中的“沉醉”，表明容若要和顾贞观一醉方休，甚至要醉得不省人事。既是因为“酒逢知己千杯少”，也因为“且由他，蛾眉谣诼，古今同忌”，他劝慰顾贞观不要把小人的造谣中伤放在心上，这种小人的卑鄙行径自古有之，

防不胜防，既然不合理之事已经发生且无法改变，与其忧虑不安，不妨与知己一醉方休，以求解脱。

接下来他由好友想到了自己，“身世悠悠何足问，冷笑置之而已”，容若认为，在这个污浊的社会中，自己显贵身份完全不值得一提，只需冷笑置之即可，这也就照应了上阕的“偶然间、淄尘京国，乌衣门第”。正是因为对荣华富贵的蔑视和现实社会的不满，容若才会产生“寻思起、从头翻悔”的想法。

激动之余，词人把笔锋拉回，与友人开始正面订交：“一日心期千劫在，后身缘、恐结他生里。”他对顾贞观郑重承诺：我们一日心期相许，成为知己，即使横遭千劫，情谊也会长存的，但愿来生我们还有交契的因缘。一番许诺后，他又紧承前意，以“然诺重，君须记”再次表示自己会重信守诺。

一阕词章读来，并无华丽辞藻，但却让人神摇魄荡，五内沸腾。友情如寒冬里的一盏热茶，能暖心且留香。纳兰与顾贞观把酒微醺，于醉意中却能对十丈红尘里的起伏保持清醒的认知，对奔走逐利的钻营小人报以轻蔑冷笑。大千世界有众生芸芸，知己难求，若幸运得到，定要万分珍惜。

料荷衣初暖，不忍负烟霞
——甘州（望涓涓一水隐芙蓉）张炎

寄李筠房

望涓涓一水隐芙蓉，几被暮云遮。正凭高送目，西风断雁，残月平沙。未觉丹枫尽老，摇落已堪嗟。无避秋声处，愁满天涯。

一自盟鸥别后，甚酒瓢诗锦，轻误年华。料荷衣初暖，不忍负烟霞。记前度、剪灯一笑，再相逢、知在那人家？空山远，白云休赠，只赠梅花。

日落西山，渔舟唱晚，水中的荷花在傍晚烟云的遮蔽下，显得朦朦胧胧，让人看不真实。想那远方的友人，何尝不似蒙遮的荷花一样出淤泥而不染，思友之

情顿时袭上张炎的心。

宋亡之前，张炎和李筠房时常聚首赋词，奈何一别之后，元兵占领临安，国事骤变，江山易主。李筠房隐居龟溪，张炎则流落江湖，自此好友天各一方。这年深秋，张炎触景感怀，长吟清词以寄天水相隔的老友，落寞中带着蚀心的伤感。

荷花掩于苍茫的暮色中，老友隐在静默的山野之中。回想往日相聚的友情，心中凄凉而黯淡。造物者把眼前之物染上了孤寂、悲凉的色彩，不妨再上层楼，即使不见远方的友人，辽阔的景象也会让人心境舒展。但是登高望去，寒风瑟瑟的天空中一只孤雁幽魂一样掠过，残月笼罩下是一望无际的灰暗沙滩，使得他更加魂不守舍。想起国亡后自己的漂泊生涯，正像孤雁一样无依和失落。他的心境顿觉灰暗，思绪里结满了浓重的愁情。

其实，江南的秋景并非如此衰颓凄凉，但以他寥落的心境，即使并不萧索的秋光映在眼里也是残败苍凉。他的心中，枫叶落了，枫树老了，秋景萧瑟，与人过不去，让人掩面叹息。自然里，枫叶秋红并不代表枫树老去，他的感叹也并非真的怜惜枫老，他发出的是人生韶华渐老的迟暮之悲。而让外人感叹的是，张炎此时正值三十岁的盛年，经历了国破家亡的巨变后，他的心被摧残得迅速衰颓至迟暮，他是心老神伤才有如此销魂的苦吟。

心怀寂寥的人，眼中自是一片寂寥。形势险恶，无论是自身还是好友，即使躲避至任何地方，也无法逃脱政治上的压迫和由此产生的无尽愁绪。悲凉压抑占据了心头，无以释放更无力摆脱，当下所要面对的，只能是渐积渐重的浓愁。

对着天涯般遥远的友人他吐起了心曲：自从分别后，自己陷入恢颓消沉，整日里不是喝酒，就是胡乱写诗，浪费掉许多宝贵的时光，心中万般无奈。他对友人的归隐生活心怀羡慕：在高山顶散步，在幽谷里饮泉，晨起披朝霞，日落送晚晴，明月由自己独举，白云成了情侣。真的十分美妙。对友人的风霜高洁加予赞扬，相信友人具有屈原一样的风骨，在国破家亡后必是立即归隐山林，宁愿做大宋的遗民，也不去侍奉新朝。

他殷切期盼与友人取得联络。记起陶弘景给诗友写的“山中何所有，岭上多白云；只可自怡悦，不堪持寄君”的诗句，他想化成一朵白云飘去友人隐居的地方相会；又想到陆凯“折梅逢驿使，寄与陇头人；江南无所有，聊赠一枝春”，他便也要折一支梅花寄给远方的友人，表达怀念的心意，并勉励友人像梅花一样保持清高贞洁。

秋声无避，愁满天涯，空山悠远，遥赠梅花。于国的怀念痛切，与友的情谊深挚，飘零的身世之感与家国之痛、密友之思一经用情炼化，便谱出了一曲遭际苦难的悠歌。

第二篇

相思如雾
当眼泪落在我的情弦，
也许寂寞是心碎的终点

第四章

花心的寂寞，留我一生一世的沉浮

多情却似总无情，泪沾衣襟

——生查子（春山烟欲收）牛希济

春山烟欲收[①]，天淡稀星小。残月脸边明[②]，别泪临清晓。

语已多，情未了[③]，回首犹重道：“记得绿罗裙，处处怜芳草[④]。”

【注释】

①烟：指春天的早晨，山前弥漫的薄雾。

②残月：弯月。

③了：结束。

④芳草：代指女子。

“春草碧色，春水渌波，送君南浦，伤如之可。”这是出自南朝江淹的《别赋》，写的是情人间的离别场面。情人的依依惜别，常常眼泪涟涟，情思切切，且多发生在春意盎然的时节。鲜嫩的碧色，潺潺的春水，在即将分别的情人眼里，都不再热闹。千百年来，在古道边，在垂柳下，在长亭里，上演了一幕幕这样的分别情景。分别时的依依不舍总是相同，但寄托别后相思的诗词却各有味道。

五代词人牛希济的《生查子》，像电影长镜头一样，质朴而真实，没有过多粉饰，不显矫情，便有离愁别绪从字里行间缓缓流淌出来，温厚朴素，感人至深。其中一句“记得绿罗裙，处处怜芳草”，塑造了一个温良贤淑而又用情至深的女子形象。

春风吹绿了远处的山峦，山中的晨雾随着太阳的升起渐渐散去，天色也在晨光的映衬下由浓转淡，依稀中还可见到一两颗闪着微光的星星挂在天际。这光和色的组合，像极了法国印象派画家莫奈涂抹的油画。半弯残月用它那仅有的一丝光，照亮了女子的面庞，涟涟眼泪还挂在她的脸上。春日清晨，天气依然冷到彻骨，也只有送别的情人才会在春寒料峭中早起吧，离别的眼泪早已散尽了温热，潺潺溪水声在女子听来也像是哭泣。

恋人们执手相看泪眼，想说的话还未说尽，可时间不等人，送君千里，终须一别，绵绵的情意又哪里能是言语说得完的？车夫再三催促，女子只得强忍泪水转身离去，临走时还不忘叮嘱：“我今天特意穿了这件绿罗裙来送你，以后你无论走到哪里，只要看到萋萋芳草，就要想起我还在家乡等待你归来。”那绿罗裙裙摆摇曳，渐渐消失在男子的视野里。她那情之切切的叮嘱，想必男子也定然念念不忘。

古典诗词里，离别词多作于春季，但也不乏记录秋日离别的好诗。王实甫的《西厢记》中曾有千古名句：“晓来谁染霜林醉，总是离人泪。”崔莺莺和张生的离别即发生在深秋时节，有枯黄的草叶和南飞的大雁为证。牛希济笔下的离别在早春二月，万物复苏，本来满怀希望，于是分别所带来的痛苦心境与环境的生机勃勃形成了反差，越发让人心如刀割。

在春意融融中，女子孤枕难眠，独守空闺，相思的苦痛也就越发强烈，另外，她难免还有难言的忧虑——男子游走四方，难免不被外面世界的纷繁热闹所诱惑，不知他是否还会记得家中的妻子。所以她在男子临行前精心打扮，特意穿那件绿色罗裙，又以芳草自比，只想给郎君留下深刻的印象，也让那随处可见的芳草时刻提醒着出门在外的郎君——不要忘了那穿着绿罗裙来送行的女子，更不要忘曾与她的海誓山盟！

长亭外，古道边，芳草碧连天。这连天的碧草就像那绿色的裙摆，浮现在男子的眼前，荡漾在男子的心间，像是播撒下了春草的种子。这种子长在心田，只盼它千万不要枯萎！

别后忆相逢，几回魂梦与君同

——山花子（菡萏香消翠叶残）李璟

菡萏香销翠叶残[①]，西风愁起绿波间。还与韶光共憔悴[②]，不堪看。

细雨梦回鸡塞远[③]，小楼吹彻玉笙寒[④]。多少泪珠无限恨[⑤]，倚阑干[⑥]。

【注释】

①菡萏（hàn dàn）：荷花的别称。销，通“消”。

②韶光：美好的时光。

③鸡塞：即鸡鹿塞，在今陕西横山县西，这里泛指边塞。

④吹彻：彻，大曲中的最后一遍。吹彻，吹遍、吹完。

⑤多少：一作“簌簌”。无限：一作“何限”。

⑥阑干：栏杆。

时光是位心灵手巧的纺织娘，一针一线穿梭不停，把阴阳昏晓、春夏秋冬连缀成一卷最美不过的图画，皴擦点染，疾徐顿挫，粗细线条，深浅颜色，比美丽的诗篇、甜蜜的情话还易触碰到人的心灵。喧腾热闹的夏日隐去影踪，秋日便乘着凉爽的风款款而来，所行之处，俱是天高云淡的旷远放达，还有红消翠减的淡淡寂寥。

心海的阴晴，常比风景本身更重要，因此，面对相同的节令风物，才会出现那般迥异的悲喜之叹。其中虽不乏喜春喜秋的佳作，但古人那“女伤春，士悲秋”的结论仍是常态。

旷远秋日，每每逗引寂寥情事，搅扰心海涟漪。

秋荷已是香销叶残，又有阵阵西风扰起绿波，江上升烟，韶光易逝，眨眼又是一季枯荣。面对类似风景，少女李清照曾作词“莲子已成荷叶老，青露洗、蘋花汀草”，写秋的含翠凝碧、丰盈充实、饱满温柔，等到数年后她经历了情爱波折，再逢红藕香残日，也咏叹着“花自飘零水自流，一种相思，两处闲愁”的惆怅。文字是有年龄的，会随着人成长，并为岁月留影。

南唐中主李璟在二十八岁登上皇位，年近而立获得了无上权威和极致尊荣，却没有可与之匹配的功业战绩，对于志在风云的他来说，显然不肯安于现状。他本也是个饱学多才、温雅敏感的文人，在这西风愁起、残荷独立时，会发出“还与韶光共憔悴”的感叹，并不奇怪。令人不堪看的，除了被四季轮回凋零了的嫣红碧翠，还有前路无成的浓浓失落。

无边细雨细如愁，阴凉天气，正宜好眠。他以梦为马，纵情驰骋，仿佛触摸到了缈远的边塞风物，莫不是早有边塞征伐、开疆拓土的宏愿，才会在梦中施展拳脚？可醒来后，人在小楼中，周围不见战马嘶鸣，更无狼烟火光，只有瑟瑟冷风与梦境有一分相仿。独倚斜阑，玉笙声远，徒惹无穷怨恨、无穷泪水。

《山花子》亦称《摊破浣溪沙》，不是《浣溪沙》的正体，上下两阕的末句破七字为十字。这是李璟传世词篇中流传最广的。《雪浪斋日记》记载，大诗人王安石和黄庭坚曾一起论诗，谈及此词，王安石盛赞“细雨梦回鸡塞远，小楼吹彻玉笙寒”两句，认为其艺术造诣甚至高于李煜的“问君能有几多愁，恰似一江春水向东流”。到了近代，又有词学大家王国维在《人间词话》里对“菡萏”两句激赏有加，赞其“大有众芳芜秽，美人迟暮之感”。

萧瑟西风里，一塘秋荷无声凋谢、零落，似在感慨着光阴流逝、功业未成的遗憾；细雨迷蒙里，笙歌送寒，诉说着国势不振、风雨欲来的忐忑。这首小词清丽雅致，基本已摆脱了花间词“镂玉雕琼”的弊病，又贵在灵活而不板滞，在此前众多工于雕镂的词章中，这首凝聚着淡淡闲愁的小词显得格外脱俗。

看多了浓妆艳抹的风景，才惊觉原来素面朝天竟也这般动人。

伤不起的分别，只在魂断处
——鹊桥仙（届征途）柳永

届征途①，携书剑，迢迢匹马东去。惨离怀，嗟少年易分难聚。佳人方恁缱绻②，便忍分鸳侣。当媚景③，算密意幽欢，尽成轻负。

此际寸肠万绪。惨愁颜、断魂无语。和泪眼、片时几番回顾。伤心脉脉谁诉。但黯然凝伫。暮烟寒雨。望秦楼何处。

【注释】

①届：到、临。

②缱绻（qiǎn quǎn）：缠绵，形容感情深厚。

③媚景：春景。

柳永是从幼时就开始了辗转漂泊。他跟随仕途不定的父亲柳宜，自出生起就辗转于沂州费县、濮州、全州、扬州等地。那时候，少年人还没有真正领悟离别的痛，他或许也有过一点悲伤，毕竟刚刚熟悉起来的风景与朋伴，转眼就被飞旋的车轮甩在了身后。可是，很快就看到了新的风景，结交到了新的朋友，那一点小小的失落与惆怅也就烟消云散了。

等到渐渐长大，才知世上最让人神伤的，无外乎离别。可他又必须出发——封侯拜相的仕途召唤着他，光宗耀祖的愿望催促着他，路途中的新鲜与刺激吸引着他。冒险是男人的天性，无论是征服一个女人，还是征服一条路，都足够令人血液沸腾。所以，他本意也是愿意离开家乡，到汴京一展抱负的，只是又对家中温柔的妻子充满了眷恋。

以往离别时的惆怅如夏日骤雨来得快去得也疾，不像这次远行，太想去，不忍去，左右撕扯，才会伤筋动骨。他没有许下功成名就后将如何如何的誓言，似乎早已预知世间易分难聚，所以不敢轻易许诺，何况，新婚时“今生断不孤鸳被”的温存期许现在已被打破，他自觉无颜再轻易承诺。

他胸怀凌云壮志，还盼着此行能消融父亲仕途不遇的遗憾，于是携书带剑，告别崇安，也告别了此生尽爱一人的纯情少年时代。

“书剑”寓意文韬武略，古人出行，往往随身携带此两物。唐代孟浩然曾有诗曰：“遑遑三十载，书剑两无成。”孟浩然发愤读书三十载，在四十岁时满怀信心到长安应举，最终却落第而归，不由作此激愤语。风华正茂的柳永正如钻天白杨、盎然修竹，一心憧憬青云而上，断然没有想到，之后他的大半生，竟也落得剑满尘埃书生蠹的命运。

对前途尚且不需考虑过多，此刻最让人神伤的，无外乎离别。情爱至深至笃，也改变不了出发的意志。缱绻多情的佳人，安稳温暖的家园，都抵不过远方的召唤。美景良辰，终究要被辜负了。最让柳永不安的，是对妻子那一腔真情的辜负。

距理想越来越近，离家乡越来越远。害怕看到妻子的满面泪痕，柳永心有千思万绪也不敢回首，只是扬鞭催马，想尽快逃离这离别的伤心地，也逃离轻负前言的内疚。直到暮色起，烟雨浓，他才勒住缰绳，回头黯然伫立，此时早已望不到夫妻共居的秦楼，昨日的举案齐眉、琴瑟相和，全都化作此时的脉脉伤心。

他虽然伤心，但离开的心却也坚定。读书，科举，入仕，这是渗入古代文人血脉的念头，是解不开的心结。虽然科举路上自古就尽是悲壮之事，仍有文人如扑火飞蛾，前仆后继。

自唐太宗继承并发展了隋朝的科举制，从此给天下寒门学子铺设了一条飞黄腾达之路，也设下了令文士耗尽毕生心血的陷阱，难怪唐代诗人赵嘏曾有诗云：“太宗皇帝真长策，赚得英雄尽白头。”不知是衷心的赞誉，还是无奈的嘲讽。通向无限荣光的仕途像一座奈何桥，无数人拥挤而上，向死而行。

对那些暮年白首才换一袭青衫的旧典，柳永必然不会陌生，但他此时一点也不担心。自觉有惊世之才，还有大把韶光可供挥霍，他踌躇满志，相信自己定能在庙堂上一鸣惊人。可是，古来但凡踏上科举之路的人，有几个不是这样想的呢？不过最终都成了空想而已。至于为此背井离乡是否值得，就更难下定论了。

相见时难，别时情难却
——应天长（别来半岁音书绝）韦庄

别来半岁音书绝，一寸离肠千万结。难相见，易相别，又是玉楼花似雪①。暗相思，无处说，惆怅夜来烟月。想得此时情切，泪沾红袖黦②。

【注释】

①玉楼：华美的楼房。花似雪：指梨花如雪。

②黦（yuè）：黄黑色。这里形容经常哭泣，红袖上泪痕点点。

不是所有相思都能说出口来，尤其那些被礼教的条条框框所束缚的古代女子，纵使有千般想念万般挂牵，也只能把相思放在心底，藏在暗处。那些不说相思的人，却常常已想得病入膏肓。

时光匆匆而逝，让人感慨韶华难留；但时光又慢慢悠悠，只分别半载却恍然如隔世漫长。犹记得当日玉楼送别，飞雪纷纷扬扬而下，仿佛漫天飘洒着杨花。在万物凋零的素白天地里，他们执手相看泪眼，一腔不舍萦绕心怀，终究未能说出口来。马蹄嗒嗒而去，只留下女子孤单一人，痴痴望着离人消失的方向。

一去半载，音讯全无。冰封的河面已融化成一汪春水，汩汩而流，光秃黝黑的枝干也萌了新芽，开出新蕾。见春风拂柳，她便盼着春风能捎来离人的音讯，可柔风掠过她的面颊，只是寂寂；见燕归来，她自以为飞燕能带回离人的书信，可燕语呢喃，却与他们没有半分关系。心里的惦念，至此便没了止境，无处安放，亦无处纾解。

跟谁诉说呢？一场相思，终究只与两个人相关，旁人纵能体会分毫，勉强安慰仍不过是隔靴搔痒。于是千言万语都只能埋在心里，仿佛种下了一颗忧郁的种子，萌芽抽枝，上有千千愁结。这浓愁，词人说来只是“一寸离肠”，然而其中却结着千愁万绪。以“一寸”之少对照“千万”之众，悬殊夸张更渲染出离愁的深重，于是，当杨花似雪而起，与当年相仿的景观唤起了那时记忆，一句“难相见，易相别”的心语也就自然而出了。

古诗词中常见“别易聚难”的感慨，如李商隐《无题》中有“相见时难别亦难，东风无力百花残”，李煜《浪淘沙》里有“独自莫凭栏，无限江山，别时容易见时难”，或畅叙思绪或怀念故国，皆是一腔化不开的愁绪。然而，男人的无形心事，常常可以在拍案而起或直抒胸臆的动作中化作有形，女子却需以矜持为美，任有千千愁结解不开，也要潜藏在一颗玲珑心窍里——“暗相思，无处说”，不能说。

烦扰无人分担，一分便会膨胀成三分痛苦，何况这沉重的相思带给她的痛苦，早已超过了十分。她暗自悲伤思念，不能在人前诉说，白日看飞花，夜来对烟月，时光再美好，她也不过打发而过。她虽不语，但天上“烟月”大概能知她心事。古诗词中，月这一意象常被视为思乡怀人的寄托，是夜半私语时的见证，月圆易令人感伤人之不能团圆，残月则会诱人联想到生活中不如意的事情。这一轮笼在朦胧夜色里的月，忽明忽暗，逐风走破云来，终于让女子心中的愁苦达到了高潮，以至“泪沾红袖黦”。

“黦”字用来描写女子经常哭泣，以至于泪水把她的衣袖都打湿了。清人王士祯在《花草蒙拾》中评价道：“花间字法最著意设色，异纹细艳，非后人纂组所及，如‘泪沾红袖黦’……山谷所谓古蕃锦者，其殆是耶？”词人遣词造句的功夫，由此也可见出。

说不出来的话，道不出来的情，全和在那泪水里了。其中苦涩，但凡尝过相思之苦的人都有体会，但深浅浓淡，终只能如人饮水，冷暖自知了。

入我相思门，知我相思苦
——一剪梅（红藕香残玉簟秋）李清照

红藕香残玉簟秋[①]。轻解罗裳[②]，独上兰舟。云中谁寄锦书来？雁字回时，月满西楼。

花自飘零水自流。一种相思，两处闲愁。此情无计可消除，才下眉头，却上心头。

【注释】

①玉簟（diàn）：像玉一样精致光滑的竹席。

②裳（cháng）：古人穿的下衣，泛指衣服。

古心词韵

明知是苦却让人甘心受之，除了救命的良药，就是相思了。苦亦不弃，看上去颇有几分呆气。李清照这首著名的《一剪梅》里，便展露出了十足的呆气。

丈夫赵明诚负笈远游已有段时日，李清照独居家中。一别之后，红藕香残秋色渐浓，良人却迟迟未归。桌上杯盏成双，床前红烛作对，书房内满架的书画、堂外长鸣的归雁，无不提醒词人：那人不在身边。

元代伊世珍的《琅嬛记》引《外传》云："易安结缡未久，明诚即负笈远游。易安殊不忍别，觅锦帕书《一剪梅》词以送之。"以锦帕书情词为爱人送行，人未走远便开始想念，这般情意绵绵又不输风流的才情倒是与贴在她身上的"才女"标签颇为吻合，但是，"轻解罗裳，独上兰舟"一句很难放进依依惜别中的画面。词中情景显然不是离别进行时，以其相思的绵长刻骨来考量，更像作于久别后。李清照曾在《金石录后序》中写到"后二年，（明诚）出仕宦，便有饭蔬衣綀，穷遐方绝域，尽天下古文奇字之志。"以此推测，这首词可能写于两人婚后不久，赵明诚外出做官之际。

双十年华，又成婚不久，李清照一心盼着能与爱人朝朝暮暮长相厮守，又不得不面对分别。日夜思君望穿秋水，这一等便等到了菡萏香销、碧荷凋残。

全词开始交代了时节，萧索秋意引发的离情别绪也随之倾泻而出。红藕谢了，竹席凉了，秋意浓了，他却不在身边。闺愁无从消解，秋凉无人温暖。索性出外聊以解闷，词人连侍女也没带，独自一人去了湖边，她怕沾湿衣裙，就轻轻解去绫罗外裳，任这艘木兰舟载着自己在湖面飘荡。

等到天黑月满，李清照独上西楼，回雁穿云破月，几声长鸣，不知传的是谁家书信，寄的是何人相思？月圆人不圆，离情更浓。

"花自飘零水自流"，既承上阕又启下文，既是即景又兼比兴。美好的年华如落花流水消逝，却不能与丈夫共度，真让人伤怀。"一种相思，两处闲愁"一句构思独特，她由自己推及对方，便知相思是双方面的，赵明诚也同样受着相思之苦，两人情爱之笃顿现，那份默契坦然的心心相印，羡煞旁人。感伤无处排遣，紧皱的眉头刚刚舒展，思绪就涌上心头，实是“黯然销魂者，唯别而已矣”。

把浓郁的离情化入对寻常生活、平淡景色的描写中，乃“运密入疏”的手法。上阕中并无明显字眼，却句句包孕离思，显得不落俗套；下阕坦言相思，又以独特的构思呈现出来，更见词人机杼之心。女词人没有刻意压制自己的情绪，感情流露肆意却不显黏腻。清代梁绍壬说上阕开篇七字“便有吞梅嚼雪，不食人间烟火气象”，并非过誉。《一剪梅》有想念有愁思，无纠缠无抱怨，纵使相思彻骨却不失清爽，恰如易安本人。

爱过的人大抵都尝过相思的味道，甜蜜与苦涩杂糅，不过对不同的人来说深浅比例各异罢了。爱情里若少了两两相思，就像甜蜜的桥段、浪漫的结局固然皆大欢喜，但总缺些起承转合，少了跌宕起伏，也容易被遗忘。若无这些相思句，易安居士在词史上的地位大概也会黯淡许多。

思君如流水，何有穷几时
——减字木兰花（天涯旧恨）秦观

天涯旧恨，独自凄凉人不问。欲见回肠，断尽金炉小篆香①。
黛蛾长敛，任是春风吹不展。困倚危楼，过尽飞鸿字字愁。

【注释】

①篆香：一种刻制成篆文模样的盘香。

我等候你。
我望着户外的昏黄，
如同望着将来，

我的心震盲了我的听。

你怎还不来？

这是徐志摩的抒情诗《我等候你》之中的句子。等候你，你却迟迟不来；等候你，连一封书信也没有收到；等候你，等到“我的心震盲了我的听”；等候你，等到自己成了摆设——并不是所有的爱情都能经得起等待，也不是所有的等待都会得到回应。等到心酸，等到肠断，独倚危楼，看飞鸿过尽，云中不见锦书来，这一颗心也终于空空荡荡，触目皆是愁。

等待得不到回应，深情就生了怨恨。秦观这首《减字木兰花》里的女子，就是带着怨与恨登上高楼的，离愁深重，思念漫长，所有孤独和哀伤，只能全部抛洒到风里。

离愁是从离别之日起便种在心田里的，因着深情厚谊的滋养，方才一日日蓬勃生长，占据了心灵的庞大空间，以至终有一日令人窒息难耐。最初，定然是只有爱的，因爱而想念，因想念而痛苦，无奈别日太久，音讯皆无，难免就生了怨，由怨而恨，恨千山万水的屏障，也恼那人竟然全无消息。而这一切的初衷，本都是因爱而起。

隔着“天涯”，不能朝夕相对，这才是恨的缘由，正如《古诗十九首》中“相去万余里，各在一天涯”；既是“旧恨”，实在是分别太久，相思入骨才有了怨恼。独上高楼本已是万般凄凉，竟连一个同情问候的人也不见，更是痛苦不堪。

痛苦本是无形的，譬如针刺在身上，旁人纵使听到了痛苦的呻吟，看到了皱起的眉头，仍无法感知那一瞬间锐利的疼痛。秦观虽遣词委婉，却又就近取譬，把女子的愁肠比作金炉里的盘香，皆是一样的曲折回环，并且，篆香渐渐燃尽，烟灰会渐渐断裂，这一形象自然诱人联想到女子盼人不归以至柔肠寸断，李商隐那“一寸相思一寸灰”的名句，在此也得到了完美的诠释。

她心里的相思之意、惆怅之情那样深切痛彻，以至于“黛蛾长敛，任是春风吹不展”。“黛”是写眉毛的颜色，“蛾”是写眉毛的形状，“黛蛾长敛”，意即眉头紧锁。女子深锁的眉头，连柔和的春风也无法抚平，只是终日困倚危楼，遥望天涯——定是在盼着那人归来吧！纵然有怨有恨又如何，终究还是盼着相逢，若到重聚日，笑颜必然绽放在脸上，内心冰封一样的荒凉也会瞬间消融，便如春暖花开一样。

可终究未能如愿。天上飞鸿过尽，雁过无声，竟连他的一封书信也没有捎来。思念令人憔悴，在这巨大的悲伤里，连取悦自己都会觉得疲惫，索性任由思绪向着更黑暗的深渊里沉下去，纵使人在高楼上，抬手可触月摘星，但那一颗心却已被困在忧伤的谷底。困倚危楼，这是人之困，亦是情之困。

无奈不尽离愁，哽咽不能言

——相思令（蘋满溪）张先

蘋满溪，柳绕堤，相送行人溪水西。回时陇月低。

烟霏霏[①]，风凄凄，重倚朱门听马嘶。寒鸥相对飞。

【注释】

①霏霏：烟雾迷蒙的样子。

北宋词人张先的一生真可谓“人生得意须尽欢”，他生性风流，为人飘逸洒脱，不受世俗束缚，至情至性。大诗人苏轼的名句“一树梨花压海棠”便是送予时年已八十岁高龄的张先，恭贺他娶了一位年方十八的妙龄少女。这个风流多情的富贵闲人，八十九年的漫长人生皆在平安享乐中度过。

每个人心底都会有个角落，那里有着滚滚红尘、清风烈马，还有许多不可言说的隐秘心情。张先亦如此，他也有痴心、执念，年轻时代的柔情藏于心底，往事深埋。每到静夜独思，那遥远的过去便会清晰地浮现在眼前。

那时的他还是年轻气盛的风流少年郎，书生意气，壮志凌云。为了谋得锦绣前程，不得不背井离乡奔赴远方，便不得不和青梅竹马的恋人分别。那日月明星稀，天气晴朗，微风拂面，撩动着离人的愁绪。拂晓之前，他便要出发，离家万里辗转车船。打点好了行装，狠了心要出门，恋人却眼泪涟涟，坚持要送他一程。

尽管已道过千万次别，可这一次是真的要分开了。送别的路最是难行，多么

希望脚下的路总也走不完，千言万语涌上心头，却无法言说，只能一步一步走向分手之地。小路边的溪水潺潺流动，载着青萍蜿蜒流向远方，河堤上的垂柳随风摇摆，柔软的柳条仿佛在招手，希望能将离人留下，可绕柳一程复一程，离送别的终点越来越近。送君千里，终须一别，送到此处，只能道声珍重。

相望泪眼，只有徒增伤感，男子一狠心，转身大步而去，不一会儿就隐没在了杨柳之间。朝着他离去的方向，女子望了许久，直到再也看不到他的身影，她才默默转身，踏上归途。

天还未亮，空中还有点点星辉，月亮低垂于柳梢头。可叹来时是一双，归去只她一人。“烟霏霏，风凄凄”，静谧苍凉的天地间似乎只有她一人，陪伴她归家的也只有这静静的夜与清冷的月色。“人有悲欢离合，月有阴晴圆缺，此事古难全。”月亮的盈缺自有规律，可不知远方的人何时是归期？

回到家中，到处都可见他留下的痕迹，感伤再次涌上心头。他曾骑过的骏马，他曾种植的花草，他曾写下的诗句，处处都能勾起离愁与相思。昨天还相依相伴，今天只留她一人听着马鸣嘶嘶，看飞鸟对对。无奈又折柳，谁不恨离别，她只盼望人长久，千里共婵娟，从今之后多相聚，少离别。

女子在分离后的这般情境，自然是张先自己想象的。回忆中的女子有多么思念自己，他也是多么思念对方，正可谓一种相思，两处闲愁。离别主题在宋词之中素来为词人所偏爱，只因世间聚散，自古便是伤情之事。相聚之时，满目锦绣，满心欢喜，而一朝别离，便只剩无限落寞，万千寂寥。

虽然人人都恨离别，不过，曾路过一幕繁华，历经一场深爱，能在回忆里反复，也算此生有幸。

寂寞天涯，逢时岁月老

——点绛唇（病起恹恹）韩琦

病起恹恹，画堂花谢添憔悴。乱红飘砌，滴尽胭脂泪。

惆怅前春，谁向花前醉？愁无际。武陵回睇[①]，人远波空翠。

【注释】

①睇（dì）：斜着眼看。

闺房之内，锦绣铺陈，美人拥红披翠，发髻散乱下垂，神态恹恹慵懒，脸上添上了病容，真的是“朱颜乱，人惆怅，鬓发垂，厌梳妆”。这人儿，究竟是害了相思之苦，还是因情人挥袖而去才如此痛苦，不知她到底为何憔悴至如此模样。

风流才子柳永的《定风波》里有云：“暖酥消，腻云亸，终日恹恹倦梳裹。无那，恨情郎一去，音书无个。”柳永长年流连于花街柳巷，见惯了痴情女子的神态情状，害相思的女子大都是他描绘的那番恹恹模样。此时此境，韩琦笔下的女子，也一般无二。

彩绘的画堂前，花儿红了、谢了、落了，被风吹得纷乱。佳人本已心绪烦乱，触此伤情之景，平添了许多愁情，也更显憔悴。何况落叶飘落墙边，堆砌如红浪，似滴满胭脂的泪水，一派凄惨惹人哀。望帝死后化而为鸟，名为杜鹃，终日悲啼，以至嘴角流血。此时落叶的血色残红引得佳人悲从心生，泪水和着血水如红浪一样汩汩流淌，悲情自是开闸难抑。《莺莺传》里崔莺莺因相思而流泪，此处的佳人成了泣血的杜鹃，相思之苦怕是远非崔莺莺可比。黛玉葬花，咏唱出《葬花吟》，此地佳人的乱红滴泪，该也如林、贾之恋，遭遇了爱情的悲剧。

唐代韩偓有诗云“雄豪亦有流年恨，况是离魂易黯然”，说的是英雄豪士见到流水落花，也会产生时光飞逝、人生易老的愁情，遭遇到儿女离情，也不免黯然神伤。词人是大宋政治家、著名将领，十年身居宰辅，是名副其实的英雄豪杰。忽一日他怀念起昔年相爱的情人，回想那时的她必因与自己分离而无比伤情，以致在暮春花落的画堂前“滴尽胭脂泪”。

那年春天，就在如今仍然深印心中的画堂前，与怀念的那个人相约宴饮。小花园里一张小桌上，双双为赏花而醉，为互吐心曲而醉，为将分别的离愁而醉。当时同醉的人是谁？是昔年深深相爱的那个人。无情未必真豪杰，英雄豪士对恋人的一往情深真是令人感动。且看他，“武陵回睇，人远波空翠”，多年以后他仍然难忘旧事，时常回头顾盼，凝想着恋人为他伤情的脸庞。武陵溪是陶渊明描

述过的那一片独立于世外的桃花源的航道，晋代以后成了人们期冀避居世外的梦想去处。此时的他定是在想：在武陵溪上回首遥望，能看到的也只有翠波杳渺，时日久远，想见到思念的那个人已是徒然。那人也许正停留在武陵溪那边的桃花源中，可以想念却不可近前，从此仙人永诀，相见无期。留恋之间是无限的怅惘。

这一年，春色将逝，韩琦处于被贬谪之中，心境萧索又逢花已老残，大半生的仕途如过眼烟云，只有当年花前月下与情人的欢会历历在目。思人伤情，心中迸发出的柔肠百转的恋歌和统兵大将、朝堂宰相的儿女痴情，都是那样感人。

伤离失怀，望尽天涯路

——浣溪沙（剪碎香罗浥泪痕）无名氏

瓜陂铺题壁

剪碎香罗浥泪痕，鹧鸪声断不堪闻，马嘶人去近黄昏。

整整斜斜杨柳陌，疏疏密密杏花村，一番风月更消魂。

几杯浊酒一饮而尽，离愁别绪依旧不减。没有纸墨在身，他颤悠悠地踱到瓜陂铺陈旧的青泥壁前，用随身携带的篦刀，一笔一划，刻下了这首词来抒发内心的抑郁愤懑。

“伤离怀抱，天若有情天亦老。”相聚总是太短，离别却久到遥遥无期。昨日还花前月下把臂同游，今朝却是执手相看，泪眼话别。美好的相守时光转瞬即逝，顷刻间要眼睁睁看着伊人从身边离去，从此音讯渺茫，不知能否再度相逢。

两个人难舍难分，情不能已。分别的情话讲到一半，泪水已打湿了衣衫。从怀中掏出伊人往日赠送的香罗绣帕，抬手轻轻为她拂拭脸上的泪水。她那哭红的眼眶，挂满泪痕的香腮，楚楚动人，惹人怜让人爱，只是今日一别，不知何时才能重见，想到这些，他也哽咽不已。

谁料，伊人竟从随身携带的行李中拿出一把剪刀，从他手中夺过香罗帕，“嚓嚓”剪作两半，递一半给他，两个人遂各自拿着半块绣帕为对方抹泪。此情此景，只怕任谁瞧见都要黯然神伤了。正此时，又有鹧鸪的鸣叫声一阵阵传来，那声响恰似“行不得也哥哥”，听闻此声，俩人更是痛哭不已。

多情自古伤离别。两人依依惜别，从朝阳升起到夕霞漫天，情话说不完，不舍道不尽，待到伊人不得不行，天色已近黄昏。他们最后一次相拥，最后一次为对方擦去脸上的泪痕，最后道一声珍重，他这才转身离去，不忍回头再看。声声马嘶，尘土飞扬，他在黄昏暮色中打马而去。

漫长的旅途，一个人形单影只，更觉内心空当万分。道路两旁遍植杨柳，这一段路旁齐整排列井然有序，下一段路旁又是杂乱纷呈斜伸而去，就像他行路时的心情一样起伏不定，时而空虚茫然，时而纠结莫名；也像他沉重的脚步，走走停停，时而坚定时而踟蹰。

再往前一段，就看到了遍地杏树的村落。正值杏花开放季节，疏疏密密的杏花开得艳丽热闹，“红杏枝头春意闹”，在醉人的春色里最是抢眼。面对这样美丽的风景，他却只能独自欣赏，没人分享还有什么意义？更可叹的是，这美丽的风景常常也是极短暂的，今日还繁花嬉闹，谁知一夜风雨后会是怎样的景象呢？更何况时光如水，再缤纷的花朵也会凋零，任凭当日蜂蝶环绕、游人流连，何等风光，最后也是零落成泥碾作尘，一朝春尽花容老。

明月升上天空时，他行到瓜陂铺，停顿下来稍作歇息。如今只剩清风、明月、杯酒与已为伴，再多的苦痛、不舍，都无济于事，无处诉说。

这首词被刻在蔡州瓜陂铺的青泥壁上，从而流传了下来，然而词人却并未留下姓名。虽是无名氏手笔，出自一块青泥壁，诗词本身的光辉终是难掩。词人对离愁别绪的描写，极为感人。提笔即以“剪碎香罗”这一令人颇感意外的情节渲染离恨，“鹧鸪声”“马嘶”声又进一步加剧了离人心中的悲伤。下阙，“整整斜斜”的杨柳，“疏疏密密”的杏花，用词工整，而柳、杏亦是离别诗词中常见的意象，到最后“风月”美景出现，但伊人不在身边，纵使万千风景惹人，也是无趣，徒添烦恼罢了。

暗想主人公用篦刀一下一下地在墙上刻下词句时，仿佛也是刻在了自己心上，离别的苦痛，恐怕便是刀削针刺也不及。

前世情未了，今生偏又遇着他
——浪淘沙（春梦似杨花）杨慎

春梦似杨花，绕遍天涯。黄莺啼过绿窗纱。惊散香云飞不去，篆缕烟斜①。油壁小香车②，水渺云赊。青楼珠箔那人家③。旧日罗巾今日泪，湿尽铅华。

【注释】

①篆缕：盘香的烟雾。

②油壁：古时女子乘坐的车辆，装饰豪华，因车壁用桐油涂饰而得名。

③珠箔：珠帘。

相知相许的时光，常因相偎相依而显得温暖安详，让人在许多年后的岁月里但凡一想起，心头还会止不住地萌生出别样情绪，或是甜蜜或是辛酸，或者两种滋味杂糅，让人每每回头，总会对那段温柔时光充满眷恋。

她本出身青楼，风尘颠簸里想必吃了不少苦头。纵成了被人环绕的花魁又能如何，终归是个玩物，不过是百花中最绚烂的一朵，最后也还是难逃枯萎的命运。所以一生里若曾蒙人真心疼惜，认真怜爱，也算得上是一桩幸事，难免一再回味，反复咀嚼，就这么不知不觉中成了生命里最深刻的烙印。

这一场相思春梦，已不知反复梦了多少回。相思成梦，回忆如柳絮杨花，轻轻盈盈又无根可依，在她脑海里终日萦绕不去。将她从梦里惊醒的是一声清脆的莺啼，“黄莺啼过绿窗纱”，她那一场念旧的梦，还是戛然而止了。

黄莺因叫声悦耳，常被视为春天的歌手。“两个黄鹂鸣翠柳”“自在娇莺恰恰啼”“千里莺啼绿映红”，出现在很多诗词名篇里的黄莺鸟，常与活泼的氛围、鲜艳的色彩一并而来，可视为勃勃春日的象征，可好景易逝，它同时还成为了岁月如流水、韶华易逝的预兆，而惜春情绪，更易进一步触发念远思归的情怀。

譬如唐人金昌绪的《春怨》里，就有“打起黄莺儿，莫教枝上啼”的句子，诗中女子之所以恼怒，正是因为“啼时惊妾梦，不得到辽西”。原来她恼的是黄莺啼鸣惊破了她与丈夫团聚的美梦。这首《浪淘沙》里的女子，大抵也有类似的情绪，她许是在梦里见到了朝思暮想之人，或是回到了那段朝夕相对的日子，无奈被鸟鸣声唤醒，徒劳惹出愁绪，梦中情景如幻如烟，仿佛缠绵不去的流云和缭绕不散的斜烟，更让已清醒过来的人感受到失去之痛。

之所以会因失去而痛苦，必因失去的是美好的事物。那段或已泛黄的旧时光，实在是这女子回忆中最珍贵的片段。便也难怪，一去经年，她还清晰记得当日两人同游的欢乐事——那时候，她乘着油壁车而来，情郎许是同车，又或是骑着骏马相伴而行，谈笑晏晏，对视生情，千言万语只在眼神交汇中便已告知了对方。可是，便如宋代词人晏殊在《寓意》里所写的那样：“油壁香车不再逢，峡云无迹任西东。”任是再恩爱的一对璧人，最终也落得两两散去，甜蜜往事渺茫若水，缥缈如云，再不可追回。

旧约已不再继续履行，昔日所有美好许诺都落了空，两情相悦时所赠的罗帕，本寄托着“横也丝（思）来竖也丝（思）”的深情，眼下却只能替她擦去今日惆怅的泪水，即便如此，脸上的妆粉还是被浸湿了。结尾两句为了渲染女子的伤心，难免有夸张成分，但又总觉得，那些为爱洒下的泪水里所蕴含的感伤，远不止咸涩二字可以形容。

爱是一场让人不愿醒来的梦，这场梦里，欢乐总是被无限延长，醉在欢乐里的时日太久，清醒后的痛苦与遗憾就越锐利。那温柔时光，原来也是带着刺的。

多情只有春庭月，犹为离人照落花
——摸鱼子（粉墙青）朱彝尊

粉墙青、虬檐百尺，一条天色催暮。洛妃偶值无人见，相送袜尘微步。教且住，携玉手、潜行莫惹冰苔仆。芳心暗诉。认香雾鬟边，好风衣上，分付断魂语。

双栖雁，岁岁花时飞度。阿谁花底催去？十年镜里樊川雪，空袅茶烟千缕。离梦苦，浑不省、锁香箧归何处。小池枯树。算只有当时，一丸冷月，犹照夜深路。

古心词韵

佛曰：一花一世界，一叶一菩提。在很多微小的事物背后，常常隐藏着巨大的、不可捉摸的世界。世界如此，人事如此，寄托着世间人情的诗词也是如此。多少人曾被那一句句婉约多情、绮丽缠绵的诗句触动，又岂知在这些婉转低回的浅唱低吟中隐藏着多少故事，有关于亲情、友情、爱情，关于家事、国事、天下事，关于那些难以名状、不可倾诉的浓浅情绪。

这首《摸鱼子》便是如此，关于一段人生、一场爱情，故事的主人公就是词人朱彝尊。他生活在明末清初，出生在浙江秀水，受到了江南山水美景和风土人情的熏陶，他在少年时代便大有才名。年少的朱彝尊才华横溢，但家境贫寒。十七岁时，朱彝尊娶冯家长女冯福贞为妻，因为囊中羞涩，出不起聘金，只得入赘到妻子家中。

在男尊女卑的时代，朱彝尊的处境无疑是尴尬的。这种寄人篱下的滋味很不好受，何况他又诗书满腹、胸怀大志。对他而言，入赘冯家的这段日子充满了苦闷与压抑，但这也是他一生中最快乐、最美好的时光，因为在这期间他邂逅了一生难忘的爱情。

这个让朱彝尊心动的人并非他的结发之妻冯福贞，而是冯家的小女儿冯寿常。彼时他们的年纪都小，少女寿常天真浪漫，不仅对入赘妻家的朱彝尊没有半分鄙视，还十分仰慕他的才华。冯寿常的笑容与笑声像寒冬的一束阳光，照亮了心有万千顾虑的朱彝尊，融化了他那颗裹着厚厚铠甲的冰冷的心。

那时，他们常在虬檐百尺的青粉墙下相约，并肩看天上流云，云卷云舒，时光悠闲流淌，只让人觉得岁月静好。在朱彝尊眼中，少女寿常是那样美好，就像《洛神赋》中的仙子一样，裙裾飞扬，容颜灿烂。

幽会的时光美好，但相聚却短暂，离别的时刻终会到来，不得不分手。他牵着她的手，默默地走在苍苔丛生的石板路上。黄昏的微风轻轻吹拂在少女年轻的脸庞上，吹起了她鬓角的发丝。突然，她停下来，凑到他耳边，默默地向他倾诉着芳心所想。

四目相对时，只见她的眼睛清澈明亮，像旋涡一样让人不由自主地沉沦。她所说的话饱含深情，却像锋利的刀子一样刺痛了朱彝尊的心——无论如何，他们的感情于礼教不合，毕竟是要招世人非议，就像长在背阴处的青苔，见不得阳光。

世间的事常不遂人愿，欢乐与幸福常常在一瞬间就和人擦肩而过了。他们同住在冯家，对方明明近在眼前，又像远在天边，不能触碰。不可摆脱的绝望和无奈折磨着年轻的冯寿常，她心力交瘁，像一支燃烧太快的蜡烛，韶华极盛时却油尽灯枯。

她的去世，让朱彝尊备受打击。为了纪念这段刻骨铭心的爱情，朱彝尊将自己的诗话和词集命名为“静志”，“静志”二字是冯寿常的字。一部《静志居琴趣》里，多是以静志为对象的情词。

“双栖雁，岁岁花时飞度。”曾经沧海难为水，如此相爱的两个人竟逃不过命运的捉弄，从此阴阳相隔，人鬼殊途。后来的日子里，朱彝尊将他对寿常所有的感情都倾注到那一部词集里。午夜梦回时，他常常握着寿常赠予他的金钗，凭吊那些旧时的回忆。

年复一年，曾经幽会的地方已衰草遍野，只有一株株枯树立在池塘边上，凄凉萧瑟。仍与旧时相同的只有天上的一轮明月，还像过去一样，在黑暗之中照亮着他们曾携手同行的那一条小路。多情只有春庭月，犹为离人照落花，明月依旧，可惜那曾在春风里站立得如画一般的女子，早已经消失在红尘中，再也寻不见了……

第五章

丝丝缕缕的离愁，剪不断那无尽的思念

遥夜枕难眠，一腔离愁别绪
——南歌子（懒拂鸳鸯枕）温庭筠

懒拂鸳鸯枕，休缝翡翠裙[1]，罗帐罢炉熏[2]。近来心更切，为思君。

【注释】

①翡翠裙：绘有翡翠鸟图案的裙子。

②罢：停止。炉熏：在熏炉内燃烧香料，取暖并闻香。

古心词韵

云聚云散，人来人去，谁也逃不开离别的蛊。

有时候，分离拉开了身体的距离，却把两颗心推得更近，相思如一座无形的桥、一条遁迹的路，即使两个人置身天涯海角，隔着千山万水，仿佛也能因相思并肩而行。因为离别，所以难见；因为难见，于是分外想念。

这首《南歌子》是温庭筠以重笔写闺阁情的代表作，语重工妙，保留了温词的绮艳，却摒弃了堆砌的弊病，如天机云锦，工丽非凡。笔法技巧之妙固然难得，但更惹人动情的，无疑是字里行间那扑面而来的浓郁相思。

句句皆关情，字字有相思。“懒拂鸳鸯枕，休缝翡翠裙，罗帐罢炉熏”，每一句中各有一件典型意象，将闺中少妇的思念之苦铺陈纸上。玲珑精致的鸳鸯枕上积满了灰尘，一来表明长久闲置，暗指她的丈夫离开已久；二来以“懒拂”表明独居的女子百无聊赖，做什么事情都兴致全无。“休缝翡翠裙”亦是道出同样心理，所谓“女为悦己者容”，既然“悦己者”不在身边，纵使打扮得再妩媚鲜妍也无人欣赏，索性懒作妆容，哪里还有心情去缝裙绣衫呢？

昔日闺中蜜意柔情，都如眼下虚掩的罗帐、冷去的熏炉，空空荡荡又冷冷清清。一日复一日的好光阴，在寂寞的等待中无聊耗去。离人迟迟不归，她自是牵肠挂肚，少不了苦闷，更难免心酸，但终究不知不觉地在思念这方泥淖里越陷越深，自甘沉沦。

“懒”字状写她的慵懒之态，似小女子樱唇抿起，秀眉轻蹙；“休”字有婉拒、暂停的味道，唇角的不甘、眉心的不愿已透了端倪；待到“罢”字一出，这果断又决绝的语气，把由相思扯出来的苦闷全部倾倒了出来。这细腻且富有层次感的心理变化，尽显女子相思至浓时的无聊、郁闷和惆怅。

至于这一腔愁苦的缘由，原来是“近来心更切，为思君”！从之前铺排开的典型生活场景里，已能感受到她对夫君的思念，而近来相思，“更切”更甚，竟不知会蔓延到何种境地了。

韶光本就匆匆，年华易逝的沉重已让人难以背负，苦闷的相思更加令人断肠。“你没有如期归来，而这正是离别的意义。”现代诗人北岛如是说。纵使人未归来，偏还有人即使断肠也守望，这便是爱情的意义。

独倚望江楼，徒增几分离愁
——相见欢（无言独上西楼）李煜

无言独上西楼，月如钩。寂寞梧桐深院锁清秋。

剪不断，理还乱，是离愁。别是一般滋味在心头。

阅读李煜亡国后的诗词，很容易发现，他大多数时候都是一个人。或在珠帘

后闲坐，或凭栏远眺，或夜挑灯花，或倾听残漏。在这些寂寞时刻，偶尔有风声雨声，偶尔有笙歌阵阵，总有一些因素，激荡起寂寞河流里的涟漪，不至于寂寞到绝望。

但这首《相见欢》不同，无论意象的选择，还是感情的抒发，都是沉默的、死寂的，让人无法确定这究竟是爆发的前奏，还是灭亡的预兆。

这一次，李煜仍是一个人。尽管他早知“独自莫凭栏”，却又忍不住饮鸩止渴，希望登高远眺的刹那，能暂时躲进对南唐的回忆里，忘掉冰冷残酷的现实。明月如钩，他独上西楼，踽踽登攀的身影，竟也有了些老迈的迹象。他虽无言，但并不是无话可说，而是，无人可与他共语。

天上的一弯明月同样孤单，洒下清冷的光辉，似乎在诉说寂寞。月光照在高墙上，地上留下浅浅墙影。高墙把院内院外分成两个世界，墙外是自由的天地，墙内是囚徒的牢笼。墙高难越，触不到一点自由，连清秋也被锁在院里，就像被困于其中的人一样。

人寂寞，月寂寞，梧桐也寂寞。想必院中树木当不止一种，但李煜唯独以梧桐入词，和它的寓意相关。古典诗文里，梧桐常被用来寄托离别或悼亡之情，尤其秋日落叶的梧桐，更是承载着千古忧思。温庭筠以“梧桐树，三更雨，不道离情正苦”写女子长夜不眠的相思苦，贺铸以“梧桐半死清霜后，头白鸳鸯失伴飞”悼念亡妻，李清照以“梧桐更兼细雨，到黄昏，点点滴滴”倾诉国破家亡的恨事。

站在西楼俯瞰的李煜，也被秋日梧桐吸引，愁情骤起。

《相见欢》的上阕，缺月、梧桐、深院、清秋，渲染出凄凉意境，下阕“离愁”二字，直言所要表达的情愫。有些愁绪是可以抛却的，如唐代雍陶言“心中得胜暂抛愁，醉卧凉风拂簟秋”，如宋代刘子翚“梁园歌舞足风流，美酒如刀割断愁”，又如元代刘秉忠言“一曲清歌一杯酒，为君洗去古今愁”。但李煜的离愁，却剪不断，理不清，萦绕于脑海，根植于心底。

他对离愁的表达，某种程度上可以反映出其女性化的性格。“剪不断，理还乱”六字，极易使人联想到古代女子做女红时把丝线错乱缠绕的情形，男子少有这样的生活体验，但李煜却准确地捕捉到了那种细腻的感觉。“生于深宫之中，长于妇人之手”的成长经历，让李煜性格中多了阴柔绵软，少了杀伐决断的阳刚气魄。在祸乱四起、战争连连的年代里，这种性格也导致了他与他的国家都将无立足之地。

词中“离愁”二字，着实不足以表达他内心的全部感受。夹杂其中的情绪太多，多到他自己也理不清数量；附着其上的分量太重，沉重到他日渐消瘦的身体已负担不起。酸甜苦辣咸，皆是人间滋味，分别品尝各有妙趣，但交杂在一起，别是一番滋味，让人苦不堪言。

纵使风情万种，经不起离愁别绪
——雨霖铃（寒蝉凄切）柳永

寒蝉凄切[①]。对长亭晚，骤雨初歇。都门帐饮无绪[②]，留恋处、兰舟催发。执手相看泪眼，竟无语凝噎[③]。念去去、千里烟波，暮霭沉沉楚天阔。

多情自古伤离别，更那堪冷落清秋节！今宵酒醒何处？杨柳岸、晓风残月。此去经年[④]，应是良辰好景虚设。便纵有千种风情，更与何人说？

【注释】

①凄切：凄凉急促。

②都门：指汴京。

③凝噎：形容哽咽难语的样子。

④经年：指一年或多年。

寒蝉唱响了挽留的悲歌，一声比一声凄切，也不知它那撕心裂肺的哀鸣，究竟是为了挽留夏日的最后温暖，还是为了让已经背上行囊的词人停下离开的脚步。古道边，长亭外，总是伤心处，柳永回首望着京城那模糊的轮廓，若无其事地打量着秋日的风物，刚刚下过雨，触目所及只觉萧瑟。

一场秋雨一场凉，何况被离愁笼罩的人此时此刻心比秋凉。

在京郊长亭设宴，珍馐满盘，美酒飘香，本应把酒言欢，好好道一声“珍重”，无奈离别在即，食不知味。他甚至不敢抬头，怕与那一双深情款款的眼眸

相对，怕因那眼神里的不舍而真的继续停驻，可是，又怎么真能狠下心来转身就走？船夫已在小舟上催促启程了，本故作镇定的他顿时一番心慌悸动，忙拉住对方的手，想最后再说些缠绵的情话，话未出口眼泪先落。原来伤心到了深处，不仅眼泪不听话，连倾诉也力不从心。

不知柳永与这个唯一来送他的女子，是否曾互许过“执子之手，与子偕老”的约定，此时他们握着对方的手，一句话也说不出来，只能无语凝噎。就这样道别吧，从此他赏他的春花秋月，她享她的歌舞笙箫，不必再许归期，谁都心知所谓“归期”常常变成清晰却又最渺茫的日子，不过空耗了一段华年。

遥想离别之后，千里烟波，暮霭沉沉，楚天空阔，实是浩瀚景观。可词人将孑然一身穿行于这浩渺烟水里，如茫茫云天中孤独无依的沙鸥，又如拣尽寒枝无处可栖的孤鸿。越是壮阔的风景，就越是落了寂寞。

不是文思泉涌按捺不住，实在是因为寂寞时满腹情绪无处表达，于是才有了这首《雨霖铃》，传唱了千年，依旧动魄惊心。

柳永本就是多情而敏感的，离别时感受到的痛苦自比薄情者更甚，何况又是在这样一个清冷落寞的秋日离开。枯黄的叶子从枝头坠落，树木虽不舍却无力挽留，聒噪的虫儿悄然隐匿，连风的呢喃与光的细语都不能将它们唤回。这是一个由青绿变得灰黄的时节，所有生机勃勃的、光彩夺目的、温暖柔和的事物，不知不觉变得凛冽而僵硬——唯有多情人柔肠不变，还在为离别痛苦不已。

江上夜色苍茫，扁舟乘夜而行，柳永更是百般寂寥，唯有以酒解忧。待他酒醉清醒已是拂晓时分，被划桨声惊醒的一两只水鸟惊叫着从低空掠过，词人的心事也被唤醒——原来不知不觉间已和她隔了千山万水，也不知在这黎明又至的新的一天，她是不是会同样牵挂着自己？情人身影难觅，他的眼前唯有对岸杨柳、晓风残月而已。

刚刚离别，“今宵”就得靠醉酒才能度过，想到此去经年，无数良辰再无人共度，美景再无人共赏，遗憾便排山倒海而来。纵然有万千风月情怀，恐怕也再无人可诉，无人会如她知他心事。

这首《雨霖铃》一向被视为柳永词的代表作，尤其在宋元时期传唱广泛，风靡一时，被列入“宋金十大曲”。宋代俞文豹在《吹剑录》里也记载了一桩逸闻，大文人苏东坡任职于翰林院时，曾向一位善歌的幕僚问道：“我和柳永的词相比，谁的更胜一筹呢？”幕僚并没有一味地溜须拍马，略作思索后坦然作答：“柳郎中词，只合十七八岁女郎，执红牙板，歌‘杨柳岸，晓风残月’。学士词须关西大汉、铜琵琶、铁绰板，唱‘大江东去’。”幕僚的短短几句话，不仅将东坡学士称赞一番，也恰到好处地点出了柳词和苏词的不同，后来更被视为婉约词与豪放词的分类标准。柳永的《雨霖铃》和苏轼的《念奴娇·赤壁怀古》，各自成为宋代婉约词和豪放词的巅峰之作。

《雨霖铃》之美，固然在于意境、音律等各方面的绝佳造诣，但其中若无动人情意，定然会失了光环。战国时屈原《九歌》有言：“悲莫悲兮生别离，乐莫乐兮新相知。”生离诚然是最悲伤的事情之一，结识新相知也确实值得欣喜，但在离愁未散、新人未识之前，想忘掉挚爱旧侣，岂是容易之事？

痴等一千个轮回，只为与君相逢
——拜星月慢（夜色催更）周邦彦

夜色催更，清尘收露，小曲幽坊月暗。竹槛灯窗，识秋娘庭院。笑相遇，似觉琼枝玉树相倚，暖日明霞光烂。水盼兰情，总平生稀见。

画图中、旧识春风面。谁知道、自到瑶台畔，眷恋雨润云温，苦惊风吹散。念荒寒、寄宿无人馆，重门闭、败壁秋虫叹。怎奈向、一缕相思，隔溪山不断。

“黯然销魂者，唯别而已矣。”江淹的一篇《别赋》，将剑客征人、仙眷凡侣的千般离情、万般别恨铺陈出来。想来周邦彦是读过那些璀璨华丽的感伤句子的。或许他还在酒阑花谢时，与美人携手，吟诵着“琴羽张兮箫鼓陈，燕赵歌兮伤美人”的曼美辞章，佐以金樽清酒，有愁亦有乐。

年轻有才的周邦彦以一篇《汴都赋》扬名朝野，本打算坐等皇帝封赏，谁知宋神宗突然驾崩。所谓“一朝天子一朝臣”，何况当时因变法分歧，朝廷内部的权力斗争本就激烈，新皇登基，原本就蠢蠢欲动的各方势力立刻又斗作一团，原本打算远远围观、置身事外的周邦彦也莫名其妙地被卷了进来。前一刻，他还在满心欢喜地期待被重用；下一刻，却接到了离京外任的任命书——他被授予一个

卑微官职，下放庐州，任期三年。

等周邦彦从错愕中清醒过来，已身在放逐的征途上。瘦马踟蹰，夜色里充斥着一股绝望的漆黑。漫漫长路，仿佛走不到头一样艰难。

月色阴沉，几声更鼓把夜色催得更浓更重，夜间凉凉的露水不知何时垂落，将街上纤尘收尽。他在荒村客舍里落了脚，从竹掩映下，屋舍内透出来的灯火似曾相识。仿佛就在不久之前，他刚与心上人秋娘在一个同样有着竹槛微灯的院落相识。那时候，仅四目相对的刹那，秋娘的笑容就如一束温暖而明亮的阳光，将种种烦忧驱散。

如今人隔溪山，鸿雁难到，鱼书不至。在冷清的客房里，他只能对着一幅秋娘的画像睹物思人。这画卷他是随身携带的，纸上容颜，绝色无双，灿烂若琼枝玉树，明艳如暖日明霞。秋娘的容貌可与前朝的昭君、貂蝉相比，不遑多让。

词人不禁想起了唐代大诗人杜甫在《明妃村》里的句子："画图省识春风面，环佩空归月夜魂。"想旧日，杜甫途经荆州王昭君故里，见当地有昭君画像，村邑的画师画得出她的惊世容貌，却画不出她辞国去家的绵绵恨意。王昭君虽有绝世容貌，却因不愿逢迎画师，所以一直被冷落深宫，默默无闻。匈奴来朝，提和亲之请，汉明帝在宫中征集姿色下品的宫人，打算搪塞应付。王昭君出于孤愤，毅然应征。升殿与明帝及匈奴使节相见，绝色惊四座。明帝悔之不及，却也无可奈何。绝色佳人，从此远走塞外，永离父母之邦。

秋娘容貌可与昭君相比，而词人的身世更如昭君——平生郁郁不得志，一举成名，却又被命运之手作弄。这次凄恻的庐州之任，不仅让他与爱人从此两地相隔，更断送了他求得闻达的好梦。泪别情人的痛苦，异地相思的苦闷，还有失意消沉的怅恨纠缠在一起，让人不堪重负。

此时此刻，他独自在这荒村敝院里，将重门掩上，听着秋虫的低吟从残破的墙壁里传出，仿佛同他心里的叹息一样沉重。佳人不在身边，更无知己可以倾诉，唯有自思自念。多希望能听到秋娘的一声轻语，来将他内心的痛苦抚慰。

水也远山也遥，仍无法将他对秋娘的一缕相思阻隔。木心先生曾说："人被思念时，不论知与不知，已在思念者的怀里。"可惜，这隔着千山万水的心灵拥抱，并不能温暖寂寞的长夜。冷月无声，万籁俱寂，那一声声不曾间断的虫鸣，便如周邦彦未出口的叹息。

心似双丝网，中有千千结

——解佩令（人行花坞）史达祖

人行花坞[①]，衣沾香雾。有新词、逢春分付。屡欲传情，奈燕子、不曾飞去。倚珠帘、咏郎秀句。

相思一度，秾愁一度。最难忘、遮灯私语。淡月梨花，借梦来、花边廊庑[②]。指春衫、泪曾溅处。

【注释】

①坞（wù）：四周高中间低的处所，或四面挡风的建筑。

②庑（wǔ）：堂下四周的廊屋、走廊。

那是怎样一幕梨白胜雪、花香如醉的风景！

初春的风裹挟来一丝清寒，仿佛将淡淡的月光都吹融了，又吹散了悄然绽放的梨花。宋人贺铸在《忆秦娥》中有云："三更月，中庭恰照梨花雪。"梨花似雪草如烟，家家粉影照婵娟，佩环叮当之处，拂过花丛的是美人那柔软的薄纱春衫。春来风入"花坞"，人行在花坞里，"衣沾香雾"，残花在风中飘落如乱蝶纷飞，落在春衫上，染上一身花香。史达祖在另一首词《杏花天·清明》中也曾有过类似的描写："春衫瘦、东风剪剪。过花坞、香吹醉面。"东风阵阵，花香醉人，怎能不让人感叹春日的和煦与美好。上阕写美人穿行在美好的春色里，真是引人入胜的风景！可这美好里又萦绕着浅浅愁思，原来也是为相思所苦。

如画春光，自然不能辜负，"有新词、逢春分付"。美人遥想昨昔，两人携手同游，郎谱新词妾吟唱的情景历历在目。如今天各一方，见面尚且不易，何谈以新词新曲传情。

落笔之处皆是深情，她在信笺上写下句句相思，想托檐下燕子代为传递，怎奈这鸟儿却不曾飞去。既如此，便想重吟匣中旧作，以聊解相思。"倚珠帘、咏郎秀句"，她倚着珠帘，翻看旧时诗词，眼过处尽是情人身影，满腹愁绪又浓了

几分。

所谓“绮靡浓艳，伤春悲秋”，不止“自古逢秋悲寂寥”，明媚的春光也能惹起淡淡愁思。杜甫《曲江》诗云：“一片花飞减却春，风飘万点正愁人。”这一切都只因心中有情，风物也便有情。昔日载笑载言，相拥相偎，可明媚温馨的时光眨眼即去，如今只留她一人在寂寞的花坞，惆怅徘徊。

一般相思词，多是从词人自身处境落笔，先写自己的浓浓相思情，转而想象对方的心情，史达祖却反其道而行，在上阕里浓墨重彩地描写情人独处时的悲戚落寞，下阕才开始写自己对佳人的思念。

词人心里的寂寥，如同烟波江上的水雾飘摇不定，纵使春光温暖和煦，也驱不散其中暗色。史达祖在此处以己心度她心，所以她心即己心，把异地情人的相思写得入木三分。

花影深深，月影重重，或许他曾与佳人在花边回廊幽会，现在却只剩自己形单影只，对月伤怀。所谓“相思一度，秾愁一度”，相思每增加一分，愁绪也就增加一分。他想起过去“遮灯私语”时，一灯初见影窗纱，重帘灯影下，二人相依而坐，并肩私语。词人尚且记得那一夜的月光，就像今夜一样醉人，当时虫鸣声声，更衬得夜色宁静，喁喁私话，俱是浓情蜜意。

可现在，满腹深情和愁思却只能在梦中倾诉，而这梦还是“借”来的——既是因“借”而得，最后就注定失去。他借着一宵好梦，在月淡梨花香的夜晚，任凭思绪回到昔日幽会的“花边廊庑”，“指春衫、泪曾溅处”，将衣衫上的相思泪痕指给佳人看，让她知道自己同样饱受相思折磨。

梦到深处，情到深处，却又如薄纸，黎明的光芒轻轻一戳，好梦就破了。

倒是世间离别多，伤如之何

——江梅引（人间离别易多时）姜夔

人间离别易多时。见梅枝，忽相思。几度小窗幽梦手同携。今夜梦中无觅处，漫徘徊，寒侵被，尚未知。

湿红恨墨浅封题。宝筝空，无雁飞。俊游巷陌，算空有、古木斜晖。旧约扁舟，心事已成非。歌罢淮南春草赋，又萋萋。漂零客，泪满衣。

姜夔的一生几乎都在漂泊中度过，居无定所的日子带来的凄然之感在他的词中常有体现。据说，姜夔在二十多岁之时，曾与一位弹琵琶的歌女相恋，他与情人在梅花盛开之时两度离别，心中却一直对她念念不忘，故创作了很多词抒发相思之苦。这首《江梅引》便是其中一首，开篇一句“人间离别易多时”，道出了词人对别离的无可奈何，也是姜夔一生的写照。

人生聚少离多，似乎短暂的相聚过后都是更漫长的分离。如今又看到梅花盛开，又是一年冬来到，梅花幽香如故，词人的心却又添沧桑。还清楚地记得那两次分别时候，枝头的梅花开得也是这般烂漫，此后每每看到梅花，都会想起她清澈的眼眸。

在梦里，词人经常与她相会，美人对镜梳妆的样子令人魂不守舍。握着她的手临窗作画，画的正是那窗外飘零的梅花。可是，今夜的梦中，却觅不到佳人的踪影，词人从梦中失落地醒来，呆呆望着被清冷的月光披上轻纱的房间，十分落寞。他辗转反侧，夜不能寐，寒意袭被，不觉悲从中来，于是起身下地，在月光中来回地踱着步，以打发心中的空虚寂寥。

看着闲置的古筝，落上了厚厚的灰尘，当年的琴声早已消失在了蹉跎时光里。他湿着眼眶展纸磨墨，把相思之苦写成书信。泪水一点一滴，落在砚池中，和墨汁交融在一起，落在红笺上，晕开了字迹。这一份沉甸甸的相思，想来佳人应该能够领会吧！可这和泪写就的相思，却没有鸿雁为他传递，这份苦痛折磨，注定还要他独自承受。

犹记得当年离开时，美人拉着他的手再三叮嘱：“一定要记得回来！”如今词人信守承诺，故地重游，但对方却早已不在原地等候。这街头巷陌，皆是两人携手走过的地方。黄昏斜阳照着古树，还有在古树下偎依的身影，一双剪影映在地上，亲密无间，可如今，只有古树仍然留在原地，昔日的恩爱情侣已散去无影，至于当时泛舟游湖时许下的约定，只怕更是早已被忘记，真是“物是人非事事休，欲语泪先流”。

词人站在黄昏暮色中独自沉吟：“王孙游兮不归，春草生兮萋萋。”如今王孙游兮归来，美人却已无处可寻。他心有戚戚，却没什么可以抱怨，怨也只能怨

自己一生漂泊无依，居无定所。不知不觉中，泪水已浸湿了衣衫，人间离别易多时，唯有轻轻道上一句“珍重”。

天下没有不散之筵席，谁都无法逃避聚散，正因如此，才有那么多感伤离别的佳作传世。姜夔这首词里对人生境遇的无可奈何和飘零之感，感人肺腑，尤其一句“几度小窗幽梦手同携”，更使人想起苏轼为悼念亡妻而作的《江城子》中的一句“小轩窗，正梳妆”。有生离，也有死别，不知多少人为此落泪。

梦寻千重水，巫山点点愁
——月华清（鸦影偎烟）吴锡麒

九月望夜，被酒归来，明月在窗，清寒特甚，新愁旧梦，枨触于怀，因赋此解。

鸦影偎烟，蛩机絮月，月和人共归去。愁满青衫，怕有琵琶难诉。想玉阑、吹老苔花，枉间却、扇边眉妩。延伫，渐响馀落叶，冷摇灯户。

不怨美人迟暮，怨水远山遥，梦来都阻。翠被香消，莫话青鸳前度。剩醉魂、一片迷离，绕不了、天涯红树。谁语？正高楼横笛，数声清苦。

佳人已逝，美梦难再成。拥衾无语，夜夜邀梦。

她潋起摇摆的裙裾，拾阶而下，在拐角一隅，与他四目相对，莞尔一笑。语笑嫣然，抵不住一低头的温柔，暗香浮动的风景，就这样渲染了不动声色的初逢。一枝带露的垂柳，一枚苍苍的蒹葭，素描着他们故事般的爱情。

月照西楼，银碎小窗，他依旧记得她素手凝妆，发如绸缎，颦眉乍欲语，敛笑又低头，令繁星也含羞。唯美的遇见，让瞬间成永恒，让平凡化绝唱。她依旧记得他，羽扇纶巾，一袭长袍，眉宇间的几分豪气，又多了几分柔情。她暗暗地想，他手中的折纸扇，到底隐藏了多少深情。

然而嗒嗒的马蹄声，终是过客不是归人。停留留下许多情，最后也只能化成一帧回忆，伴着寂静的夜。

都说时间的风，会让曾经覆上尘埃，但不解风情的月华，总会在不经意间，泄露悲伤。吴锡麒在酒后感于月明秋寒，便让回忆肆溢。秋日望夜，清风拂面，这样的美景本当与佳人共度，何曾想“月和人共归去”，不禁愁上眉头。曾经的琵琶声犹在耳边，而今琵琶凄凄不似从前声，奈何难道尽悲苦。一切历历在目，但当西风吹散了思绪，苍苔渐渐增厚，良辰美景空逝去，往昔只能融化在一片笛声、落叶、孤灯的飘摇之中，渐成追忆。

总有很多东西无法长久拥有，无法挽留，比如远走的时光，比如心中的深爱和渐行渐远的感情。往日两欢欣，而今一人和衣轻眠。情到浓处，便也只能邀伊人入梦。然而，夜这般绝情，水远山遥，连梦都做不成。无奈之中，唯有酒伴孤影。朦朦胧胧之中，竟把笛声误为伊人低语声，百转千回，千回百转，最难将息。

此词不以跌宕起伏的刻意经营取胜，而是层层铺写曲曲道来，以本色语将情愁开掘得极为深入。正应了陈匪石在《声执》中所说：“盖词之用笔，以曲为主。寥寥百字内外，多用直笔，将无回转之余地。”读之怎不让人怅然。正如席慕蓉的《请柬》，那字字句句，叫人心为之一颤，原来穿过时间的长度和历史的厚度，不同时代的人，可以用文字的不同方式，表达同一种缥缈的情绪。

我们去看烟火好吗？
去，去看那，
繁花之中如何再生繁花，
梦境之上如何再现梦境。
让我们并肩走过荒凉的河岸仰望夜空，
生命的狂喜与刺痛，
都在这顷刻，
宛如烟火。

然而，邀请总不能兑现，逝去了的时光从不会再现。如今能做的，也只能是让一张尘埃沾染、伤痕满布的旧唱片，在老式的留声机上，一圈一圈地划动。咿咿呀呀，呀呀咿咿，静静倾诉支离破碎的人生荒凉，漫阅无尽无止的岁月沧桑。

断肠咫尺天涯，犹恐相逢梦中
——鹧鸪天（彩袖殷勤捧玉钟）晏几道

彩袖殷勤捧玉钟，当年拚却醉颜红。舞低杨柳楼心月，歌尽桃花扇影风。

从别后，忆相逢，几回魂梦与君同？今宵剩把银釭照[1]，犹恐相逢是梦中。

【注释】

①釭（gāng）：灯。

于晏几道而言，最痛的伤口不是当年富贵今日贫贱，不是父辈的富贵繁华散尽后凄冷寥落的门庭，也不是同辈庙堂闻名而自己陆沉下僚。最疼的，是时光爬过肌肤后扯出的伤，是昔年的风景浸染记忆时印下的痕。

那一年晏几道遇到她，正是桃花灼灼的季节。相知相契也许并没有想象得那样难。一道眼波流转，寻常邂逅就化成柔情蔓延。

那场盛筵办在好友沈廉叔宅中。坐席上的词人如往常般肆意慵懒。轻轻抬眼，只见衣袖翻卷，繁复花样纠缠在洁净的腕上。纤弱手指环着青玉酒盅递到眼前，款款多情。

冰肌玉骨，杏眼里凝着春水的颜色。

一时间，席间喧腾的人声不闻，空气变得如眼前的酒水清冽。她的殷勤仿佛酒酿，让他的浓醉更浓，醉倒在红颜里。这是千金不换的陶醉，心甘情愿沉沦。灯影流光处，有什么在这酒意醇醇的春夜里融化了。或许这就是爱情，中意不过一瞬间，也许只因那一点眉间朱砂正正承了心意，也许只因点绛朱唇间的一句低语像杨柳风暖暖入心，却从来不管时间答不答应。

可你又怎知她不是因为动心，才殷殷地捧了酒去，顾不得醉后胭脂失了颜色也陪他醉？你又怎知她不是因为动情，才为他舞开漫天桃花？你又怎知，她不是拿了“拚却”的勇气，才敢向尊贵的宰相之子献出歌伎卑微的钦慕？舞袖缠绵，腰身如水轻徊。珠帘外，杨柳勾月低敛。清歌婉转，羽扇拂开满院桃花鲜妍。于是情人的眼中，时间的波纹不再向前漾，尽管时间的沙漏瞒着他们滴滴溜走。

她当年的一舞，让高耸楼台、深深庭院都变得鲜活。她的舞姿仿佛流转在永恒的时间里，深邃了意境，绚烂了晏几道今生的回忆。若他掐指算过，或许会发现自己一生的记忆几乎都献给了这段曼妙的时间，所以他为它奉献了生命中最美丽的文字：“舞低杨柳楼心月，歌尽桃花扇底风。”

晏几道原就算不得璀璨的华年里并非只有歌舞词章。他虽为宰相之子，却得不到祖荫，任着低微官职，时常流转各地。一纸调令，晏几道监颍昌许田镇。时间流逝，带来了他的责任，带走了情人的愉悦，浪漫就此谢幕。他在颍昌守了三年，其间沈廉叔离世，她与沈府家妓流散人间。

他在秋天回来，徒留院外枫叶向晚。

时间就像命运的轮盘，漫不经心地翻转着人事聚散。晏几道终于再见到她，已过十年。十年他已白了鬓发。十年，在他的词里不过六个字：“从别后，忆相逢。”

十年延宕的光阴，十年失落等待，十年点滴相思聚成灾，不过一句“别后相逢”，薄得能划开纸页。可你知道，情到深处情转薄。十年有太多事不知从何说起，有太多悲欢萦怀。情深至极，如漫天冷月清辉，热烈却只有清冷的光；像明明心有绵绵相思意，却在琴弦上牵连不出一段长相思。

人说“情有文不能达，诗不能道者，而独于长短句中可以委婉形容之。”词人十年的“别后相逢”，是婉转的剑，刺痛人心。他多情婉转，只说，这十年，我做过几场梦，每次都是与你一起。梦到，当年的纤手捧上青玉酒盅，梦到杏眼凝春水，还是梦到那场如梦的舞？抑或是梦到今日的相逢相聚，你我像现在这样灯下清谈？

他情深婉转，不提相逢欢愉，只将烛火移近她如玉的脸庞，看清她的样子，确定这不是梦。晏几道的婉转真正细腻，如换了杜甫来说，一句“夜阑更秉烛，相对如梦寐”要爽利得多，但少了千回百转的心思，也便少了寸寸相思摧断肠的低回。

他说聊慰相思以梦为真，他疑惧着这场如梦如幻的相聚，真正想表达的或许就只是曾经沧海真正刻骨铭心，自始至终，他都放不下那场温暖如阳春三月的相遇。

相思本就是纤细如尘的情绪，只有晏几道能吟出属于相思的气质。

痴情一片为情郎，思恨两悠悠
——南乡子（斜月半胧明）王鹏运

斜月半胧明，冻雨晴时泪未晴。倦倚香篝温别语，愁听，鹦鹉催人说四更。

此恨判今生，红豆无根种不成。数遍屏山多少路，青青，一片烟芜是去程。

一阕典雅的词，或宽或窄的韵脚，似曾相识，又那么遥远。犹如月光，那么清脆，又那么哀婉。像美人的眼眉，一回眸便倾国倾城。犹记得桃花盛开的时候，她就站在树下，抬头仰望一树的繁华。这时，风苍茫吹过馥郁的暗香，她盛装而立，静静等待着落英缤纷的日子，等待着一场盛大的邂逅。

一波三折的涟漪，潋滟出一片宛如水仙子般缱绻的情愫。池塘里的花苞似经胭脂染过，她朱唇微启，无言出口却也香溢周身。不知是上天的垂怜，还是她自身的美艳，终等来了一场倾世温柔的爱恋。自此，默然凝望，寂静欢喜。君子一诺，便铺染了春江花月夜般的锦瑟年华。

然而，时光碾过红尘，春风吹过千树，荷叶遗失了罗裙，季节的年轮还在重复春夏的修辞，曾经的相遇，谱写出断人肠的离歌。一枝败露的垂柳，折断了许多情节。繁花如流水，曾经虽斑斓耀眼，终会突兀地枯枝殆尽。离别之时，两行清泪，道足了情深恨切。

每个人都是一座孤岛，得千金如拾地芥，求知己若摘星辰。当一个人出现在生命中时，内心哪能不悄然颤动。可是爱恋一场，两人把日子染成玫瑰色之后，只留下一个决绝的背影时，便痴痴仰望天边的雨云，默数伊人的归期。当春风乍起，思念就藏在湖面泛起的微波里；当秋雨缠绵，思念就藏在屋檐洒落的滴答声中。思念无处不在，纵然折磨着每一丝神经，却心甘情愿承受。

王鹏运的《南乡子》便是别离后一个女子无悔思念情人的故事。

女子独倚香篝，睫羽轻合，眼里似噙着粒粒晶莹的雨水。月光如练，依旧照不清她的心事。凝视远方，轻轻诉说，仿佛对方能听到一般。脑海中滤过千帧万帧风景，点点滴滴都是从前的剪影。烟雨迷离，寒夜一寸寸爬上肌肤，鹦鹉声声催促，女子依旧无法安眠。她固执地认为，相思之意能越过千山万水，抵达心上人的耳边，故一遍遍敛起生活中的琐碎小事，让风追随对方，哪怕是海角天涯。

相思或许是这世间最坚韧的东西吧。自古以来，它在诗人词人的笔下扎根发芽，生生不息。“红豆生南国，春来发几枝。愿君多采撷，此物最相思。”爱到最热烈时，思念也最炽浓，坚信自身的爱不是无根的红豆，待到来日，总能开出繁花惹人怜。深夜太寂静，寂寞太恼人，低头自问，伊人何方，数遍重重山峦、条条道路，那青葱一片、烟笼雾罩的平芜，或许就是他的去处吧。

全篇女子的心态情状，着墨不多而处处传神，男子做闺音竟比女子更真切。

第六章

夜晚的暧昧，载着你我的回忆

心思相和，激荡的绵绵情意
——菩萨蛮（花明月暗笼轻雾）李煜

花明月暗笼轻雾，今宵好向郎边去。刬袜步香阶，手提金缕鞋。

画堂南畔见，一向偎人颤。奴为出来难，教君恣意怜。

夜晚，在南唐后宫，无风，有雾。月亮在迷离的轻雾中收敛了光芒，如含羞的少女，令人眼前只剩昏黄的光晕。禁苑中的花花草草，本是借了月光，但越往高处雾色越浓，花草反而夺了月的光彩。

月光下，迷雾中，一个脸上泛着红晕的少女，屏住呼吸，小心翼翼地走向画堂南畔，仿佛怕惊醒了沉寂的夜，更怕惊到正在与薄雾约会的月亮。她脱下鞋子，只穿着袜子，踏碎了台阶上的月光。

一双精致的绣鞋，被她提在手上。

在月的纵容、雾的掩护、花的注视下，少女几乎是挪动着脚步，终于到了画堂南畔，看到了那个男子模糊的身影。

同一种动物，隔着漫长距离也能嗅到对方的味道。热恋中的人，往往能恢复这种动物般的本能。她像是嗅到了他的味道，一时间心跳如脱兔，脸颊似火烧，再顾不得女孩的羞涩和矜持，一头扎进他的怀里，呢喃耳语："奴为出来难，教君恣意怜。"

几百年斗转星移，清代画师周兼受人之托，绘了一幅南唐小周后提鞋图，引得当时文人争相题诗。其中最有名的当属名士许蒿庐的两首《赋周兼画南唐周后提鞋图》：

弱骨丰肌别样姿，双鬟初绾发齐眉。
画堂南畔惊相见，正是盈盈十五时。

一首新词出禁中，争传纤指挂双弓。
不然谁晓深宫事，尽取春情付画工。

这个看似柔弱的少女，浑身散发着蓬勃的青春朝气；而李煜也不再是青涩的少年，已经成了两个孩子的父亲。怀春的少女遇到成熟的男人，然后相知、相恋、相许，一切顺理成章。偷会后，或许李煜情难自禁，才写了这篇绮丽香艳的词。词作传出皇宫，又跨越千年，传诵至今。许蒿庐诗中便做如上猜测，附和者如云。这段宫闱秘闻里，那双踏上香阶、裹着衩袜的滑腻金莲，平添许多说不尽的风流旖旎。

当时，大周后娥皇病卧在床，小周后是以探病之名进宫的。然而进宫之后，她却与自己的姐夫之间萌生了爱意，李煜在妻子病中约会其妹，于礼法不合，多少是要为世俗所不齿的，只因着他贵为天子，才少了些不中听的闲言碎语，即使有人要说些刺耳的闲话，终不会传到皇帝耳边。

但李煜幽会小周后，还是要屏退左右，既为避人耳目，更因自古"偷情多为两人事"。月朦胧，雾朦胧，花朦胧，唯有人分明，暧昧滋生，情意绵长。

古来痴男怨女的爱情，在幽会处弥散开去。或在花前月下，或在闺房之中，或于小园之内，甚至就在路旁小林深处，他们偷偷相爱，默默欢喜。因幽会的人不同，情与欲也都有了差别：或暧昧丛生、或犹抱琵琶、或意犹未尽、或流于低俗，此中旖旎风光，怎么也望不穿、看不尽。

如李煜与小周后这样，既然白日不能正大光明地相会，便趁着花明月暗，幽会画堂吧！

至于多年后国破家亡，小周后为宋太宗赵光义所辱，后主李煜只能"婉转避

之”，那又是后话了。当初的日子有多美好，就更衬出后来的时日有多糟糕。昔日的你侬我侬，已是尘归尘、土归土，极尽旖旎繁华，不过是一捧水月、一掬水流沙。

两情相悦的眼神，那般柔情

——玉女摇仙佩（飞琼伴侣）柳永

飞琼伴侣[①]，偶别珠宫，未返神仙行缀。取次梳妆[②]，寻常言语，有得几多姝丽。拟把名花比。恐旁人笑我，谈何容易。细思算、奇葩艳卉，惟是深红浅白而已。争如这多情，占得人间，千娇百媚。

须信画堂绣阁，皓月清风，忍把光阴轻弃。自古及今、佳人才子，少得当年双美[③]。且恁相偎依。未消得、怜我多才多艺。愿奶奶[④]、兰心蕙性，枕前言下，表余深意。为盟誓。今生断不孤鸳被。

【注释】

①飞琼：即仙女许飞琼，她是西王母的侍女。

②取次：任意、随意。

③当年：正值盛年。

④奶奶：古代对女主人的称呼。

纵使柳永这个名字如夜空中璀璨的明星，辉映了千年时光，但大抵是他的放浪名声讨不到统治者的欢心，自然也就难容于史官笔下，所以阅遍正史，关于柳永的记载如凤毛麟角，野史中的材料也多语焉不详。如此，关于这位大词人的妻子的记载，更是遍寻不着，甚至在柳永的词章里，她也未留下多少印迹。只有这一首《玉女摇仙佩》，被后世人认为可能是新婚时柳永为妻子所作。

这个与旷世才子携手成婚的神秘女人，未能像柳永后来结识的虫娘、心娘等歌姬舞女一样，留下芳名。许是幸福来得太过迅疾，让少年柳永彷徨得不知该如何拥抱这巨大的喜悦；许是爱得深切，深切到自私，自私到不愿分享点滴欢愉，唯恐遭到岁月觊觎。

古人不仅有早婚习俗，还讲究门当户对——柳氏一族在家乡崇安也享有盛名，柳永又少年多才，与其兄三复、三接被誉为“柳氏三绝”，名声在外，想来他的妻子也不会是寻常人家的女儿，即使不是出身钟鸣鼎食的名门望族，也当是个知书达理、端庄贤淑的大家闺秀。

她是像许飞琼一样的仙女，偶别天宫才来到这到处千娇百媚的人间。只是寻常梳妆，未做丝毫刻意打扮，就已经美得超过了人间几多姝丽。其容颜之美好，姿态之妖娆，竟让才华横溢的词人寻不到合适的赞美之词。以花比喻美人，这向来是古典文化中常见的传统，但词人一经思量，却觉得此举会唐突佳人——百花园里的奇葩艳卉，不过是深红浅白而已，哪里比得上佳人妩媚多情，简直占尽人间春色。

以名花为喻仍觉不足，于是翻出新意，虽并未做直白刻画，但曼妙佳人的娉婷身影，已如雪里的红梅、婴孩的表情、初恋的心跳一样，异常生动。

清人沈谦在《填词杂说》中言：“大畏唐突，尤见温存。”这番审慎而小心的掂量，如同捧着易碎的青花瓷，然瓷器冰凉，不及词人那颗怦怦跳动的心脏，令人倍感温柔滚烫。

由是看来，于柳永而言，这桩婚姻是圆满到令人简直忍不住要欢呼雀跃的。他那一腔发自内心的喜悦，如燥热夏日里的一阵穿堂风，令人的每根毛发都舒爽到战栗。

爱越深，就越贪心，贪恋柔情，贪恋光阴。新婚的情侣携手同行，穿过画堂绣阁，望皓月沐清风，只盼着时光就停驻在这美好的一刻，不再向前。佳人倾心词人的才华横溢，词人爱慕佳人的兰心蕙性，两人相偎相依，许下盟约。纵然时光如水，也想许给对方万丈红尘。

“自古及今、佳人才子，少得当年双美。”在这首词里，柳永第一次提到自己所推崇的爱情观——郎才女貌、情投意合。这样的结合，是他期冀和坚持的，此后从情爱场中游离穿梭，一篇篇绮艳华美的词章里皆可见他的执着。

人生弹指芳菲暮。人到暮年，多已抖落了来路上沾惹的游丝尘屑，渐渐归于清醒的迟钝——洞察一切，却不再跃跃欲试地炫耀智慧，不再执着于过去的恨，也不再挑战眼前的爱。一方心田，从幼年的一片荒芜，最终归于老迈时的荒芜一

片，期间再多收获，最终也归于淡然。倘若在最好的年华，心田里的情花绚如红霞，恰好遇到了一个让你怦然心动的人，又恰好，你爱慕的人，他也爱慕着你，世上最顺遂的爱情，便是如此了吧！

柳永和他的妻子，大抵就是这样爱慕着对方。情爱面前，他们大方坦承对彼此的爱恋，许下相伴不离的盟誓。

来世太远，看不见触不到，今生不离不弃，已是极好。

晚风斜日，香艳不经别绪
——浣溪沙（马上凝情忆旧游）张泌

马上凝情忆旧游，照花淹竹小溪流，钿筝罗幕玉搔头①。

早是出门长带月②，可堪分袂又经秋③，晚风斜日不胜愁。

【注释】

①罗幕：用丝织的帐幕，质地轻盈。

②早：经常、常常。带：通“戴”。

③袂：原指衣袖。分袂，指代分别。

游子离乡远游，心中却时时刻刻牵挂着等待他归去的心上人。一路上车马劳顿，但他却沉浸在对往昔美好时光的追思中。他深情的眼眸中，看到的不是沿途的风光，而是旧日和心上人一起出游时的情景：潺潺的溪水清澈见底，倒映着岸上的姹紫嫣红和翠绿竹林。一位身着罗绮的妙龄少女袅袅娜娜向他走来。花影晃动，一切似梦似幻，让游子越发地陷入迷思里，分不清现实和回忆的界限。只听得耳边隐隐传来古琴声，正是那女子在弹奏，与溪水声应和着，流利婉转，令人心醉。游子凝神屏气地听着，又见那女子发髻上的玉簪也随曲声轻轻晃动，仿佛晃过了他的心尖儿。

梦就是在这样一个让人心醉神迷的时刻醒来的。醒来之后，他才发现自己身在异乡，眼前都是不熟悉的风景与人事。这种恍若隔世的感觉，更使他感到内心刺痛，于是便格外怀念梦中人，梦中事。思念就这样在天地间蔓延开来。他本来已经习惯了辗转奔波，然而每一次分离，依然心如刀割，泪下千行。时光荏苒，不知不觉又到了秋天，寒蝉凄切，晚来风急，在这萧瑟的时节，人自然会对温暖生出更多眷恋与向往。贪恋温暖和安定，却偏偏奔忙于路途上，相思痛，离别苦，都格外真切。夕阳西下，游子心头的痛楚像秋日寒意那般渐浓，如此漫漫长夜，恐怕又要在相思中度过了吧！

花间派词人张泌擅长艳词，笔下深闺内帏的男女情事总是深情款款，腻甜而忧伤。这首《浣溪沙》却显得不同，自有一股空灵透脱，没有男女卿卿我我，没有动人的情话，只有浓浓深情萦绕于淡淡回忆里。他想念佳人倩影，又觉有悠悠琴声荡漾于耳际，这样的思念，不见情欲轻薄，更多发自内心的眷恋，更多几分醉人滋味。

相较于女子那缠绵悱恻、泪眼婆娑的思念，男子的相思更多几分含而不露的韵味。他们常常把思念沉淀在心中，在羁旅途中慢慢地回味，不知不觉，把自己淹没在了曾经的美好往事里。从回味中醒来后，难免发出一声叹息，天地便也被这淡淡的愁思所感染，如清晨的寒霜，花间的露水，也如傍晚的浓雾，这份相思无论寒暑，始终萦绕在游子心头。

词中“凝情”二字，将游子的深情显露无遗，让人仿佛能看到他紧锁的眉头，看到他被夕阳拉长的影子。结尾一个“愁”字，恰与起首的“凝情”相应——因为心中深情凝结，离别后才有浓愁涌上心头。以“愁”字结尾，又有几分仓促慌乱，似乎强抑着心头的百般情绪，才能一日日忍受这羁旅生活。这样的愁，这样的苦，总让人无可奈何。时光流转，很多东西都会被时光带走，烟消云散，而相思却像是坛中的酒，越沉越浓。

世间无数痴男怨女，深陷相思无法自拔，皆因“情”字。问世间情为何物？直教人生死相许。只要情意未消，相思就会绵延不绝，纵然文人墨客有如椽大笔、华丽辞藻，却书得尽诗词，书不尽相思。

知己难求，红缘难续

——西江月（宝髻松松挽就）司马光

宝髻松松挽就，铅华淡淡妆成，青烟翠雾罩轻盈，飞絮游丝无定。

相见争如不见，有情何似无情。笙歌散后酒初醒，深院月斜人静。

古心词韵

明月初升，家家户户亮起了灯盏，夜色格外缤纷迷人，富庶的人家又开始了新一天的歌舞升平、宴饮娱乐。人生得意须尽欢，莫使金樽空对月，词人此时也正在酒宴上谈笑风生，喝得不亦乐乎。

醉眼蒙眬间，一个青衣女子伴着婉转乐曲缓缓飘入他的视线。女子莲步轻移，翩翩起舞。词人不觉精神为之一振，正襟危坐，细看来，她“宝髻轻挽”，没有繁复的辫发花样，也没有太多华丽珠翠装饰；脸上亦是粉黛薄施，没有太多铅华粉饰，一种丽质天成之感幽幽散发；她身上如青烟翠雾般的纱裙也轻盈缥缈，更显身姿婀娜，超凡脱俗；她的舞姿更是妖娆妩媚，柔软身段时而如飞絮飘扬，时而如游丝轻摆，“其形也，翩若惊鸿，婉若游龙”。

这世间怎会有如此气质不凡、神采出众的女子？不刻意不招摇，不用华衣锦服，不必浓妆艳抹，不屑珠光宝气，不与百花争艳，不与众生争宠，就这么自顾自绽放美丽，悄无声息地感染着别人。词人心头的相逢恨晚之意油然而生。

如果早些遇到该有多好！就可以更多地欣赏到伊人的绰约风姿。可是，遇见了又能如何？所有的惊艳心动不过都会徒增日后的相思烦恼罢了。舞罢宴散，各人归家，再见不知又等到几时。可这惊鸿一瞥却会时时萦绕心头，反倒让人因相思不得见而愈发苦痛纠结。

相见倒不如当时不见好了。索性不见，日后便不会惦念难舍，为情而苦。有情还不如无情，无情就免得日思夜想辗转反侧劳心伤神，有情却要饱尝相思之苦备受煎熬。“相见争如不见，有情何似无情”，这两句精准地形容了相思人内心的矛盾纠结，成为千百年来的咏情名句。

关于“有情”和“无情”，历来是文人墨客写情的必争议题，故而有众多佳句流传后世：“无情不似多情苦”，“多情却被无情恼”，“道是无晴（情）却有晴（情）”……是有情好，还是无情好？看起来真是让人不胜烦恼，事实上，越是矛盾越是苦恼，恰说明当事人情深似海难以割舍，文人皆是通过这种对比表达内心的深情罢了。

等到酒宴结束了，歌舞也散了，醉意也消了，词人才如梦初醒，方才酒席间的意乱情迷、胡思乱想戛然而止。已是万籁俱寂时，人间的灯火已渐渐灭尽了，高悬天上的一轮明月也逐渐倾斜，他独坐庭院，万般思绪涌上心头。

“深院月斜人静”，全词终结于这一幕静谧的夜景，并未明言词人在曲终人散后作何感想，却通过对景物的描绘达到了“此时无声胜有声”的效果。千言万语，尽在不言中，留待读者发挥想象的空间去揣测思量——想那夜深人静时分，一个面容清瘦的男子独自坐倚栏杆望着残月，回想之前酒席中那个清秀淡然、舞姿超群的女子，恍然如梦。一朝得见，终生难忘。聚散自是无常，也不知还能不能再见，或者，还是不见的好。

好梦最易醒，滴滴是情泪
——玉楼春（大堤花艳惊郎目）周邦彦

大堤花艳惊郎目。秀色秾华看不足。休将宝瑟写幽怀，座上有人能顾曲。
平波落照涵赪玉。画舸亭亭浮淡渌。临分何以祝深情，只有别离三万斛。

船发荆江，溯流而上，周邦彦到了宜城。宜城美酒，天下闻名。风流浪子怎会错过？然而独酌无友，太过寒酸。好在宋代的社交远比今人想象中方便，在酒楼找一方白墙，泼墨题字，以文会友，很快就凑够了一桌人。还是在旅途，却不再孤单。

相逢何必曾相识，世间谁非过客？醉乡里不分你我，索性痛快喝一场！

有美酒，怎能无歌舞。请来歌姬、舞女，于是就有了艳遇。小镇姑娘，竟也生得国色天香。满目花艳秾华，让人错不开眼。赏花本是雅事，周邦彦却偏偏拿出了钱塘风流客的浪荡做派，目不转睛只管看个饱。借着酒精作用，什么清规礼教，全抛脑后。

美人琴声悠扬，周郎却有以琴读心的水平。“休将宝瑟写幽怀，座上有人能顾曲”用意奇巧，又显示出周邦彦自视甚高的个性——古人以琴瑟之音抒怀，多情的周邦彦反劝歌姬别借琴声表达心意：因为座中的周郎通晓音律，小心我破译你的少女心事。

平湖日暮时，落照如玉；浅淡绿波上，画舸荡漾。这突兀而来的空镜头，就像山水画里的留白，冲淡了舟中的浓烈暧昧，又留下了想象空间。一个是绝色佳人，一个是放诞词客，结果或许是美女醉倒在才子怀里，或许是少女被浪子的张狂惊走。无论如何，对周邦彦来说，这都是一次刻骨铭心的偶遇。

不论美人心意如何，那绝色容颜早如烙印般镌刻在词人心里。

宋代流行曲《清商曲·襄阳乐》中有“大堤诸儿女，花艳惊郎目”之句。此刻词人脑中回旋的，全是这首曲子的旋律。只恨欢乐不知时日短，酒宴从早到晚，欢歌笑语不断，随着金乌西沉，很快到了别离时刻。欢场女子性子爽直，词人也就不打算说些“有缘再见”之类的场面话，总之你不会随我而去，我也不会为你停留。走，就走得干净利落。既然是个过客，就永远不要回头。只是，离别无语之际，请让我饮罢三万斛美酒，为你尽情一醉。

后世评论家大都认为周邦彦的词境界纤弱，却也有人觉得“临分何以祝深情，只有别离三万斛”有着海誓山盟的气势。与贺铸“一川烟雨、满城风絮、梅子黄时雨”的缥缈闲愁不同，周邦彦的愁是三万斛烈酒，浓烈沉甸。

这份愁其实是爱，爱而不得才生出愁来。

得不到的爱，就用自戕式的痛饮来消除。哪怕为的只是一位连名字都未必知道的小城歌女。似是一夜风流，浪子本色，既是艳遇，本来就少不了旖旎情怀，醉人心魂；不过，也正因为只是艳遇，便终于还是要道别的。

在歌手钟立风的笔下，曾有这样一段话：“他爱旅行，主要是为了邂逅艳遇，邂逅河流山川，雨露星风，他统称为忧伤的艳遇。”他还说：“尘世中最美好的事情莫过于一次令你心动的相遇。尽管相逢之后，也许又会无奈地离开。”这段略微酸涩的文字，似乎便是为千年前的周邦彦而写的。

几许相聚，缘来缘去岂随心
——眼儿媚（酣酣日脚紫烟浮）范成大

萍乡道中乍晴，卧舆中困甚，小憩柳塘。

酣酣日脚紫烟浮，妍暖破轻裘。困人天色，醉人花气，午梦扶头。

春慵恰似春塘水，一片縠纹愁。溶溶泄泄，东风无力，欲皱还休。

春日午后，大雨初晴。和暖的阳光穿过洗尽铅华的云彩，穿过鹅黄初吐的柳枝，斑驳倾洒在荷塘边，氤氲紫烟在春光掩映中缓缓而升。日脚酣酣，紫烟袅袅，醉人春意正浓。一路奔波的词人在几番车马劳顿之后，见到经大雨洗涤而显得格外旖旎的春光，不禁心驰神往，醉意渐生，遂停靠柳塘边醉卧车辇稍作歇息。

他也曾居庙堂之上殚精竭虑，亦经异国风雨险历生死，如今于他乡途中“偷得浮生半日闲”，静观云卷云舒，感丝丝暖意“破轻裘”。想当年出使金国寸土必争意气风发，词人既有着胸怀天下的豪迈之情，现而今柳塘边小憩片刻享春日慵懒，亦不乏体察入微的善感之思，一个“破”字，将妍暖气息描绘得极为生动。

阳光的温度渐渐渗透空气，暖意穿过外面的薄袄进入身体，浑身像酒醉后一样开始微微发热，抬眼间，这和煦天色亦觉催人犯困，昏昏欲睡。不远处岸边的花朵在雨后愈发明艳动人，微风轻拂，花气袭人，困倦更深几分，陶醉在这迷人花香里，酒不醉人人自醉。于是，词人不知不觉“午梦扶头”，如同喝多了扶头般醉意更甚，渐入梦乡。

梦里不知身是客，一晌贪欢。

一觉醒来，他仍觉慵懒万分。多想沉醉在这和煦春光、沁人花香里，不再醒来，不理凡尘俗事，身居江湖远。这种渺茫的希望仅仅只是想想而已，遂衍生出身不由己的微微失望，一缕淡淡的愁绪弥散开来，既没有扩张成南唐后主的“一江春水向东流”，也没有变成“似花还似非花”的“点点离人泪”，只是如同一

片縠纹、几缕薄纱上的褶皱荡漾在春塘里，轻描淡写，不痛不痒，却又始终在那里一点一滴搅扰着内心的平静。

溶溶泄泄，碧波微荡，柳塘在酣酣日脚的照映下泛起点点波光。东风轻轻袅袅，却无力将“风乍起，吹皱一池春水”持续下去，池水才刚泛起一点涟漪，柳枝才刚准备起舞，转眼却随着风乍停这一池水又平滑如镜，塘边的柳枝亦虚极静笃。如同酒醉后的呢喃，断断续续，丝丝缕缕，纠缠不清。欲皱还休，岂不是词人在这午梦后春慵里的情愫，心系天下意难平，可明媚风光、醉人春色谁舍得辜负？正该好好享受，怎好愁意浓浓地负了这良辰美景？

这首词作于范成大赴桂林上任途中，一改他往日忧国忧民的风格，转而将大雨初晴的春日午后种种困倦慵懒描述得细致入微，丝丝入扣。“醉”“困”“酣酣”勾画出了一幅暖风熏得游人醉之景，而“溶溶泄泄”“欲皱还休”又将慵懒春色里的微愁刻画得入木三分。

明代沈际飞在《草堂诗余别集》里用“字字软温，着其气息即醉”来评价这首词。无酒也能醉人，大概也达诗词艺术的极高境界了。

谁唱渭城诗，满杯不舍情
——四字令（兰汤晚凉）李彭老

兰汤晚凉，鸾钗半妆，红巾腻雪初香。擘莲房赌双。
罗纨素珰，冰壶露床，月移花影西厢。数流萤过墙。

李彭老的词，用“工秀”二字形容最贴切不过。他词中的情常常欲露不露，反复缠绵，像隔着轻纱观赏一个妙龄女郎轻歌曼舞，朦朦胧胧，却又令人沉醉。也正是这种若即若离的方式，有时偏偏能够最准确地传达出情感，就像这首《四字令》，将浓郁的情感寄托在对场景与风景的刻画中，读来倍觉回味悠长。

沐浴过后，女子坐在镜子前梳妆打扮，头上的点翠头钗光彩夺目，衬得容颜像刚刚开放的百合一般娇艳欲滴。晚风拂过，女子身上的芳香随着微凉的晚风在屋中荡漾。冰肌玉骨，配上红色的罗绮，不知会令多少青年才俊醉心。只可惜在这样大好的年华，她却只能终日独守空闺，玩着手掰莲子赌双的游戏来打发这漫长寂寥的日子。若是运气好，掰到了两颗莲子，女子便会很高兴，似乎这“双”的寓意真能圆了她比翼双飞的希冀；若是掰到的莲子为单数，女子便眉头紧锁，轻轻叹气，又想起了自己的形单影只。

月色渐浓，窗外丁香花的影子在这清冷的月色中映上了西厢房，房内愈加显得寂静。在这样静谧的夜晚，女子却毫无睡意。在月光的照耀下，轻薄的罗纨透着淡淡的亮光，耳上的素色耳坠和清冷的月光交相辉映，愈发显得冷清。她不愿意独自在室内发呆，于是走到屋外，在银色的月光下慢慢踱步，一副若有所思的样子，却又像是什么都没有想。为了打发这漫漫长夜，她数起了映在墙上的星星点点的荧光，斑驳光影中，她脸上的寂寥表情更惹人同情。或许，玩赌双、数流萤的举动并非只在今晚，无数个寂寞的日子里，她都是这样度过的，以至于内心深处都会恍惚觉得这是顺理成章的事情，可一旦被现实中的某个细节触动，才会惹起惆怅，无限伤感。

相思之苦已经极是难熬，更难熬的是情窦初开时那懵懵懂懂的空虚寂寞。相思虽苦，至少心里有一个人可等，可想，可盼；然而如本词中女子，空虚之感没有着落，像是那水里浮萍、云上风筝一样无所依靠，更是难捱。这份无所依附，甚至会使人无心去感知生活的美好，自然也会觉得生活毫无意义。女为悦已者容，她虽对着铜镜涂脂抹粉，却无人欣赏，纵是有花容月貌，也如深宅大院里的花朵，静静绽放，又静静凋零。

上阕词如施了粉黛，浓妆艳抹，但实质上却是良辰美景虚设，热闹中透出了主人公的百无聊赖；下阕氛围清冷孤寂，“冰壶露床”固然是现实之物，未尝不暗指着主人公内心如冰露一样凄凉。有时候，美景和佳人固然赏心悦目，但美好的表象之下常常潜伏着悲伤的隐情。譬如这首词，朦胧的旖旎与绮艳之后，却是一颗格外孤独与悲戚的心。孤独的人自有其泥沼，即使在最富贵的宅院，灵魂仿佛也独自宿在了荒野中。

今夕何夕？人间无地著相思

——踏莎行（花堕红绡）吴骐

花堕红绡，柳飞香絮，流莺百啭催天曙。人言满院是春光，春光毕竟今何处？
情语传来，新诗寄去，玉郎颠倒无情绪。相思总在不言中，何须更觅相思句。

古心词韵

《踏莎行》是常见词牌，不同文人笔下各有意境。欧阳修的《踏莎行》深情款款，一句“寸寸柔肠，盈盈粉泪，楼高莫近危阑倚”，把离别之情描写得腻甜而忧伤，而清人吴骐笔下的《踏莎行》，流淌出的则是少女的相思。

吴骐以写艳词著称，这首词把少女的相思表达得若即若离，却又惟妙惟肖。少女隔窗眺望着远处的春景，只见花瓣零零落落地铺在地上，纵然是香消玉殒，也终究是有了归宿。漫天柳絮纷飞，嫩绿的柳条随风飘荡，孩子们在街边欢快地玩耍，尽情享受美好的春日。

阳光轻轻地洒在少女的衣襟上，却照不进她的心。她的心扉紧掩，纵然外面已经是春意盎然，却也被她拒之门外。等待和相思的苦，让她的生命犹如严冬，没有显露出丝毫春天将至的气息。在她看来，能够带给她春天的，只有她日思夜盼的情郎。

少女想把内心的相思和苦痛写成绵绵情话，寄给远在天边的他，相信他也定有许多话想要对自己倾诉，可信要寄到哪里去呢？她连对方身在何处都不知道，只好暗暗安慰自己：他也一定饱受相思之苦，只是不知用怎样的言语表达，才未给自己寄来书简。相思的苦乐，无法用言语全部道出，再伟大的文人，再惊人的才华，也不过能描摹出其中的一两分。不过有时候，若两颗心灵犀相通，不管隔着多么遥远的距离，纵使无言，也能感应到对方的思念。

吴骐的这首小令，将男女相思写得唯美动人。朝夕相处固然是令人憧憬让人羡慕的相爱模式，但并非人人都能如愿，宋人秦观词中写得好：“两情若是久长时，又岂在朝朝暮暮。”就像传说中的牛郎织女，纵使每年只有一次鹊桥相会，

“金风玉露一相逢，便胜却人间无数”！真正深刻的爱情，可以跨越空间的距离，可以抵挡时间的消磨，两颗有情的心，才是爱情长久的关键。这样的默契与深情，才更是荡气回肠。

少女相思固然是这首《踏莎行》所要表达的，但仔细品味，其中还含有相对更加深沉的情感，那就是对故国的浓浓思念。吴骐生活在明末清初，亲眼目睹了明朝的灭亡，从此绝意仕进，一刻也未曾忘记前朝。

到了康熙年间，国家风调雨顺，百姓安居乐业，当明朝遗老纷纷开始将往事忘记，吴骐依然怀恋着故国，词中“人言满院是春光，春光毕竟今何处”的哀叹，便是这种心情的隐晦写照。古人常以香草美人自比，表达忠君爱国之心，吴骐也是以此为掩饰，也只能借着这艳词来言说了。

有些话不便直言，只能以一句“相思总在不言中，何须更觅相思句”来意会。不懂的人，权且当成是少女相思；与他志同道合者，定能体会那追思故国的悲伤。如此朦胧迷离，似浅而深，乃是时局束缚下的有苦难言。

流了纯白的泪，一袭轻柔的美
——醉桃源（不经人事意相关）汤显祖

不经人事意相关，牡丹亭梦残。断肠春色在眉弯，倩谁临远山？

排恨叠，怯衣单，花枝红泪弹。蜀妆晴雨画来难，高唐云影间。

每一粒爱的尘埃，都重于泰山，可以让人为情而死，为情而生。这首词出自明代汤显祖的元曲《牡丹亭》，本是女主人公杜丽娘和其丫鬟春香的韵白。杜丽娘因为一场春梦，对书生柳梦梅念念不忘，积郁成疾，甚至因情而死。怎料世间事阴差阳错，现实中柳梦梅真有其人，且经过一番波折之后，两个人竟然走到了一起，杜丽娘再次为情复生，有情人终成眷属。显然，这并非能够发生在现实生活里的事情，但汤显祖就是以这样的浪漫主义手法，讴歌了爱情的伟

大力量。

这一日，杜丽娘和侍婢春香在花园中散步。春色正好，阳光明媚，可丽娘却没有心思赏玩，她的心全都记挂着昨晚那个荒诞不经的梦。梦中，她也是在这院中赏花，不经意间却遇到一位英俊潇洒的书生，名叫柳梦梅。二人一见倾心，互诉衷肠，遂幽会于牡丹亭畔。怎料着幸福的欢会却是一场春梦，醒来之后，杜丽娘尚且不愿意从梦中走出，并且为那梦中男子神魂颠倒。

“一段伤春，都在眉间”，美艳与忧伤，全部凝聚在眉间，她的眉宇仿佛重重叠叠、烟雾缭绕的远山。如此楚楚动人，连最出色的丹青妙手也难以临摹得出来。风华正茂，容颜赛过花容，但在这样的大好年华，她终日愁眉不展，岂止是为了那一场梦呢，实则是对爱情的懵懂向往让她寝食不安。

“衣带渐宽终不悔，为伊消得人憔悴”，因为期待再与梦中那个男子相逢，这深深的思念让杜丽娘不知不觉瘦了。腰肢渐细以至弱不禁风，眉头深锁不见如花笑颜，泪水沾染着面上胭脂簌簌滚落，一切仿佛都在诉说着她心中的愁恨，愁那梦中的人儿何时出现，恨那一朝欢喜只是空梦一场。

世上残忍之事太多，其中一桩便是眼看着美好事物香消玉殒却无力回天，她便要这样眼睁睁地看着自己的容颜老去，看着自己的年华消逝，无可奈何，只能回味着那一场梦来体会爱情滋味。

情是世间最难用逻辑来衡量的。情之所至，一切皆有可能，纵使汤显祖笔下这死而复生之事有悖常理，太过荒诞，却也无人计较，后世读者，皆已被杜丽娘对爱情的执着和坚定所打动。在这一阕《醉桃源》里，汤翁似为杜丽娘画了一幅肖像，既表现出了她举世无双的容貌，也表达了怀春少女对爱情的思慕。

封建社会，很多女子的青春都葬送在了深锁的闺房里，而同样受到封建礼教束缚的杜丽娘，却可以爱得出生入死，惊天动地。为情而生，为情而死，这既是对人间伟大爱情的歌颂，未尝不是作者汤显祖对世人的提醒——爱情真的需要勇气，不畏惧流言蜚语，不畏惧世俗目光，倘若真的爱了，便要大胆表白，执着追求，幸福要靠争取才能获得。

第三篇

幽怨如风

一个人的孤单，几许情愁，一世伤感

第七章

昨夜梦中君犹在，不知此情谁了

寂寞嫦娥，还将鬓悄遮

——菩萨蛮（小山重叠金明灭）温庭筠

小山重叠金明灭[①]，鬓云欲度香腮雪[②]。懒起画蛾眉，弄妆梳洗迟。

照花前后镜，花面交相映。新帖绣罗襦[③]，双双金鹧鸪。

【注释】

①小山：唐朝女子画眉的一种图样。据说唐明皇曾命画工画了十种眉形，其中一种就叫“小山眉”，又名“远山眉”。重叠：形容蹙眉毛的样子。金：额黄色。六朝至唐，女子均喜欢用此色涂画眉间作为装饰。明灭：额黄褪后，眉间浓淡不匀的样子。

②鬓云：形容鬓发凌乱。度：掩过、遮过。香腮雪：形容两腮香白。这里为押韵，将“香雪腮”调整为“香腮雪”。

③帖：镶嵌，这里指刺绣。襦：上衣。

古心词韵

春日的清晨，睡梦中的女子眉头紧锁，似有什么解不开的惆怅。阳光透过窗格照射着她的黑发，似有光泽，再与雪白的肌肤相称，煞是动人。又过几时，女子从睡梦中懒懒地醒来，眉头虽已舒展，却还是显得无精打采，更无心打扮。原来，她昨晚又在梦中见到了所思之人，但睁开双眼后，只有满屋寂寥，不禁落寞难耐。女子坐在梳妆台前望着自己的容颜，虽是花容月貌，但无梦中人来欣赏，装扮得再漂亮又有何用？她百无聊赖地梳着寸寸青丝，想到终有一天这青丝会变成白发，也不知是否能与梦中人相会于现实里，心里的痛苦就更深了。

女子手捧着铜镜，与梳妆台上的镜子前后对照，仔细端详着自己的发髻。镜中的自己正是青春年华，就像头上佩戴的花一样娇艳欲滴，可这般美好，也只能深锁闺房，孤芳自赏。抚摸着衣袖上成双成对的鹧鸪鸟，不禁轻叹出声，心想着倒不如做了这衣袖上的鹧鸪，到底能够出双入对，不像自己现在这般凄凄惨惨。

生活在晚唐的温庭筠，诗词兼工，其词风婉丽、情致含蕴、辞藻浓艳。虽是男子，却将女子独守空闺的孤寂心情和百无聊赖描写得微妙精准。这首小令没有直接抒写女子内心的寂寥，但读者仿佛却能够从那泛黄的铜镜中看到这花容月貌的女子那深锁的眉头，好像能听到这女子内心深处对感情的渴望。

她的青春年华极其绚烂，却又极短暂，像枝头的樱花，开得绚烂，却时日不多。女子整日在闺房里，日复一日对镜懒梳妆。为了消磨时光，她有时也会做些女红，偶尔便用金线绣那成双成对的鹧鸪鸟，满心希望有朝一日梦中郎君会出现，可她从天明等到天黑，从春等到秋，一次次充满希望，又一次次归于失望。金线绣的鹧鸪依旧耀眼，却令她泪眼蒙眬。白天总是那么漫长，长得让人无所适从，让她在一呼一吸之间，都觉自己内心的孤寂在翻涌。她不曾得到过谁的许诺，却对爱充满向往，于是痴痴等待，每日对镜画眉，画的还是时下最流行的“小山眉”，只盼有个人来欣赏。

虽是“懒起”，虽是“梳洗迟”，但也终究免不了“照花前后镜，花面交相映”，正是“女为悦己者容”，她这样精心打扮，不正是为了等待一个人的出现，让自己也能在最好的年华里，体会到爱情的甜蜜滋味吗？在这无尽的等待中，女子却只看见镜中自己紧蹙的眉头和发红的眼眶，还有被岁月一点一点变得沧桑的容颜。这份孤寂，这份苦楚，这份伤心，无处诉说，只翻来覆去地折磨着闺中的女子，要等到云开雾散，或许就在下一个天明，或许要等到她真的老去，谁又知道呢？

若说古代词人中最了解深闺中女子心事的，温庭筠自然算得上是其中之一。在他的笔下，庭院深深，锁不住春去秋来，却锁住了闺中女子的幸福。一颗对爱

充满向往的心扑通扑通地跳着，却得不到回应，只有寂寥心事回荡在闺房里，回荡在庭院中，越是空旷，落寞就越是被放大，徒惹人伤心。

尘蒙风蔽心两牵，何似人间
——菩萨蛮（陇云暗合秋天白）尹鹗

陇云暗合秋天白，俯窗独坐窥烟陌。楼际角重吹，黄昏方醉归。

荒唐难共语，明日还应去。上马出门时，金鞭莫与伊。

秋日的天空空旷澄蓝，一片片云朵随着时间的推移慢慢地聚合在一起。到了日暮黄昏，天边暗云四合，天色转而变得惨淡，就像那倚在窗边的女子那沉闷压抑的内心。之所以满心惆怅，大概是等待所致。她在窗前已独自等待了一天，心心念念盼着郎君归来，但暮色四起，倦鸟归巢，也没能盼到他的身影。远处城楼上的号角又吹了一遍，她不禁更加忧愁了，倘若再不回来，城门便要关闭了，纵使再回来，他又该怎样进城呢？想到这里，女子内心越发焦急，对整日早出晚归的郎君又是惦念，又是憎怨。

一直等到天边只余一丝光亮，她所等待的人终于醉醺醺地归来了。

本来积攒了一腔想念，还有许多埋怨的、欢喜的、悲伤的话想要对他诉说，但看到他那副醉态，似乎说什么都是枉然。女子沉沉地叹着气，只把满心的委屈全忍了下来。明日再来抱怨吗？只怕天一亮，又不知道他要去哪里寻花问柳，也不知这样的日子什么时候才能到头。对这风流的薄情人，她失望至极，却无可奈何，既已嫁为人妇，便没了退路可走。她暗自思忖，莫不如等明日他上马出门时，不把马鞭给他，让他无法离去。就这么想着，他心中倒也痛快了许多。

晚清词人况周颐曾说：“词过经意，其弊也斧琢；过不经意，其弊也褦襶。不经意而经意，易；经意而不经意，难。”一首词经精心写就，但是又无斧凿痕迹，显得自然而然的，最是难得。尹鹗创作的这首《菩萨蛮》，就是这种“经意而不经意”之作，三言两语，却又举重若轻。一个“窥”字，一个“重”字，轻描淡写，却精准地表现出了女子内心的焦急。越是期盼，不见良人时的失望就越深，她望穿秋水终于盼来的郎君，却以一副踉踉跄跄的醉相出现在她面前，一个“方”字，最能形容女子复杂的心情——他总算是赶在城门关闭前回来了，这个“方”字，表现出女子忧心坠地后舒了一口气；另一方面，他这么晚才回家，且还喝得烂醉如泥，这个“方”字，表达了女子心中的怨愤不满。尹鹗在另一首词《醉公子》中，也描写过这样日暮方醉归的男人形象：“尽日醉寻春，归来月满身。”

这便是所谓的痴情女子负心汉吧。现代人蔡康永曾说，“恋爱并非坚固的溜冰场，而是一块结了冰的湖面。我们的目光总是被它的平整与光亮所吸引，却忽视了那时刻存在的塌陷与坠落的危险。当两个人不再是彼此的唯一，那最牢固的牵系就断裂了。”女子终日独守空闺，想说的话无人倾听，终于盼到郎君归来，却“荒唐难共语”。这样的遭遇，难免让女子以泪洗面。不过，词中这女子虽因情伤怀，也难得的还保持了几分俏皮可爱。即便心中有苦难言，也没有一味地沉浸在悲伤里，还想着如何阻止郎君第二天策马扬鞭而去。想来人生已如此寂寥，如此落寞，莫不如收拾了眼泪，想想今后怎样度日，也算给自己寻一点希望。

有人曾说：“再多的眼泪，也只能盛满情人的眼眶。一不小心，就会被泪水轻易冲走。”爱情是件易碎品，务必小心珍惜。《诗经》中有名篇《氓》，曾说：“士之耽兮，犹可说也；女之耽兮，不可说也。”这句话的意思是说，男子坠入爱情，尤可从中摆脱，而女子一旦坠入其中，却是会陷落得更深。一如《菩萨蛮》中的痴情女子，终日倚在窗前等候着她的郎君归来，一片深情却被辜负。

窗外的风景一年四季总是不同，城楼上的号角依旧在黄昏时分响起。在那悠长而凄凉的角声中，也不知有多少痴情女子就在迷茫的等待中，老了容颜，去了芳华。

海棠依旧人未现，垂泪到天明
——定风波（暖日闲窗映碧纱）欧阳炯

暖日闲窗映碧纱，小池春水浸晴霞。数树海棠红欲尽，争忍，玉闺深掩过年华。

独凭绣床方寸乱，肠断，泪珠穿破脸边花。邻舍女郎相借问，音信，教人羞道未还家。

风和日丽的春日午后，明媚而温暖的阳光透过碧纱窗倾洒进来，房间中增添了几分暖意，还有如午后阳光一般的慵懒氛围。窗外万物大概也在午睡，庭院里十分安静，连池子里的水都波澜不惊。灿烂的云霞倒映在一池春水中，景色非常绚丽。

没有夏日的燥热虫鸣，没有秋日的落叶萧瑟，没有冬日的寒冷畏缩，时光就这么一点一点温暖了日子，春风一寸一寸吹绿了世界。万物开始苏醒，萌芽，生长，在和风煦日的滋养下，悄然无声地散发着生机勃勃的气息。所谓“岁月静好”，大抵就是眼前这个样子。

一片海棠树林立在庭院中央，此时正是花开时节，在阳光的照耀下，红艳艳的花朵更显娇艳欲滴，妩媚非常。她信步走到了庭中，用手去轻轻触摸那些似锦繁花。已有些许的花瓣掉落在树下的泥土中，大概花期快要过了，海棠花就要开尽了。时光再静都无法止住脚步，岁月不能永远停留在花开刹那。

花开堪折直须折，莫待无花空折枝。正青春芳华，她却日日深锁闺中，看自己的年华如同海棠花样一瓣一瓣凋落，无计留春住。怎么忍心？红颜易老，韶华易逝，是谁不肯珍惜这花开时节？她越想越难过，转身回到了卧室，不忍再看身后即将开尽的海棠花。眼不见心不烦，亦不必看它香消玉殒。

她斜倚在绣床边，寂寞心事无处诉说。春光无限好，却因眼见的一切而心烦意乱，兀自发觉自己就像枝头绽放的海棠花，那么美艳动人却又那么脆弱，一场风一场雨就把它打落了，即使没有风雨，花期短暂，很快自己也凋谢了。又想了一会儿，却发现自己还不如那海棠花，花朵开满枝头，至少会有人欣赏，但她独居深闺，独自枯萎，甚至连一声同情的叹息都没有得到。

眼泪开始止不住地往下流，相思真叫人肝肠寸断。他这一去，已过了数月，叫她如何能不想念？甜蜜热恋尚未褪去，两个人却要分开这么久。再见是何时？到时候她的容颜又老去几分？他还能否不改初衷热情依旧？

泪水浸残了妆容，泪痕凌乱。邻家姑娘不期而至，她慌忙用袖子拂去泪水怕叫人看见笑话。对方却分明瞧出了她眼中的泪意，于是问道她的夫君何日归来？事实上那人音信全无，这如何对别人述说，她只好害羞地说不知道。

这首词的作者欧阳炯是典型的花间派词人，雕字琢词的功力十分了得。开篇通过一个“闲”字，就表现出了无穷的意境，既指外界清静无人搅扰，亦是内心无聊虚度时光。“暖日闲窗映碧纱，小池春水浸晴霞”两句是对仗手法，“映”和“浸”为互文，文辞优美，艺术水平兼具，春日的静好时光尽显眼底。紧接着，“海棠红欲尽”借景生情，引发主人公慨叹韶华易逝，闺怨就此开始。写景告一段落，下阕词开始写情，“方寸乱”“肠断”“泪珠穿破”把深闺女子的幽怨描写得淋漓尽致，“穿破”二字亦是用得十分巧妙。结尾处却笔锋一转，借邻家女子的询问间接来刻画主人公的相思之情，手法独特，为闺怨词增色不少。

况周颐在《历代词人考略》中评价这首词“淡妆西子，肌骨倾城”，确是实至名归了。

惹人愁思，无奈花凋谢
——蝶恋花（庭院深深深几许）欧阳修

庭院深深深几许？杨柳堆烟，帘幕无重数。玉勒雕鞍游冶处[①]，楼高不见章台路[②]。

雨横风狂三月暮。门掩黄昏，无计留春住。泪眼问花花不语，乱红飞过秋千去。

【注释】

①玉勒雕鞍：嵌玉的马笼头和雕花的马鞍。游冶：春游。

②章台路：汉代长安有章台街在章台下。后来常指歌妓聚居之所。

又是一个惹人愁思的季节。

在这个季节，我们不得不眼睁睁看着那些昨日还在枝头鲜妍明媚的花朵今朝就散落一地，微风一过，细雨一落，枝上就只剩绿叶了。生命的坠落太容易，尤其是这种生时极尽绚烂张扬，引无数人流连赞美的尤物，转眼就会香消玉殒；刚经历过早春的生机勃勃，很快却见得暮春带走了一树树姹紫嫣红。这种强烈的对比，让感官都备受震撼，更让那些敏感的女子在伤春的同时，不由得为自己易衰的容颜而感伤。

就像这首《蝶恋花》里的女子，就是在自叹身世。

重重庭院把她跟外面的世界隔绝了起来。三个“深”字叠用，把女主人公所居住的庭院的幽闭深远形容得十分形象，让人如临其境。“深几许”是她的自问，也是她的叹息：这高墙大院如同一个牢笼把她锁在最里层，让她像一只被豢养的金丝雀，纵使悠然自在，却逃不出这桎梏，得不到自由。

一眼望去，悬挂的帘幕一重又一重，数重之外是高低掩映的杨柳。清晨的雾气还未散去，棵棵杨柳上仿佛笼了烟罩了纱，让人更无法看到庭院的边际。这就是她每日清晨一觉醒来面对的现实——她与外面的世界，虽然只隔着几道围墙，却形同隔了千山万水，遥远得让身在院内的她不知外面时移世易，不知今夕何年。除了这与世隔绝的痛苦，更让她难以承受的，其实是夫君不肯在家中陪伴她。

烟花巷陌停驻着各种镶金裹玉、豪华精致的马车，纨绔子弟终日聚集在这里歌舞升平、寻欢作乐以至流连忘返，而她的薄情郎就在其中。每到黄昏，她登上阁楼极目远眺，只望寻着他归来的身影，可是距离那么远，庭院这么深，她始终望不到那灯红酒绿的章台路，只能一次次失望落寞而归，独自度过一个个空虚的漫漫长夜。

红颜未老恩先断。变了心、绝了情的人，怎么可能回头呢？

暮春三月，狂风暴雨忽然而至。她自阁楼回来将重重门掩上，却无法锁住春意，这冉冉春光终究是要逝去。一朵花总要经历初生、绽放、枯萎的过程，逃不开最终凋落的宿命。在劫难逃，人亦如此吧！

再一次泪眼蒙眬，她伫立窗前痴痴地问那些在风雨中飘摇的花儿，是否她的宿命就像它们一样，再娇艳再妩媚终是无人欣赏，到最后只能独自坠落，无人叹息。她听不见花儿的回答，却看着一树一树花朵被风雨吹散打落，飘满这深深的庭院，飘过了空荡荡的秋千架。

作为婉约派的代表词人，欧阳修把闺怨写得十分传神。首句“庭院深深深几许”颇得女词人李清照喜欢，“用其语作‘庭院深深’数阕”，三个“深”字，加上“堆烟”“无重数”把庭院之幽深放大了无限倍，画面感很强，更加显示出女主人公的孤独空虚，无人问津；“楼高不见章台路”没有从正面叙述男主人公忙于何事，间接地从女主人公的角度描写看不见他流连的烟花场所，然后继续述说自己被薄情辜负的幽怨；“雨横风狂”“无计留春住”，这是女主人公触景生情，表达了美好的青春年华终将逝去的无奈和畏惧；最后“泪眼问花花不语”，将一个泪眼迷离，寂寞深闺锁春心的凄凉女子形象呈现在读者眼前，让读者不由得跟着她伤春惜春。

女子守候爱情而不得的苦涩，是词人着力要表达的内容。后世有多情女子张爱玲，将女人的艰涩心事说得更加透彻：“守一颗心，别像守一只猫。它冷了，来偎依你；它饿了，来叫你；它痒了，来摩你；它厌了，便偷偷地走掉。守一颗心，多么希望像守一只狗，不是你守它，而是它守你！”

阴阳相隔，人鬼情未了
——江城子（十年生死两茫茫）苏轼

十年生死两茫茫。不思量，自难忘。千里孤坟、无处话凄凉。纵使相逢应不识，尘满面，鬓如霜。

夜来幽梦忽还乡。小轩窗，正梳妆。相顾无言、惟有泪千行。料得年年肠断处，明月夜、短松冈。

古心
词韵

如同没有花开的春，萤火不眨的夏，不见雁阵的秋，白雪不落的冬，爱人逝去，生命陡然出现了一个庞大的缺口，空空落落。没有了她，再温暖的前事也是冷的、凉的，无法温暖苏轼的心。

这几乎是宋词史上最著名的悼亡词了，副题是“乙卯正月二十日夜记梦”，乙卯年即宋神宗熙宁八年（公元1075年），苏轼刚到密州上任。与富饶秀丽的杭州比起来，密州是穷僻之地，苏轼的生活十分拮据。这一年，热闹的元宵节刚过，他内心较往常更觉寂寥。

寥落之人，容易做梦，似是期待生活里的诸多遗憾能在梦里得到个皆大欢喜的结局。正月二十日夜，苏轼梦到了原配妻子王弗。王弗十六岁时嫁给比她大三岁的苏轼，婚后两人恩爱情深，生有一子苏迈。王弗贤惠，侍奉舅姑十分谨肃，而且每次见苏轼读书，便“终日不去”，陪伴左右。举案齐眉乃题中之意，红袖添香是礼中之情。

但世事无常，王弗27岁时早亡，病逝于京师。苏轼在《亡妻王氏墓志铭》中记了一件事：父亲对他说：“妇从汝于艰难，不可忘也。他日汝必葬诸其姑之侧。”父亲告诫苏轼，糟糠之妻不可忘，还叮嘱一定要把她葬在母亲的坟墓边上。其实，这些事不必父亲叮嘱，苏轼不过是以父亲之口，言心中之念。死神残忍地斩断了连理枝，拆散了双飞鸟，之后苏轼遵父命葬王弗于家乡眉山的祖茔。

这位“敏而静”的贤内助撒手西去，让苏轼觉得自己成了被遗弃在世间的孤儿，他说“余永无所依祜”，从此以后，再也没有人能与自己亲密无间地去面对风风雨雨。

他们夫妻曾携手共度十年，而今幽明路隔，不知不觉间竟然又是十年过去了。时间从来不会照顾人的感受，真是“荏苒冬春谢，寒暑忽流易”。人生如旅途，会有人有缘同行，但缘散之后仍需作别，说不定刚亲密起来的人在下一站就要分道扬镳。虽然有些东西会变，但也有些东西会长留心间，比如记忆。

真正的刻骨铭心，从来不会形诸口中的碎碎念，只会默默埋藏于方寸之间那块柔软之地。正所谓“不思量，自难忘”。怀念，就像潜流于地表之下的暗河，在无痕无迹中默默流淌，在风景变幻里始终如一，但一遇出口，就会喷涌而出、波浪滔滔。对苏轼来讲，今夜的这场梦就是出口。

他也曾想过，假如两人能再见面，王弗还会不会认得自己呢？这十年来，苏轼过得并不如意，虽然文名如日中天，但仕途却并不顺遂。不知不觉中，他已显出了老态——“尘满面，鬓如霜”，既是岁月在他身上留下的印记，也源自钩心斗角、尔虞我诈的官场对他的戕害。纵然他已不复年轻时的意气风发，但是想来王弗一定还能认出他来，体贴且聪明如她，必能从他的满面沧桑、鬓角斑白里，知他这些年的处境艰难、宦途险阻。

日有所思夜有所梦，正因苏轼每日里暗暗系念着千里之外的那座孤坟，才会有这一场重逢的梦，才会在梦里魂归故乡。梦里他回了故宅，这是曾经两个人一起生活的地方，烙印着甜蜜幸福的过往。视线之内，那树，那廊，那窗，一切都那样熟悉，让人眼角湿润，正在这时，赫然又见那个熟悉的人竟然正在窗前梳妆打扮！

唯有“惊喜”二字可表达他在梦中的心情！即使明知是梦，苏轼也觉得十分满足。毕竟世上“悠悠生死别经年，魂魄不曾来入梦”之事实在太多，让人在命运之手的捉弄下手足无措。他定要赶在梦醒前，抓住每分每秒，向妻子倾诉衷肠；他必要好好询问，这十年来她过得如何；他还要仔细看一看她的模样，即便岁月令红颜憔悴，她依然是他心中最美的妻子。

有太多话要说，有太多事要做，即使只是一场梦，也要梦得圆满。

可是，又该从何说起呢？千言万语，只化作了“泪千行”。泪光闪烁，眼波流转，他深知，等梦醒后，一切熟悉的风景都会消失，那个让他一直牵挂的人也会消失，他会重新回到那寂寞的生活里，将思念深埋。从此后每个明月朗朗的夜晚，想到共浴着这清冷月光的，是千里之外短松冈上那座孤坟，又是一番肝肠寸断。

坟茔上的新土早已吹散，故居内定然也落满了尘埃。要逝去的总是拦不住，唯有思念长长久久不绝。

一种离愁，叫莫名的等待
——眼儿媚（平沙芳草渡头村）洪咨夔

平沙芳草渡头村，绿遍去年痕。游丝下上，流莺来往，无限销魂。

绮窗深静人归晚，金鸭水沉温。海棠影下，子规声里，立尽黄昏。

我打江南走过
那等在季节里的容颜如莲花的开落
东风不来，三月的柳絮不飞
你的心如小小的寂寞的城
恰若青石的街道向晚
跫音不响，三月的春帷不揭
你的心是小小的窗扉紧掩
我达达的马蹄是美丽的错误
我不是归人，是个过客……

这是当代诗人郑愁予的代表作《错误》，写的是有关于等待和错过的细腻心事。我在时光中等待着你的归来，如莲花般的容颜盛开又凋谢；我在四季中等待你的归来，等过了冬尽春回，等到了三月的柳絮纷飞；我在暮色四起中等待你的归来，那青石街道上传来了嗒嗒的马蹄声，可我等来的不是归人，却是个过客。

等待，是很多人都有过的经历。在无数寂寞的黄昏，在漫长无助的守候里，静静地坐在窗前，似乎经历了几世花开花落，为的就是那一个人——这样的等待是痛苦而折磨人的，却也是甜蜜和幸福的，徘徊在希望和绝望之间，那离别的人儿也许下一刻就会出现，也许永远不会归来。

洪咨夔的这首《眼儿媚》，所说的主题也是“等待”。主人公是一位住在渡头旁的女子，在明媚的春日，她伫立在渡口，望着那远处的“平沙芳草”和粼粼水波，将自己满腹的心思交付到春风与流水之中。春草“绿遍去年痕”，芳草萋萋送君去，分别的情景虽历历在目，但时间已过去了一年，冬日枯萎的草如今也冒出了新芽。人常说“一日不见，如隔三秋”，如今一年不见，心中的思念又积攒了多少呢，或许连她自己都不知道。

远处柳丝细软，灵巧如流云的黄莺在摇曳的柳丝之间穿梭。那一对对黄莺相互追逐嬉戏，恩爱得让人不由得心生羡慕。望着眼前的流莺，她已经心驰神往，陷入无边的回忆里，想到日后相见时的喜悦，一抹羞涩、含蓄的微笑悄悄浮现在她的嘴角，但回到现实，却迟迟不见恋人的身影，心中好不凄凉。长日漫漫，她又踱回深闺，点燃了一炉沉香。倚窗沉思，柔软的阳光透过细纱窗打进来，一片光影婆娑，可时光如此寂静，她又该怎么打发这无聊和寂寞呢?

也知道好男儿志在四方，于是忍着心中的不舍和伤痛将他送出家门。但从他离开的那一刻起，她的魂魄就好似离开了身体，日日活在相思和等待之中。她也曾揽镜自照，怕在这等待中将年华虚度，但将痴心交与他的那一刻，就决定为他等到繁华落尽，等到沧海桑田。

于是便有了这一幕情景：“海棠影下，子规声里，立尽黄昏。”海棠繁复的花叶在暮光之中打下一片阴影，在这一片暮色之中，一声声杜鹃的啼鸣由远及近，打断了花荫之下立着的美人的思绪。杜鹃声声唤春回，至今思君君不归。她遥望着远方，细数着他离开的时日。一切都是那么的安静，唯有她才能听见自己心中那一声声叹息。

虽然分别和等待是残酷的，但人一生中若得遇一个值得自己倾心等待的人，未尝不是一件幸运的事情。所以，定格在海棠树下待人归来的那个黄昏，虽有几分凄楚，又未尝不是她生命中最美的时刻。

原竟是，相思相望不相亲
——玉楼春（一春长放秋千静）张惠言

一春长放秋千静，风雨和愁都未醒。裙边馀翠掩重帘，钗上落红伤晚镜。

朝云卷尽雕阑暝，明月还来照孤凭。东风飞过悄无踪，却被杨花送微影。

古心词韵

她在一个春日午后枕着愁绪睡去，窗外是飘零的风雨，院子里安静得只有雨打芭蕉那叮叮咚咚的声音。伴着这声音，她安然入梦。

梦里是另一个时空下的春天，草长莺飞，和风细雨。那时的她正值豆蔻年华，根本不知愁滋味，不知情为何物，终日只知游园嬉戏。她最喜欢的是院子里的那架秋千，每每戏耍总似腾上云端，银铃般的笑声响起，如飞花一样洒满春天。

也不知什么时候开始，她从手捧的那一卷卷诗词中朦胧感知了爱情的美好，自此之后，在她眼中，明媚的春光仿佛也染上了一层淡淡的忧愁和寂寞。看了太多别人的故事，情窦初开的她也不由得期待着种种不期而遇，或是小桥流水之乡的一次回眸，或是人潮涌动中的一个转身，又或许是墙外花墙下的一次擦肩。

“入我相思门，知我相思苦。”在汤显祖的《牡丹亭》里，女主人公杜丽娘曾为一段梦中情缘忧思致死，而后又为情重生，正是书中所言“情不知所起，一往而深，生者可以死，死可以生”。爱情是最使人幸福也最使人苦恼的，就像张惠言《玉楼春》中的这个女子，自从心中有了情思，便开始为情所困，茶饭不思，连昔日热爱的秋千也被闲置。

春光兀自好，她却为春愁。往昔欢乐的时光都已经远了，她无心玩乐，只将重帘低掩，在浅醉和闲眠之间打发时光。醒后已是黄昏将至，可窗外的风雨丝毫没有停下来的迹象。风雨何时息，愁怀何时释，她心中此时满溢的愁绪也如同那漫天雨丝一般无休无止。黄昏的细雨总是最能引发人愁思的，点点滴滴敲打着屋檐，怎一个“愁”字了得。

她揽镜自照，镜中的人儿愁眉深锁，容颜憔悴，连她自己都不忍去看。不知何时，从重帘之外飘进来一朵落花，落在了她的玉钗上，她伸手将它拿下来，见这多被风雨摧残而落的花朵残破不堪，沾着尘泥，令人心生不忍。手拈残花，她不禁感叹起自已的命运，也像这花儿一样，还没有尽情领略春光的美好，就被无情的时光给摧毁了。宋代词人张先《天仙子》中有“临晚镜，伤流景，往事后期空记省”之句，张惠言词中“钗上落红伤晚镜”许是由此化出。

风雨过后，云卷云舒，一派自然宁静。明月初升，月色醉人，但高楼上也只有她一人在凭栏而望，身影孤独，最是销魂。黑暗中，春风吹落的杨花轻轻拂过她的脸颊，轻柔得像是人的呼吸，更撩动了她寂寞的心弦。风雨已息，她的愁绪却无法释怀。

皎洁的月光下，如雪般的海棠花正在风中静静坠落，悄无声息。风不定，人初静，也不知从哪里传来一阵忧伤的笛声。或许等到明日，那伴着笛声飘落了一夜的春花就会铺满廊前秋千架旁那道小径吧。片片落花，是春天即将离去前的悲伤心事，也是闺中人寂寞的心曲。

昨夜东风，花落知多少
——蝶恋花（犹见寒梅枝上小）沈宜修

感　怀

犹见寒梅枝上小。昨夜东风，又向庭前绕。梦破纱窗啼曙鸟，无端不断闲烦恼。
却恨疏帘帘外渺。愁里光阴，脉脉谁知道？心绪一砧空自捣，沿阶依旧生芳草。

闺怨是古典诗词中的常见题材，很多著名的文人都留下了经典之作，抒写闺中女子苦苦等待郎君归来的忧喜心情。其中绝大多数是男性作者，对女儿心事做了细腻的揣度，读来也格外动人，但是毕竟不能感同身受。所以，像李清照、沈宜修等女性词人的作品，显得更是可贵。她们表达自己的心声，抒写自己的情感，真情自然流露，更易触及心灵。

古代男尊女卑的传统，决定了女子在日常生活与爱情中皆处于不平等的地位。读书、科考、出仕、娶三妻纳四妾，男人们总有忙不完的事情，少有时间为些情情爱爱而烦恼。但女人们终日大门不出二门不迈，不过在闺房绣阁里打理家务，做做女红，连能认字读书的都不多见。情窦未开，心无所属的，绣着鸳鸯蝴蝶，期盼着那个人快快出现；有了心上人的，绣着罗帕香囊，也等待着他下一刻就能推门而进。这样的闲愁啊，要如何打发？只能轻轻地道一句："愁里光阴，

脉脉谁知道？”

沈宜修的《蝶恋花》，将闺中女子终日无所事事，等待郎君归来，却不能如愿的闲愁刻画得入木三分。百无聊赖，坐立不安，等待的心情大抵都是相似的，女儿家的体会可能尤其深刻。李清照的《一剪梅》也曾对这种闲愁有过细腻的描写：“一种相思，两处闲愁。此情无计可消除，才下眉头，却上心头。”这种剪不断、理还乱的心绪，折磨着终日独守空闺的女子。

女子望着窗外枝头上的梅花，不禁感慨，这么多天过去了，梅花似乎并没有什么变化。一个人若非有闲情逸致，特意去留意，定是无聊到了极致，才会每日留心枝头花朵的生长。窗外又有东风刮过，许是昨夜的风又绕了回来。昨夜东风呜咽着在庭前打转，像是人的脚步声，令她辗转难眠。好不容易入睡，还做了一场甜美的梦，又叹“梦破纱窗啼曙鸟”，清晨的鸟叫声传来，早早将梦惊醒，又让她独自坠落到寂寞的现实里。莫名的烦恼涌上心头，无力排解，无法驱赶，女子就这样在闲愁中又开始了一天的生活，本是新的一天，可与往日也没有什么不同。

隔着稀疏的珠帘，女子望着室外，并不见人来。若他归来，定是要走那一条路的，可女子痴痴地透过摇动的疏帘望着那个方向，却看不到熟悉的身影，烦恼又增了几分，却无处倾诉，只好怨那珠帘，摇摇晃晃让人心烦意乱。

光阴匆匆，却带不走女子心里的烦恼。她恨这飞逝的光阴带走了她最好的年华，也恨这三百六十五天如一日的等待。光阴那么短，又那么长。女子这不动声色的闲愁，谁人可以体察分毫？到头来还是要她自己承受罢了。

古人常常用砧上捣衣来象征男女的相忆相思。贺铸有词句“砧面莹，杵声齐。捣就征衣泪墨题。寄到玉关应万里，戍人犹在玉关西”，把女子对戍边丈夫的思念，都寄托在那杵声中，寄托在那一棒一棒捣出的征衣中。沈宜修笔下的女子，虽然没有捣衣，心却如捣衣那般怦怦跳动，寂寥而无奈。那心中的捣衣声，回荡在空荡荡的心房，回荡在空荡荡的闺房。闺房门外台阶上长满萋萋芳草，正说明许久未有人登上这台阶，只有她一人日日进进出出，寂寞生活。

痛苦是一种奇怪的感觉，让模糊的东西变得清晰，让迟钝的东西变得尖锐，而这种清晰又尖锐的痛苦，多是爱情不可或缺的附属。愁里光阴，彼时岁月，有多少喜怒哀乐，唯有个中人自己知晓。

不问缘由，不问去往
——踏莎行（昨夜疏风）叶小鸾

闺　情

昨夜疏风，今朝细雨，做成满地和烟絮。花开若使不须春，年年何必春来住？
楼外莺飞，帘前燕乳，东君漫把韶光与。未知春去已多时，向人犹作愁春语。

“昨夜雨疏风骤，浓睡不消残酒。试问卷帘人，却道海棠依旧。知否、知否？应是绿肥红瘦。”伤春惜花，似乎自古以来就是女儿家的专利。女词人李清照的《如梦令》，用寥寥数语，淋漓尽致地道出了女子伤春的情绪。只消一阵风雨，昨日还鲜艳的海棠花便全部凋谢，花枝上已经只见绿叶，不见红花。美好的春日也这样不知不觉间就过去了，人的一生中又能有几个春天呢？年华易逝，亟待珍惜，可叹很多人只能在无聊的等待中蹉跎了岁月。

叶小鸾是才女沈宜修的女儿，受到家庭的影响，也能填词写诗，享有才名。这首《踏莎行》便是叶小鸾的代表作，其伤春惜花的笔调，倒有几分易安词的韵味。她在词中感叹春天易逝，而她的命运也确实如枝头花朵一样，青春时绽放得绚烂，却也十分短暂，年仅十七岁就撒手人寰，未嫁而终。因此，当后人读到她的伤春惜花之作，联想到她的命运，更容易心生戚戚，不忍看春天的离去，不忍观落花飘零，更不忍于这一位大好年华的女子就这样与世长辞。

写下这首词的前夜，叶小鸾听了一整夜的风声，零星睡意似乎尽数被那东风吹散了。惦念那一院子的桃花，可别让那不知惜花的东风摧残了，好不容易捱到了清晨，她忙起身去推开窗户，只见窗外烟雨蒙蒙，满地落花堆积，和着泥土，还有再也不能随风飘荡的柳絮，狼狈不堪。

小鸾不禁想到，若是花的开放不需要春天的帮助，春天又何必年年如期到来呢？既然春天的意义就是为了让花朵在枝头盛开，又为何残忍离去，让花朵凋零

在风雨里，只余残骸？它们曾经美艳芳香，现在却和着泥土，脏兮兮冷冰冰，令人实在不忍去看。

正当她独自伤神之际，又听得楼外黄莺、乳燕啾啾的叫声。循声望去，只见几只乳燕正展翅欲飞。时间过得可真快，燕子们才从南方回来不久，已经搭窝筑巢，孕育了新燕。望着那满地落花，望着檐边燕子，望着那柳枝上欢唱的黄莺，小鸾才猛然回过神来："原来春天早已经过去了，我还在这里反复数说着春逝的悲伤！"

只盼着时光能够流逝得再慢一些，小鸾在内心百般祈求，却只有无力感。她何尝不知道，她在伤春惜花，更是在伤感时光流逝之快。四季周而复始，花落还会再开，好景还会重来，遗憾毕竟还有机会来弥补，但是青春一旦离去，就再也不会回来。每每想到这些，她心中就难免酸楚，不敢再继续想下去。

可叹这样一个聪颖而细腻的女孩，不仅没能得到上天的垂怜，反而在十七岁的芳龄就夭折了。她永远停留在了十七岁，似乎永远都留在了青春年华里，连时光也再不能改变她的青春。

真梦难圆，唯有年华付流水
——相见欢（深林几处啼鹃）庄棫

深林几处啼鹃，梦如烟。直到梦难寻处倍缠绵。

蝶自舞，莺自语，总凄然。明月空庭如水似华年。

"年华似水匆匆一瞥，多少岁月轻描淡写。"今人黄磊在歌曲《年华似水》中这样轻轻哼唱，唱的尽是时光匆匆、佳期不待的遗憾。好时光就像好天气，应该尽情享受，而不该被辜负。大概是年轻韶光实在太过美好，无论如何想方设法令它丰富多彩、花团锦簇，依旧会留下遗憾。

在那最好的时光里，最好的际遇，莫过于遇到一个合适的人，从此两两执手，度春秋暖风尘。于是，少男少女们常常有些怀春之思，在那适合想花想月想你的季节里，盼着和那个对的人相遇。可世界这么大，隔着青山绿水，人山人海；岁月那么长，隔着朝阳落日，春夏秋冬，两颗心到底要跋涉过多少山水，闯过多少光阴，才能最终相拥，从此免于孤独哀伤？

一个人很难令自己免于哀伤，必有他人相伴相携。可这个人，实在不易遇到，于是在与他相逢前的所有日子，都成了对光阴的浪费与辜负。便如庄棫《相见欢》中的这个少女，梦醒后唱尽春愁，怨的也无非是爱情的不圆满。

她本来正沉醉于一场梦里，那梦必然是美好如春日的娇花、轻柔似天际的浮云，太过诱人，才让人不愿醒来。可叹“深林几处啼鹃”，几声杜鹃啼声从深林里隐隐传来，将闺中人惊醒。她这一场梦得来极是不易，长夜孤枕难眠，相思让人辗转反侧，必是心中已翻涌过了大潮大浪才终于归了平静，她才能形诸梦寐。可恨鸟雀不知人间爱恨，晨间，阳光还未从密林的罅隙中透过来，它们就叽叽喳喳欢闹起来，佳人梦醒，一场聊慰心伤的好梦如烟散去。

梦断于正甜蜜处，现实又寂寞冷清得让人瑟缩，于是就有“直到梦难寻处倍缠绵”。春日娇花易谢，天际浮云终散，人必然不能长久藏匿于如娇花浮云的美梦里，可她是真的不想醒来，即便听着清脆的鹃啼，却还是如浮在梦里，如痴如醉。

是怎样一场梦呢？或是少女情窦初开，一眼瞥见了令她心动的男子；或是分别日久，两个人终于在梦里跨越了万水千山？总之那梦里，她必然不是孤独一人，必是另有人让她痴迷，她才会如此迷恋这场梦。当代诗人兼民谣歌手周云蓬曾这样谈起他的爱情：“在我的梦里，会凭着小时候的记忆，看到天是蓝的，树是绿的，我健康地奔跑，不用怕撞到什么。可是我梦见了她，完全是一个黑影，因为我从未见过她，从此我在梦里和白天都是瞎的。”所爱之人，是最深的陷阱，是最好的美梦，心动时看到她如黑影，从此黑色就让人沉沦。

其实每个人在等待的那个人，一直都睡在自己的梦中，并随着自己的清醒而醒来，然后无踪。所以，他才一直没有机会倾听，那些与他有关的让人沉沦的梦。佳人虽不情愿，终究不能不从缠绵的梦里醒来，此时屋外有彩蝶旋舞，黄莺恰恰，正显春日明媚的季节之美。无奈自然的季节与她内心的季节并不同步，风光之美，只能把她内心的“凄然”衬托得更加无处遁形。

从清晨到黄昏，她心里冷冷凄凄的状态都没有改变。待到星月升起，银色的月光洒遍大地，如清流一样从深邃的天空泄了下来，铺满佳人空空落落的庭院。

月光如流水，流水似年华，让她不由得感叹年华流逝如梭似箭，而她的青春也会随着时光一同老去。

倘若最好的时光已经过去，可还能再遇到那个对的人？

第八章

半落江流半在空，难了一世情缘

霎时惊梦泪如雨，虚空一场
——长相思（深画眉）白居易

深画眉，浅画眉。蝉鬓鬅鬙云满衣①。阳台行雨回。

巫山高，巫山低。暮雨潇潇②郎不归。空房独守时。

【注释】

①蝉鬓：古代妇女的一种发式，两鬓薄如蝉翼。鬅鬙（péng shā）：形容头发乱。

②潇潇：下小雨的样子。

这黛眉是再涂深一点更好看，还是就这样轻浅比较清新脱俗？把眉梢描画得长一些会不会更显妩媚，抑或短一些才灵动可人？她就这样对着镜子比画了许久，不知手中的眉笔该如何描画。究竟是有什么重要的事情将要发生，让她如此郑重对待？原来，是她的良人马上就要回家，她惊喜到有些手忙脚乱。

女为悦己者容，她希望每一次出现在他面前，自己都是光彩照人的，在他心中永远都是最美丽的女子，执子之手与子偕老，相看两不厌。这是她追求的完美

爱情生活，但愿这精心描绘的妆容能够日日博得他的喜欢。

他悄悄走到她的身后，陷入沉思的佳人竟没有察觉，待到反应过来，他已拿过她手中眉笔，轻轻托起她的脸庞，为她画眉。她一时间开心得不知所措，仰头痴痴地看着心爱的人专注的模样，任由他涂画着。

待他画完，她对镜自照，便趁机撒起娇来，要他重画，甚而拿过眉笔说为他画眉。两个人嬉笑打闹，你侬我侬，共赴云雨之欢，缠绵许久，直到佳人“蝉鬓鬅鬙”。

“蝉鬓鬅鬙云满衣。阳台行雨回。”这是借用了楚王梦会巫山神女的典故，出自宋玉的《高唐赋》。相传战国时楚怀王游高唐，因疲倦而白日入梦，梦中有个女子对他说：“妾，巫山之女也。为高唐之客。闻君游高唐，愿荐枕席。”于是，楚怀王便宠幸了这位巫山神女。分别时，神女对楚怀王说：“妾在巫山之阳，高丘之阴，旦为朝云，暮为行雨，朝朝暮暮，阳台之下。”

上阕中的描写，充满了蜜意柔情，乃是一幅恩爱缠绵的画卷，可事实上，这一切竟只是一场空幻的美梦。待她一觉醒来，看枕边空空如也，方知种种浓情蜜意、男欢女爱不过是做梦罢了。良人尚在远方，如何得见？高高低低的巫山把他隔在根本看不到的地方。“巫山高，巫山低”照应上阕词中的“阳台行雨回”，佳人醒来依旧惦念着梦中欢会处巫山，一层一层遥遥阻隔了他们的相见。

傍晚时分，窗外下起了淅淅沥沥的雨。声声幽怨，恰似有人啼哭，搅得她更加心绪不宁。往日此时，奔忙了一天的他定会归家，而她已精心梳洗打扮好坐倚窗前等待着他；如今他去了遥远的地方，即使自己等到夜深甚至天亮，他也不会回来，不会如往昔那样为她描眉，共叙闺中之乐。

她对着镜子注视良久，只见镜中的自己添了些许憔悴。执起眉笔，想把眉毛描画得精神些，画到一半却又停下手来，花容月貌为谁妍？如今独守空闺，装扮得再好看他都瞧不见，有什么用呢？不如罢了。

这首词出自大文豪白居易之手，虽是男人以女子视角写闺怨，却非常精彩，闺中怨妇形象跃然纸上。白居易向来以语言平俗易懂著称，遣词用字自然简单。词中意象罗列虽是短少，却通过“深”“浅”“高”“低”把情境表现得十分到位。行文紧密，逻辑严谨，陈廷焯在《云韶集》中评价道：“上半阕仿佛一篇神女赋，下半阕胜读回文织锦诗。”另外，此词在声律上也很讲究押韵，读起来非常悦耳。俞陛云在《唐词选释》中说：“此首音节，饶有乐府之神。”果真是一首神形俱佳的好词。

人的一生里，总会遇到那么一个人，让你感觉此前的日子仿佛都是在等待与他相遇，一旦目光碰撞，便有电光火花，这就是让人欢喜也让人忧虑的爱情。寻常年月，太平光景，芸芸众生所能经历的最大的哀伤，不外乎生离、死别，所以，别后重逢的喜悦才显得格外隆重，然而，当发现所谓团聚不过是场梦，失落就如泰山压顶。一切美好的幻想，遭遇现实的琴弦，奏出了忧伤的曲子。

空有梦相随，芳菲付流水
——离别难（花谢水流倏忽）柳永

花谢水流倏忽[①]，嗟年少光阴。有天然、蕙质兰心。美韶容、何啻值千金。便因甚、翠弱红衰，缠绵香体[②]，都不胜任。算神仙、五色灵丹无验，中路委瓶簪[③]。

人悄悄，夜沉沉。闭香闺、永弃鸳衾。想娇魂媚魄非远，纵洪都方士也难寻。最苦是、好景良天，尊前歌笑，空想遗音。望断处，杳杳巫峰十二，千古暮云深。

【注释】

①倏忽：转眼之间。

②缠绵：犹绵顿，久病不愈。

③委瓶簪：丢弃汲水之器和梳妆之具，指女子死亡。

有的人总是会出现在你的眼睛里，你的脑海里，你的心灵里，但是，任千呼万唤，她再也不会出现在你身边的现实世界里。生死就是这样，既不讲道理，也不讲情分，只肆意而行，把阴阳相隔。

这首悼词，是柳永为他心爱的女子所写。关于其中女子的身份，有人说是他的妻子，也有人说是他在风月场所结识的歌伎。品词中那浓郁的愁苦滋味，除了

佳人逝去之悲，还有不曾常伴之悔，更似是悼妻之作。

自从为了功名离开家乡，他已多年未曾回乡探望。他游山玩水，流连花丛，早就乐不思蜀，偶尔念及家中父母妻儿，涌上心头的内疚还来不及泛滥，就被红尘里的颠倒游戏冲散。当年离开崇安时，他信誓旦旦定要考取功名，让青春正好的妻子安心等待他衣锦还乡。可光阴荏苒，生死无常，昔日一别就成了永诀。

人世还很长，人时却已尽。忧伤就显得更加漫长沉重，让人无所遁形。汴京虽是温柔乡，到底是他乡，此时此刻，家乡熟悉的水土和人群，全部召唤他早日归来。即使明知匆匆赶回家乡，亡妻肯定也已入土，但柳永还是仓促收拾行装踏上了归程。所求无他，只盼“入土为安”，这趟归来，既是为了安抚妻子的亡灵，也为了安抚自己的满心愧疚。

从杭州到汴京，柳永填了很多首词，街头巷尾、茶馆酒肆、青楼妓馆，处处有人吟唱。那一篇篇佳作中，只有少数几阕是写给妻子的，从初相识到初分离，从相守到相思，从甜蜜到忧伤，而后，便是灯红酒绿中的忘却。再有心为她填词时，已是天上人间，阴阳两隔。

花谢水流都是不可逆转之事，只在倏忽间世事就变了模样。过去见叶黄花落，也知道是光阴正在行走，是青春正在道别，然直到今日，才知道岁月倥偬竟然会带来如此深刻的切肤之痛。

那蕙质兰心、韶容美好的女子，在病痛折磨下形销骨立。郊野里翠弱红衰，她拖着病体倚立良久，终是没有把良人盼来。愁病交加，一如凄风苦雨裹挟绝望而来，神仙术士也束手无策，五色灵丹再无济于事。白居易《新乐府》第四十首云：“井底引银瓶，银瓶欲上丝绳绝。石上磨玉簪，玉簪欲成中央折。”“中路委瓶簪”五字状似难懂，其实所说不过“死亡”二字。

简单笔画，寄托着比泰山压顶还要沉重的悲伤。柳永背负着这样的沉痛，踉踉跄跄前行。夜沉沉，人悄悄，香闺内再无沉香暖被，只有冰凉入骨的枕衾。恍然想起，新婚时许下的“今生断不孤鸳被”的誓言，竟似成了一个诅咒——想占有天长地久，就像用手去捕捉风，用网去绊住水，这不是童话，他也没有魔法，那好景良天、樽前歌笑，终究成了一场空梦。

世间情事因缘，最经不住错过，最怕的是“空想”。

昔日有楚怀王梦游巫山，邂逅巫山神女。正惊艳时，神女自荐枕席，遂成一场云雨欢爱。在幽暗深远的巫山里，神女“旦为朝云、暮为行雨”，行踪飘忽不可捉摸。如今柳永将亡妻比作神女，既是赞美她如神女有出尘之姿，又是在感叹从今以后再也难觅芳踪。

生不能把握，死不能挽回，漫长人生的这两端委实让人无可奈何。生死如同一条河流，相爱之人站在它的两岸，相望相忆，不相聚。

卷帘遥望清月，尽是满眼飞泪
——水龙吟（闹花深处层楼）陈亮

春 恨

闹花深处层楼，画帘半卷东风软。春归翠陌，平莎茸嫩，垂杨金浅。迟日催花，淡云阁雨，轻寒轻暖。恨芳菲世界，游人未赏，都付与、莺和燕。

寂寞凭高念远，向南楼、一声归雁。金钗斗草，青丝勒马，风流云散。罗绶分香，翠绡封泪，几多幽怨！正销魂又是，疏烟淡月，子规声断。

牵着马漫步于金陵城中，旧日的记忆肆无忌惮地涌入脑海里。人们总说，一个频频回头的人，是走不了远路的。可是我们还是很难忘记过去，既是因为怀念别人，也是因为怀念过去岁月中的自己，更因为怀念彼时自己与他人之间的感情。人之所以热衷回忆，更多时候是因为浓情成了伤情，人们常以过去的甜蜜，来麻痹今日的创伤。

金陵，这座城阅尽了残垣断壁的衰颓，也经历了歌歇响沉之落寞，在今日凄艳的浮华背后，沉淀下来的是怎样挥之不去的哀感与沧桑？时过境迁，当金戈铁马和战火硝烟随着时间的流转为人所淡忘，生活又逐渐恢复了安静和平凡，只不过换了人事，一切便都不同了。

这阕“春恨”词是南宋词人陈亮所填。陈亮是南宋有名的气节之士，黄宗羲在《宋元学案龙川学案》中对他有过“推倒一世之智勇，开拓万古之心胸”的高度评价。陈亮所留于世的七十多首词，多为豪放的气概之作，何来有此脂粉气息厚重的“闺怨”之语？

其实，才子佳人之事与国家盛衰兴亡之间，往往有着剪不断的关系，山河破碎的背后，有无数人为之泣不成声，也有无数人强忍着眼泪，而与这国仇家恨相关的爱情，往往更加凄厉动人。此词名为“春恨”，实则是假托“闺怨”抒发自己的家国之思，虽言近而旨远。

又是一年春归来，残垣败瓦下又冒出了茸茸春意。小径伸展之处是绿草铺就的田野，杨柳刚冒出的嫩芽在春风之中如金线般摇曳。严寒过去，时日见长，繁花在这春光之中绽放，如烟似雾，如霞似锦。宋祁《玉楼春》中有“红杏枝头春意闹”的佳句，陈亮笔下的热闹之景比之也毫不逊色。在那花海深处，有一檐角飞起的高楼，那门上的画帘半卷而起，若隐若现之处是谁寂寞的倩影？

抬头之际，天空飘过一朵淡青色的云朵，将刚刚落下的细雨悄悄收起。春日天气虽乍暖还寒，还是让人心旷神怡。只是可怜眼前这芳菲世界，游人未曾欣赏，只有廊前柳间飞舞的莺莺燕燕不时往来。世人都谓知音难求，美景又何尝不是如此？游人欲赏此景而不得，莺燕能赏而不知，就如同两个彼此相爱的人擦身而过。顾盼流连之间，有缘无分的感叹也只能用一“恨”字来形容了。

那倚靠在画楼阑干处的身影静静伫立，遥望着远方。虽然身处高楼之上，目光所及更加遥远，依旧没有看到心中念想了千百次的那个人，那种寂寞和寥落让人心生无限哀怜。打破这寂静的，是远处传来的一声雁鸣，久盼征人不回，她只有靠天上飞翔的鸿雁充当信使，所求不为传递相思，只为得知在沙场征战的情人何时能够平安归来。她痴痴问着：远飞的大雁都已归来，你要何时才会踏上归程？

遥想旧日，那些花间树下斗草嬉戏、策马在郊外飞驰的日子，都如同天边的流云，被风轻轻一吹就飘散开去，抓不住，也留不下。留不住并不代表能忘怀，古来相思之痛或许就结于此，倘若能将一切忘怀，那漫漫长夜恐怕就不会辗转难眠，听着那滴滴更漏之声直到天明。

孤坐在晨光之中，手中握着临别之时互赠的香罗带。睹物思人，那种彻骨的幽怨和思念随着时间的增加越来越深，眼泪不时滑落，她便用手中软绡擦拭着，这渐湿的罗帕，是她深情的最好见证。关于“翠绡封泪”，还有一则动人的典故。相传唐代御史裴质与一个名唤灼灼的官妓相恋。裴质与灼灼情深义重，后裴质被召回朝，灼灼终日以泪洗面。为了化解心中的相思，她将自己流下的眼泪用软绡收集起来寄给了远方的情人。陈亮词中，也是借用此典来替女子倾诉着深厚的情意。

揾干泪水，她又陷入幻想中。曾几何时，他与她也曾山盟海誓，在那“疏烟淡月”的好景中立下盟约，可如今，一切都因国仇家恨而发生了改变，有情人被残酷的现实分隔千里，且难得对方音讯。那一声声子规啼声如泣血一般凄厉，将她心中的梦境打碎。她也曾想过，或许是她的爱情来的时机不巧，为何最美好的年华，却将被这时代的烈火焚尽。

一点春风，十分憔悴，在那一次次凭栏远望中，她望穿了秋水，也望断了时光。时间如流水逝去，美人的容颜如花一般，初绽、盛极、凋落、化泥，一切的兴亡荣辱、爱恨情仇都终将被浩大的时代遗忘，只有那一绡眼泪、一弯淡月、一抹疏烟将永远被铭记。

那一低头的温柔，奈何鸳鸯白了头
——半死桐（重过阊门万事非）贺铸

重过阊门万事非，同来何事不同归？梧桐半死清霜后，头白鸳鸯失伴飞。

原上草，露初晞。旧栖新垅两依依。空床卧听南窗雨，谁复挑灯夜补衣！

夏之日，冬之夜。百岁之后，归於其居！

冬之夜，夏之日。百岁之后，归於其室！

——《诗经·唐风·葛生》

读到这首《葛生》之前，曾以为最美好的爱情不过是“执子之手，与子偕老”的温暖承诺，却不知情最动人之处更在于“生则同衾，死则同穴”的不离不弃。

人常感叹岁月无情，时间在一瞬之间就可以将沧海变为桑田。可是不管时间怎样流逝，总有不变之事物，比如自然中的四季晨昏、阴晴雨雪、风花雪月，还有的，便是如这自然之物一样美好的情感，其中那些超越生死的爱情，更让人感

慨不已。正是有那些历经岁月洗练的感情，才有那一篇篇感人至深的诗词佳作，尤其那哀伤绝伦的悼亡文字，更是惹人泪下。而贺铸这一首《半死桐》，更是其中翘楚。

又一次来到苏州阊门，贺铸此时已经年过半百，旧时的回忆如潮水涌上心头。这里是他与妻子赵氏曾经生活过的地方，也是他所有甜蜜与痛苦的集结之处。数十年里，贺铸与妻子相濡以沫，生死相依，不幸的是，赵氏后来因病去世，只留下贺铸一人独守寂寞。

不知是哪个梦回后的午夜，窗外下着连绵不断的细雨。贺铸习惯性地伸手触摸，枕边却空空如也，这才又想到，妻子已经走了许多年了。他披衣下床，站在窗前，远处的黑暗中闪烁着一点灯光，他不禁想到，或许也有一个像她一样的女子，正挑灯为心爱的丈夫缝补衣衫吧。

关于“挑灯夜补衣”的回忆，在贺铸的另一首诗《问内》里也有记载。贺铸家境贫寒，妻子虽然出身宗室，却没有半点娇贵之气，所有家事都是亲自动手。那一年正值大暑，酷热难当，妻子却在忙忙碌碌地为贺铸缝补冬衣。贺铸劝她不必如此辛苦，等到天气凉时再缝也不迟，可妻子却笑着说：“等到那时就太迟了！”她唯恐世事多变，怕自己到了冬季无暇为丈夫缝制厚衣，便在盛夏时节提前赶制出来，足见一片深情。虽说“贫贱夫妻百事哀”，但夫妻间的感情，不就体现在这平凡相守之中吗？虽平淡，回味起来却也有无穷的旖旎美妙。亦如贺铸这首《半死桐》，辞藻朴实，无华丽字眼，却字字情深。

鸳鸯白头，这是多少人内心深处关于爱情最简单也最迫切的愿望。虽则如此，可又有几人能够如愿。庾信曾在其《枯树赋》中发问：“桂何事而销亡，桐何为而半死？”不过，最早出现“半死桐”之说的是汉赋《七发》，其中说龙门有桐，其根半生半死，砍伐下来做成琴，其声为天下至悲。古人也认为合欢连理树形似梧桐，在诗文中也常以“梧桐半死”作丧偶之喻。这首词所用的词牌名实为《鹧鸪天》，又名《思越人》，但贺铸为了表达对妻子的深情哀悼，便自己将词牌定为《半死桐》。

徘徊在衰草遍野的荒原之上，眼前是新起的坟，那就是妻子的长眠之处。旧时所居之所虽在，曾经相依的两个人却是生死殊途、阴阳相隔了。

赵氏死后的二十多年，七十多岁的贺铸死于一所僧舍里，其后与夫人合葬在宜兴清泉乡的东条岭。生当长相守，死当长相思，时隔二十余年，贺铸终于与长眠的妻子相聚，一了生前寂寞。

谁料想，生离瞬间成死别
——莺啼序（残寒正欺病酒）吴文英

残寒正欺病酒，掩沉香绣户。燕来晚、飞入西城，似说春事迟暮。画船载、清明过，晴烟冉冉吴宫树。念羁情、游荡随风，化为轻絮。

十载西湖，傍柳系马，趁娇尘软雾。溯红渐、招入仙溪，锦儿偷寄幽素。倚银屏、春宽梦窄，断红湿、歌纨金缕。暝堤空，轻把斜阳，总还鸥鹭。

幽兰旋老，杜若还生，水乡尚寄旅。别后访、六桥无信，事往花委，瘗玉埋香，几番风雨。长波妒盼，遥山羞黛，渔灯分影春江宿，记当时、短楫桃根渡。青楼仿佛，临分败壁题诗，泪墨惨淡尘土。

危亭望极，草色天涯，叹鬓侵半苎。暗点检、离痕欢唾，尚染鲛绡，亸凤迷归，破鸾慵舞。殷勤待写，书中长恨，蓝霞辽海沈过雁，漫相思、弹入哀筝柱。伤心千里江南，怨曲重招，断魂在否？

苏东坡为悼念亡妻而作的《江城子》可谓悼亡词中经典，他对亡妻的思念不知感动了多少红尘男女。吴文英的悼妻词《莺啼序》虽不及苏词流传深远，但全词通篇240字，字字深情款款，把词人内心的情感变化描写得细腻动人。这对痴情夫妻，因为种种原因而分隔两地，后来妻子病逝，更是天人永隔。词人一直念念不忘，作词以悼亡，其缱绻深情也让人心痛不已。

暮春时节，乍暖还寒，他独自躲在房中喝酒买醉，心中的忧愁却分毫不减，只觉自己被孤独包围着，无所适从。春燕归来晚了，鸣叫着飞进西城，飞到词人所在的屋檐下，似乎在劝他不要终日留在房间中，应该出门散散心，莫把这春光辜负。

他听从了燕子的劝说，或者说他是遵从了自己内心的想法，乘划船故地重游。船儿静静地划过湖面，荡起一圈一圈的涟漪，清明已经过去，但天气依旧清冷。远远望去，岸边水中倒映着片片吴宫树的树影，犹如梦境。想到自己这些年

漂泊他乡，居无定所，羁旅愁思就像风中柳絮四处飘散，天地间朦胧一片。

碧波荡漾的春水，使词人想起了自己在西湖居住的那十年，那也许是他一生中最快活的岁月。还记得当年在岸边的柳树下系马驻足，观赏那湖光山色，湖面上的薄雾还未消散，袅袅青烟从湖上升起，让人感觉仿佛置身人间仙境。

湖边常常停泊着几艘小船，乘着小船逆流而上，追溯那落英缤纷，不知不觉就来到了仙溪。还记得有个叫锦儿的婢女曾为词人传递情书，才使他与佳人得以相见，暗通情愫。两人倚着那银屏说了多少情话，词人已记不得，只记得春色无边。无奈春宵苦短，分别之际，伊人泪眼婆娑，红泪滚滚，弄花了妆容，打湿了团扇和衣襟。暮色将近，岸边已空无一人，词人上岸骑马，回头看着夕阳下的美景，却已没有时间欣赏，只有湖面沙鸥不住盘旋，似乎在替他欣赏这景色。

他终于渐渐从往事中回过神来，再看周围之景，幽谷中安然盛放的兰花已渐渐枯萎，鲜嫩的杜若却还长势茂盛，自己依旧在水乡做着飘零客。自从那次分别之后，词人曾经去六桥寻访，可她已音信全无，花开花谢，几经沧桑，没想到却听闻她香消玉殒的消息，一时间手足无措，只能感叹世事难料，谁料想到生离转瞬成死别呢！

那貌美如花的女子，竟然就这样永远枯萎了！想当初，连流水都会嫉妒她如水的眼眸，远处的青山与她的黛眉相比也黯然失色。不知她是否还记得，曾经一同在春江水滨共度良宵，渡口送别之时，短楫离岸，水中灯影也随着水波摇晃，这一幕仿佛就发生在昨天。伊人当初住过的楼阁至今犹在，分别前，词人曾用泪水研墨，在她闺房的墙壁上题诗一首，如今恐怕也早已被尘土掩盖住了吧。

词人将画船停在岸边，登高远眺，只看到连天芳草在风中起起伏伏，延伸向远方。时过境迁，他已是尘满面、鬓如霜。拿出昔日伊人的旧物，手帕上仿佛依稀可以辨出伊人分别之时留下的泪痕，淡淡幽香犹存，仿佛伊人身上的脂粉香味。钗头的彩凤早已断了翅膀，宝镜已有裂痕，背面纹着的飞鸾如今也已不能起舞弄姿了。岁月蹉跎了一切，磨损了一切，只有心中情意一如往昔，甚至更加炙热。

本想把这绵延不休的相思和遗恨写一封书信寄给伊人，可惜天高地阔，江水浩瀚无边，鸿雁也不见踪影，要去哪里寻找可以传递书信的人呢？莫不如把这缕缕情思写成曲谱，用古筝来传递吧！江南好风景无边无际，词人的怅惘也连绵不绝，无以消解。黄昏时分，云淡风轻，他久久伫立，周围一片空寂，仿佛听到远处隐隐约约传来哀怨的琴声，似乎在招呼那断魂。他不禁热泪盈眶，叹道：“爱人啊，你若听到我的呼唤，今夜就来我梦中相会吧！”

不愿云间作别，叹汉宫悲秋
——应天长（条风布暖）周邦彦

条风布暖[①]，霏雾弄晴，池塘遍满春色。正是夜台无月，沈沈暗寒食。梁间燕，前社客[②]。似笑我、闭门愁寂。乱花过，隔院芸香[③]，满地狼藉。

长记那回时，邂逅相逢[④]，郊外驻油壁[⑤]。又见汉宫传烛，飞烟五侯宅。青青草，迷路陌。强带酒、细寻前迹。市桥远，柳下人家，犹自相识。

【注释】

①条风：即春风。

②前社：春社。

③芸香：香草名。因芸香可辟蠹，古人常将其夹在书中做书签。

④邂逅：不期而遇。

⑤油壁：油壁车，车壁以油饰之。

古时有女子钱绣芸，从小嗜书如命，一直向往有朝一日能进入藏书楼天一阁饱览群书。她长大后，为了接近那满楼藏书，毅然嫁入掌管天一阁的范家。本以为这样就可以与书海朝夕相伴，可是过门后，她才知道范家家规严禁妇女登楼读书。

押上一生的幸福却换来一场空欢喜，这个打击让钱绣芸一病不起。临终前，她的遗愿是埋在天一阁的院子里，以求与楼中藏书朝夕相伴。此后，天一阁庭院里多了一座低矮的孤坟，坟上多长芸香草。

芸香别名七里香，气味芬芳辛凉，夹在书中可以除蠹驱虫。从此以后，天一阁就以这种芸香草制作书签。

借着这神奇的芸香，宿命般错过的人与事，仿佛隔世相遇了一样。

周邦彦的《应天长》里，也曾有芸香味道溢出纸外，刺激着精神的味蕾。后

世亦有学者俞陛云，盛赞这阕词“辞意之清永，如嚼水精盐，无尘羹俗味”。这是一首哀伤绵长的悼亡词，悼念的是他的续弦王氏。

又是一年春好时，和风丽日，暖雾湿衣。池塘泛起绿波，万物复苏。飞禽走兽奔走，仕女驰游踏青。正是宴游的季节，春天的盈盈绿意，却透不进词人心里。全世界都在宴游玩乐，唯有他黯然神伤。他在担忧夜台无月，不知在另一个世界，妻子该怎么度过不准生火又没有烛光的寒食节。

梁间燕雀叽叽喳喳，好似在嘲笑孤独的词人。本是踏青时节，他却将自己困锁家中，放走大好春光，不看不听。他害怕看到宴游的仕女，就会想起昔日自己邂逅王氏的那片原野——“长记那回时，邂逅相逢，郊外驻油壁。”

如今，原野年年返绿，油壁车去了又来，斯人远逝，却永不回头。夫妇之情，只剩黯然销魂的夜台一念，幽冷更见情真。

明明读过无数佛理，明白人皆过客，尘世的一个个面孔莫不经历生住异灭的流转过程。苦读佛卷，就是为了在面对生死时能超脱。然而在这暮春时节，悲戚之情却不争气地肆意涌动。

风扫乱花轻舞，一如词人的心境。

周邦彦时任校书郎，掌管典籍。在南风湿暖的仲春，要在场院里暴晒书籍。此时，他居住的禁院里，清风摇荡，黄页乱翻。清风不识字，纵然乱翻古籍，却只偷走了缕缕芸香。

芸香是一种很有历史感的事物，千年前的文字在它的香气中存活保鲜，为千年后的读者原样呈现。或许就是由芸香激发的神奇畅想，让周邦彦心生用文字纪念妻子的冲动。

借着能超越时空的芸香，他寻路回到了初见时。

也是一个寒食，郊外洒扫拜祭，烟火缭绕。山林郁郁，人们策马来往。青草迷眼，路径荒芜。一辆油壁车经过时，词人无意中一抬头，正逢车中女子掀起了车窗布帘，眼神交汇，爱意已生。

江湖不负青春，醉情相思
——木兰花慢（莺啼啼不尽）戴复古

莺啼啼不尽，任燕语、语难通。这一点闲愁，十年不断，恼乱春风。重来故人不见，但依然、杨柳小楼东。记得同题粉壁，而今壁破无踪。

兰皋新涨绿溶溶。流恨落花红。念著破春衫，当时送别，灯下裁缝。相思谩然自苦，算云烟、过眼总成空。落日楚天无际，凭栏目送飞鸿。

最是放荡不羁的大词人柳永曾有《鹤冲天》词道：“且恁偎红翠，风流事，平生畅。青春都一饷。忍把浮名，换了浅斟低唱。”青春不能辜负，既然不能得意于官场，便不如醉情于江湖，谈情说爱间也有锦绣人生。柳永的寥寥数句，道出了那些怀才不遇的文人的寂寞心思。

一腔才情虽不能换来功名利禄，却很容易在花前月下俘获女子的芳心。才子佳人，是天作之合，人间之美。纵然她知道才子多风流，吸引人的才情如一杯毒酒，也心甘情愿地饮下去。词人戴复古与他的妻子，便也是这样一对佳偶。

戴复古和他妻子相遇的时候，大概正是他人生中最失意的日子。那一年，戴复古流寓在江右武宁，怀才不遇，幸好才名已远播四海。武宁的一位富家翁爱惜其人才，将自己的掌上明珠嫁与他为妻。这位老父亲的初衷当是将自己的女儿嫁给一个有才华、有前途的年轻人，但却不明底细，不知戴复古在老家已有发妻。

他和这位富家女成婚后，幸福地在一起生活了两三年，谎言也一直没有被拆穿。后人已无法猜度词人当时的想法，或许当时没落失意的他也怀着“且恁偎红翠”的想法，想索性快意人生，尽享人生风流韵事。何况在那样的岁月里，男子拥三妻四妾也并非什么稀罕事。也不知出于什么原因，某一天，他突然想起了家乡的妻子，甚至想回去看看她，却不知如何向现在的枕边人诉说实情，一时间顾虑重重，愁眉紧锁。温柔贤淑的女子很快就感觉到了丈夫有心事，再三追问下，戴复古将真相全盘托出。

深爱多时的丈夫竟是停妻再娶之人，且犹自惦念着旧人，这样的事实对于任

何一个女子来说，无疑都是一道晴天霹雳。即便是在这样的情况下，她还是选择了向盛怒的父亲解释缘由，希望他不要怪罪自己的丈夫。

戴复古终究还是离开了。临行前，她将妆奁都赠予他，自己选择投水而死，留下了一首寄托了一生痴情的《祝英台近》：

惜多才，怜薄命，无计可留汝。揉碎花笺，忍写断肠句。道旁杨柳依依，千丝万缕，抵不住、一分愁绪。

如何诉。便教缘尽今生，此身已轻许。捉月盟言，不是梦中语。后回君若重来，不相忘处，把杯酒、浇奴坟土。

十年后，戴复古旧地重游，想起往日种种，思绪满怀，提笔写下一首《木兰花慢》，虽言“怀旧”，实为“悼亡”。

不管过了多少年，武宁的春天还是那样美，处处细雨和风，处处莺声燕语。她曾说这莺燕双双对对最通人性，不知此刻它们是否能读懂他满怀愁绪和伤心。离开的十年间，痛失爱妻的隐痛无时无刻不在心中蔓延，虽只道“这一点闲愁”，实则却有十载相思泪，皆已飘散在春风里。

那一年春天，他们在长亭诀别，她对他说“后回君若重来”，如今他回来了，却已是“故人不见”，人去楼空。小楼东畔，杨柳依依，和当年一般无二。还记得那时夫妻二人“同题粉壁”，可如今，当时的题诗早已经风霜雪雨，没了痕迹。春水新涨，绿波荡漾，可那花还未开多久，就零落东风，随水而逝，其命何其薄哉。就如她，在如花的年纪，就早早地凋谢枯萎。

词人的眼前又浮现出临别之前，她在灯下为他缝补衣物的凄凉身影。那时的她面对丈夫的诀别，如何忍着痛，将自己的不舍一针针一线线地密密缝进那件春衫上，最后选择用生命祭奠自己的爱情。

佳期如梦，那几年的时光如云似烟，过眼成空。戴复古始终是亏欠了她的，他也知道如今天人永隔，再多的相思也是自苦罢了，但这样的折磨也是上天对自己的惩罚吧！他心甘情愿领受。

凭栏远眺，楚天之下，飞鸿已经悄然远去。“愿为双鸿鹄，奋翅起高飞”，在落日的余晖下，他又默默念起了这句古人的盟誓诗。他和她当初也曾许下这样的誓言，虽时隔多年，依然烙印在他的心底，触之则痛。即便如此，他也愿意忍受着相思的痛苦，而不愿将她遗忘。

两情心相悦，孤影独徘徊
——蝶恋花（月去疏帘才数尺）宋琬

旅月怀人

月去疏帘才数尺。乌鹊惊飞，一片伤心白。万里故人关塞隔，南楼谁弄梅花笛？

蟋蟀灯前欺病客。清影徘徊，欲睡何由得。墙角芭蕉风瑟瑟，亏伊遮掩窗儿黑。

陈延焯在《白雨斋词话》中说过“诗外有诗，方是好诗；词外有词，方是好词。古人意有所寓，发之于诗词，非徒吟赏风月以自蔽也。”的确，诗歌之美并不在于吟风弄月，而是在于隐藏在风月之后的细腻情怀。

远游者都知道，羁旅之人的心往往极其敏感，最易感知孤单和寂寞。一片落花、一捧日光、一汪春水、一缕清风，都可能触动他内心深处无边的愁思。尤其天上皎洁的明月，最能触动游子的愁肠。

古今中外，以月亮入诗词文画的作品不胜枚举，其中更是屡屡有绝世佳作，令人惊艳不已。“月亮悬挂在中国旧诗坛的上空……是人间戏剧美丽而苍白的观众，而她所知道的一切隐秘、激情和欢乐，迅速的崩溃或是慢慢地腐烂……她把远隔千山的情侣思念联结起来。”这是外国学者克兰默在《灯宴》中对中国古典诗词中的月亮意象所作出的评价。

那些存在于诗词曲赋中的月亮，是绰约妩媚的，也是哀怨惆怅的，是凄冷悲凉的，也是豁达超脱的。在不同的文人笔下，明月各具姿态。宋琬的这一首《蝶恋花·旅月怀人》，以明月触发情思，主题虽不算新颖，但妙在能于错落有致的语言中营造出动人的氛围，让人有身临其境之感，不知不觉便随作者一起沉浸在那无边的月色中。

那晚的月亮圆而明亮，以至于看上去“月去疏帘才数尺”。词人坐在帘幕之后，仿佛伸手就能触摸到那天上的玉盘。窗外乌鹊四起，一阵聒噪声后又归于寂静，银白的月光洒遍大地，勾起了人的无限心事。万物本无情，却因人的多变心

事才有了多变的色彩。倘若人心中欢喜，那月亮的明亮清辉无疑会让人更加欢愉；但此刻想必词人心中戚戚，以至于看到地上银光只觉是“一片伤心白”。

半生坎坷的漂泊经历让人不忍回首，他曾两次入狱，之后又长期流寓他乡，如同那惊飞而去的乌鹊，彷徨挣扎，却找不到可以停靠的地方。

南楼上传来悠扬的笛声，衬托得这夜色更加凄惶。在这寂寞的夜里，他想起了亲密无间的故人，倘若此刻他们在身边，只需只言片语，也能慰藉他孤单的灵魂。可是，他孤身漂泊在江南，而他们却远在万里之外，有万水千山无情阻隔，纵有知心情意也无法传递。

饱经风霜的他久病缠身，时常夜不能眠，但凡有些许动静，就会惊扰他的心神，让他不得安眠。难怪他会埋怨“蟋蟀灯前欺病客”。不过，他之所以不能入睡，也并非全是因为有鸣叫的蟋蟀打扰，更是因为他心事太多，伤感太重，才在这漫漫长夜里辗转反侧。

不如披衣起身，但浓浓暮色中他也无事可做，只好无聊踱步，打发时光。看似悠闲，但人在静夜里更容易思前尘想后世，不知不觉中眉头就皱得更深了。残灯一盏，映照着那徘徊的“清影”，他再想入睡就更难了，心中翻涌的愁思彻底将睡意驱散了。

窗外寒风瑟瑟，吹动着墙角的芭蕉。幸亏芭蕉那宽大的叶子遮住了半扇窗子，挡住了窗外那“一片伤心白”，以免他见月更加伤心。《二乡亭词》评论这两句道：“感得芭蕉遮掩，为‘一片伤心白’也，细不可言。”那月光落在他人眼中，或许是千里共婵娟的圆满幸福，可对他而言，只会触动更多悲愁罢了。

“今人不见古时月，今月曾经照古人。古人今人若流水，共看明月皆如此。”旅月怀人，怀念的既是故人朋友，也是昔日与友人在一起时那个开心的自己。如今经历了岁月沧桑，人已散去，欢愉也散去，只能羁旅愁苦，怎不让人伤心？唯有那一轮月仍在身边，辉映过昔日欢乐，也照耀着今日痛苦，年年岁岁，岁岁年年，无言地洒下银白月光。

千言万语，诉不尽人间相思意
——临江仙（点滴芭蕉心欲碎）纳兰性德

点滴芭蕉心欲碎，声声催忆当初。欲眠还展旧时书。鸳鸯小字[①]，犹记手生疏[②]。倦眼乍低缃帙乱[③]，重看一半模糊。幽窗冷雨一灯孤。料应情尽，还道有情无？

【注释】

①鸳鸯小字：指相思爱恋的文辞。《全元散曲·水仙子冬》：“意悬悬诉不尽相思，谩写下鸳鸯字，空吟就花月词，凭何人付与娇姿。”

②生疏：不熟练。

③缃帙：浅黄色书套。亦泛指书籍、书卷。

那是另一个时空下雨打芭蕉的夜晚。

心欲碎，不知是芭蕉心碎，还是纳兰心碎。“早也潇潇，晚也潇潇”，古往今来的诗词中，芭蕉似总喜欢同雨相伴出现。雨滴芭蕉，入梦，美酒半酣有唐人汪遵心恋江湖；入画，王摩诘《雪打芭蕉》令人忘却寒暑，白石老人大叶泼墨深感酣畅淋漓；入乐声，《雨打芭蕉》淅淅沥沥，似雨滴蕉叶比兴唱和，急雨嘈嘈，私语切切，诉尽人间相思意。

至于这芭蕉心，正如易安所言“舒卷有余情”。禅语云“修行如剥芭蕉”，如果我们的心已被世间种种欲念所裹，那么修行便是将层层伪装脱去，“觅心”是找回纯真的自我，“明心”则是彻悟尘世的一切杂念，方可见性。

纳兰心中，芭蕉心在其不展吧。因其不展，枝枝叶叶才藏得住纳兰梦萦半生的回忆，层层叠叠容得下纳兰多愁又敏感的心。其实何止善感的纳兰，“此夜芭蕉雨，何人枕上闻”，纵是梅妻鹤子的林逋也难掩芭蕉雨下那些撩人的情思。

“忆当初”，短短三字便如一把利剑斩断今生。今生已作永隔，窗外雨声风声入耳，曾有多少夜晚流逝于情意缱绻的呢喃？未来又将有多少不眠的孤夜，唯

有旧忆聊以回味？所幸，过去的日子并未消逝于流年，在那发黄的红笺之上仍可略窥一二。

“鸳鸯小字，犹记手生疏”，怕是纳兰也在怀念把笔浅笑的她吧。此语原出王次回《湘灵》：

戏仿曹娥把笔初，描花手法未生疏。
沉吟欲作鸳鸯字，羞被郎窥不肯书。

纳兰与这位明末的才子是颇有渊源的。王次回出身金坛望族，仕宦之家，连他的女儿王朗也是著名的词人。与他的祖上相比，王次回的仕途之路一生不得志，仅在晚年做了松江府华亭县训导，不过是个无名无实的小官。然而他的作品上承李义山，下启清初词坛，对近代的鸳鸯蝴蝶派也颇有影响。纳兰诗词中常见王次回《凝雨集》的影踪，可又有多少人知道，王次回也如纳兰一般，爱妻早丧，不过凉薄人世一孤伶人。若可同世而立，纳兰与次回或许也能成惺惺相惜的知己吧。

当年的娇俏语长萦耳畔，那副欲语还休的羞涩模样犹在心头，鸳鸯小字里，似可见这位解语花的身姿若隐若现。然而，以为是一生一世的一双人，所托竟几页满蘸相思意的旧时书。南宋蔡伸曾慨叹，“看尽旧时书，洒尽今生泪”。蔡伸是书法家蔡襄之孙，官至左中大夫。名门之后，位高权重又如何？三更夜，霜满窗，月照鸳鸯被，孤人和衣睡。

旧时书一页页翻过，过去的岁月一寸寸在心头回放。缃帙乱，似纳兰的碎心散落冷雨中，再看时已泪眼婆娑。“胭脂泪，留人醉”，就让眼前这一半清醒一半迷蒙交错，梦中或有那人相偎。

又是一窗冷雨，纳兰看到了半世浮萍随水而逝，如记忆中挥之不去的她，“一宵冷雨葬名花”。还是纳兰身边这盏灯，只是不再高烛红妆，唯有寒月残照，灯影三人。太白对孤灯空长叹，“美人如花隔云端”。故人入梦，又渐行渐远，“是邪？非邪？立而望之，偏何姗姗来迟。”汉武帝为李夫人招魂，灯影明灭处，留得千古一帝不得见的叹息。

罢了，一梦似千年，从来是人生长恨水长东。刘禹锡一句“东边日出西边雨”，留多少痴念在人间。已道无情，而情至深处难自已。这般深情厚谊，在纳兰心中恐怕已不是简单的有情，而是人生难得的知心人。如果说情是前生五百次的回眸，爱是百年修得之缘，那么知心便是三生石畔日日心血的倾注。

有情无？

纳兰笃定不念今生，料想今生情已尽。一心待来生，愿来生再续未了缘，可有来生？

独自凭栏，奈何桥上空留欢
——南乡子（生怕倚阑干）潘昉

题南剑州妓馆

生怕倚阑干，阁下溪声阁外山。惟有旧时山共水，依然，暮雨朝云去不还。

应是蹑飞鸾，月下时时整佩环[①]。月又渐低霜又下，更阑，折得梅花独自看。

【注释】

①佩环：玉制的环形佩饰物。

人生一世，草木一秋，繁花似锦的一生到头来终究是冷梦一场。时间像是一条河流，静静流淌，逐水而走，也可抵达梦想的方向。然而，那开在彼岸的花朵，是永远无法采摘到的。生命会悄然枯竭，岁月将安然流逝，终有一日，携手同行的人也会有其一撒手而去。歌剧《刘三姐》中有经典唱段《藤缠树》，其中有一段唱词是这样的："连就连，你我相约定百年。谁若九十七岁死，奈何桥上等三年。"今生相守之人，常常盼着来世也能携手，可饮下那孟婆汤，过了那奈何桥，又有几人会记得前世的种种呢。

《汉乐府》的诗歌里有眷侣们最初情动时的誓言："山无棱，江水为竭，冬雷阵阵，夏雨雪，天地合，乃敢与君绝。"这誓言想必是很多情人都曾许下的，可抵挡不住光阴如梭，总有一人会决绝而去，去了那另一人永远无法找到的远方，只留未亡者在人世独自孤苦地蹒跚于漫漫长路之上，唱着一首首悲伤的

悼歌。

文人潘牥的这首歌，是为一位亡妓而唱。在那样的时代，即使文人们以青楼寻欢为风雅之事，但为了一个逝去的妓女大放哀声，终究是为人所不齿的。即便如此，潘牥也不在乎，他就是要写，要写尽心中的悲恸，质问命运为何如此残忍，让他与所爱之人生死离分。

这悼词的调子，从一开始便是悲哀的。他独自凭栏，见亭台下流水依旧，楼阁外青山依然，于是叹道："生怕倚阑干。"只因这凭栏处，昔日有她和自己一起眺望美景、对酒赋诗，如今斯人已去，唯留他一人看着"阁下溪声阁外山"，空忆往事却无法回首，只唤起了惆怅。

眼前的山与水，似与旧时并没有什么区别，可是青山依旧，伊人不在，曾经的缠绵欢愉也随着她的离世而一去不还了。欢愉只是短暂的，人们最终要面临的还是离别——若是人间短暂分离，终究还有聚首的可能；一旦是人间天上的分别，便真的是后会无期了。

多么希望，这逝去的佳人是驾着飞鸾升仙，去了天宫。如果是这样的话，或许她还会乘着月光回头与自己相见，那一袭华丽的衣衫必定是十分耀眼的，才会让词人不知不觉间被晃了神，以至泪眼蒙眬。"月下时时整佩环"化自杜甫名句"环佩空归月夜魂"，不愿相信逝者已逝，并希望对方还能归来，这是典型的怀人心理。他将佳人离世写成乘鸾升仙，寄托着一种美好的祝愿，也说明了亡者在其心中地位之重。

但是，死者已矣，无论词人如何牵肠挂肚，如何不舍，她都没有转生的可能，更不会在月夜归来，与他共诉离伤。他彻夜相思，难以成眠，直到月色隐去，晨露渐起，也没有等到那个熟悉的身影。孤独的他只得折下梅花一枝，独自欣赏。想必这梅花定然也是过去他们一起赏玩过的，说不定那时候女子还曾采下红梅插在鬓间，要他比较究竟是花美还是人美。如今，他手拈梅花，想为佳人再插于发间，伸出手去，只空空落落。

伊人的样子还不时地在他眼前晃动，往事可重现却不可追回，只有把内心对温暖和甜蜜的向往冰冻起来，连同美好的回忆一起尘封，让自己习惯寂寞的生活。如果相思总有苦痛，那就从此做个无情之人，游弋于情感之间，再也不涉足那摄人心魂的游戏吧！

第九章

心向无际的天涯，走遍浅山瘦水

尽说江南好，孤老未还乡
——菩萨蛮（人人尽说江南好）韦庄

人人尽说江南好，游人只合江南老[①]。春水碧于天，画船听雨眠[②]。

垆边人似月[③]，皓腕凝霜雪[④]。未老莫还乡，还乡须断肠[⑤]。

【注释】

①合：应当。

②画船：装饰华丽的游船。

③垆：古代酒店里放酒瓮的土台。垆边人即指卖酒女郎。

④皓腕：白皙的手腕。凝霜雪：比喻手腕白得像凝结了一层霜雪一样。

⑤断肠：形容忧伤到极点。

古心词韵

在所有漂泊他乡的游子内心，或许都有那么一处，但凡触及就隐隐作痛，那便是故乡。

曾几何时，我们都向往和迷恋山那边、海那边的城市和风景，希望自己能长出一对翅膀，跟随天上云雀远飞，去远方追寻自己的梦想。但等到时光流逝，年

华老去，心底最留恋和不舍的，还是故乡那一方净土。

“故乡”这个饱含深情的词语，屡屡出现在文人雅士的诗文里，每个人笔下的故乡都是不同的，他们对故乡的情感也是不同的。“未老莫还乡，还乡须断肠”，韦庄笔下的故乡，是使人肝肠寸断的地方。人常说乡情最暖人心，他却为何说故乡使人愁肠寸断呢？

这是韦庄早年流寓江南时写下的作品，以多首组词表达游子思念之情，这是其中第二首。张惠言的《词选》评价这首词道：“此章述蜀人劝留之辞，即下章云‘满楼红袖招’也。江南，即指蜀。中原沸乱，故曰‘还乡须断肠’。”韦庄是韦应物的四世孙，故乡在中原大地。当时黄巢攻占长安，韦庄深陷战火之中，家人离散。从这段经历可知，他不是不愿归乡，而是当时时势不佳，战乱中的故乡必定已经不是原来的样子，倘若归去，眼前必是满目疮痍、物是人非，岂不令人潸然泪下？

与家人失散后，韦庄逃至洛阳，后流落江南，也就是他笔下那个“人人尽说好”的地方。“人人尽说江南好”，江南之美是世人共识。上有天堂，下有苏杭，白居易在他的名作《忆江南》中开篇就称“江南好”，柳永笔下的苏杭更是“东南形胜，三吴都会，钱塘自古繁华”的好地方。

这片有着如画美景的繁华地，或许就是世人所期望的终老之所吧。但纵然江南好风景，远离故土、留居他乡也绝非人之所愿，韦庄为何要劝游人留在江南呢？学者叶嘉莹分析：“若非游子之故乡已经有不能归返的苦衷，则异乡之人又何敢尽皆以如此断然之口吻来相劝留。彼劝留口吻之劲直激切，盖正足以反映其不得还乡之情意的百转千回。”韦庄心中不能归乡的苦闷和辗转他乡的情思，真真切切地隐现在这一句“劝语”中。

漂泊是游子们的生活方式，韦庄也逃不过这样的命运。

他漂泊在江南，看到的是缓缓而流的春水，是当垆卖酒的女子那如霜雪一般洁白的手腕，还有她那皎洁如明月般的脸庞。他时常在烟雨朦胧之际，在湖上的画船里，枕着春风细雨入眠。或许有人曾告诉过他，如斯美景就是你以后最好的归宿，但他们不知，出现在韦庄睡梦里的，总是远方的故乡，还有亲人温暖柔和的目光。

纵然江南再美，他却希望这只是自己的一座驿站，休憩过后，他终究要回到故乡。

陈廷焯在《白雨斋词话》中评韦庄词“似直而纡，似达而郁，最为词中胜境”。在“未老莫还乡，还乡须断肠”这短短十字中，虽然他表面上说江南之地繁花似锦，要趁年轻之际好好游玩享受，十分潇洒豁达，但个中却饱含漂泊之人的辛酸和无奈。

韦庄离开江南后，也没有机会回到故乡，而是辗转去了蜀地。唐亡之后，王建称帝，韦庄为宰相，最后病逝于蜀地，与故乡隔了千山万水。落叶而未能归根，这种遗憾，终究是再也无法弥补了。

相思而不得，不如不相思。男女之情如此，思乡之情又何尝不是呢？

故乡今夜思千里，酒入愁肠
——苏幕遮（碧云天）范仲淹

碧云天，黄叶地，秋色连波，波上寒烟翠。山映斜阳天接水，芳草无情，更在斜阳外。

黯乡魂，追旅思，夜夜除非，好梦留人睡。明月楼高休独倚。酒入愁肠，化作相思泪。

范仲淹的词多以豪放著称，尤其一首《渔家傲》最为著名。“浊酒一杯家万里，燕然未勒归无计。羌管悠悠霜满地。人不寐，将军白发征夫泪。”戍边将士的思乡之情、誓死保卫边塞的壮志豪情，皆在其中。其慷慨激昂的情怀，感染着后来人。有人因此称范仲淹为 “铁石心肠人”，须知这铁汉也有似水柔情，全是因相思而起。

那般铁骨铮铮的男儿，要经历了如何折磨人的相思，才会提笔写下这样细腻委婉、缠绵悱恻的诗词？那沧桑且深沉的思念，具有强烈的感染力，慰藉了许多漂泊在外的游子。

秋天是黄叶飘飞的季节，满目萧条愈发触动人内心的脆弱之处。游子骑行马上，一路欣赏着沿途的风景，内心感慨无限。天空碧色万里，几片白云仿佛棉絮

肆意铺展在湛蓝的画布上。马蹄踩着厚厚的落叶，他放眼望去，只见遍地黄叶伸向无边无际的远方，仿佛到了天地相接的尽头。湛蓝与橙黄的色彩交杂，勾勒出一种诗意的美。波光粼粼的湖水也来添彩，在黄昏斜晖中升腾起阵阵寒烟。远处芳草萋萋，这碧草随处可见，已经无言地伴了游子一路，然而芳草也是无情物，又怎么会真的知晓他思乡的苦涩呢？就在这连天的芳草和夕阳的余晖中，游子的思乡之情蔓延开来，无边无际。

每到夜深人静时分，他都会在梦里回到让他魂牵梦萦的故土，梦中有熟悉的风景，更有亲密的家人老友为伴，多想就这样长眠不醒。可惜，梦终究是梦，总有醒来的一刻，醒来之后又是异乡的人与物，不禁让人有从云端跌落的感觉。明月高悬，楼角星垂，游子独上高楼，倚着栏杆饮酒解愁，似乎仍未从刚才的梦中完全清醒过来。李白诗曰："举头望明月，低头思故乡。"纵有万般愁绪需用千言万语来表达，最终不过落在"思故乡"这三个字上。

秋风寒凉，渐渐使游子回过了神。他举目四望，四周空旷寂静，只有凄清的月光无言地陪伴着他。他自斟自饮，不知不觉间泪水已湿透了衣衫。

中国人讲究落叶归根，即使漂泊得再远，也希望到了晚年能回到故里。乡情就像是那条牵引着风筝的线，流浪的人如风筝，飞得再远，也会始终牵挂着出发的地方。为求仕，为报国，范仲淹一生辗转多处，经历坎坷。虽有一腔热血，但因为人耿直，屡屡犯颜进谏，一再遭到贬谪。多舛的命运，让他时有慷慨激昂的不平之叹，却也赋予了他深沉的情感。

流徙辗转的日子里，羁旅之愁时刻涌上心头，让他也盼着有朝一日能够过上安稳生活。可这位诗人的生命仿佛也是一首诗歌，注定了会有跌宕起伏的变化，直到晚年，他依然没有摆脱贬官的命运。一个春暖花开的时节，范仲淹带病从青州出发到颍州阜阳赴任，途经他的生身之地徐州时，病情加重，他只好停下来休养。谁料想这一病，他再也没有起来。

他生前饮下的苦酒，常常化作思乡的眼泪。如今魂归故里，大抵也算是一桩幸事。

断鸿声远长，孤影人独行
——夜半乐（冻云黯淡天气）柳永

冻云黯淡天气[①]，扁舟一叶，乘兴离江渚。渡万壑千岩，越溪深处[②]。怒涛渐息，樵风乍起[③]，更闻商旅相呼，片帆高举。泛画鹢[④]、翩翩过南浦。

望中酒旆闪闪[⑤]，一簇烟村，数行霜树。残日下、渔人鸣榔归去[⑥]。败荷零落，衰柳掩映，岸边两两三三、浣纱游女。避行客、含羞笑相语。

到此因念，绣阁轻抛，浪萍难驻。叹后约[⑦]、丁宁竟何据[⑧]！惨离怀、空恨岁晚归期阻。凝泪眼、杳杳神京路[⑨]。断鸿声远长天暮。

【注释】

①冻云：冬天浓重的积云。

②越溪：也称若耶溪，在浙江绍兴若耶山下，传说西施曾在溪边浣纱，因此又叫浣纱溪。

③樵风：指顺风，好风。

④鹢（yì）：古书中记载的一种似鹭的水鸟，古人常将其绘于船头，表示不为风暴，以图吉利。可指代船。

⑤旆（pèi）：古代旗末端状如燕尾的垂旒，可泛指旗子。

⑥鸣榔：渔人为了惊鱼入网，用木棍敲击船舷。

⑦后约：约定以后相见的日期。

⑧丁宁：即“叮咛”，一再嘱咐之意。

⑨神京：指都城汴京。

第四次科举落第后不久，心灰意懒的柳永离开了汴京，开始了为期十年左右的漫游，行迹遍布江南、关中、蜀地、两湖等地区。这期间，他创作了多首羁旅词，留下了不少传世名篇。这首《夜半乐》是他游历浙江时所作。

舟行数日，时走时停。天寒岁暮，绝非出行的好时机，又有聚拢在天际的阴云预兆着马上将至的风雪，黯淡天光相阻，还是散不去词人正浓的游兴。孤舟行走在茫茫江上，就像漂浮在浩瀚水面上的一枚落叶，形单影只固然可怜，却也别有一种坚强凛然的气概。扁舟离岸远行，渡过万壑千岩，绕开礁石险滩，终于来到绍兴的若耶山下。传说西施曾在此地浣纱，如今佳人芳踪已消失在历史洪荒里，途经此地的后人也只能留下一声叹息作为哀悼。

冻云欲雪，水深路遥，还有重重山峦幽壑相阻，即便如此他依然扬帆奋进，眼前一番景象倒也没有辜负了他的浓厚兴致：怒涛渐息，樵风乍起，江上往来的商贾旅客相呼相闻，坎坷的旅途陡然变得平顺，寂寥的行程添了三分生机。黯淡冻云似乎也被这惬意景象驱散了，词人心情更是畅快，船帆也顺风鼓涨，船只犹如鸟雀一样轻快地驶过了南浦。

从离江渚到过南浦，行程中难免有千般艰辛、万般不易，柳永没有多提，反而是他那饱满的兴致、高涨的气势一再呼之欲出，足见“乘兴”二字实在不假。既然已在路上，就不妨纵情享受沿途风光，即便灰暗甚于光亮，艰辛多过惬意，只要有一颗懂得欣赏的心，这一路就总会有所收获。

柳永一路行去，渐行渐缓。他翩翩立于舟上，闯入眼帘的一簇烟村让人心旷神怡。水乡之地少不了迷迷蒙蒙的水雾缭绕，一座傍水的小小村落朦胧绰约，引人神往。村落当中有座酒馆，虽不见屋舍，但迎风招展的酒旗已出卖了它的位置，吸引着江上行客停舟靠岸，在异乡小酌几杯，寻三分停留的温暖。

一面在微风中闪闪飘动的酒旗，对流浪者来说也是巨大的诱惑。温酒一杯，除了驱散岁暮天寒，还能驱散旅途的寂寞。对走南闯北的人来说，在每一处驿站的停留固然是为了休息，也是为了寻得可谈笑风生、一话家常的人，即便只是店中人、邻座客，也能成为温暖的来源。此时，柳永之前饱涨的游兴已渐渐冷却，又生出了一番淡淡的温馨。在这平和而安详的氛围里，水面夕阳低垂，光照趋暗，渔人鸣榔离去，已是日暮归家时分，不知烟村里哪一束闪烁的烛光是在守候他的归来。

悠远的鱼榔声在辽阔的江面上久久回荡，掠过浅滩处的枯败残荷，掠过岸边的衰败杨柳，不知将飘荡到多么遥远的地方。败荷零落，衰杨掩映，原本催人神伤，但在柳永眼中它们不过是陪衬，愈发衬托出岸边浣纱少女的青春活力。她们三三两两结伴还家，路遇过路的行人时，慌忙躲避，却又含羞窃窃耳语，不知是在羞怯地讨论这路人少年的模样，还是想起了自己那漂泊异乡的情郎。

流浪者是以梦为马、御风而行的，没有明确的目的地，也没有确定的归期。当他在天涯海角成全着自己漂泊的执念时，只苦了那执着守候他归来的人，日复一日做着久别重逢的梦，醒来却知久别不假，重逢不定。

柳永在看到含羞躲闪的浣纱少女的刹那，就想起了远在汴京的佳人。他自己沉溺在浪迹萍踪的生活里，酸甜苦辣独自品味也别有味道，享受自由也承受寂寞，所谓“一个人怕孤独，两个人怕辜负”就是如此了。他轻率地离开了绣阁里的佳人，“绣阁轻抛”，像个绝情者一样绝尘而去。可归根究底他非但不是薄情寡义的人，还天生是个多情种。纵使一时狠心离去了，对旧人旧时旧事仍然念念不忘，但既已出走，山山水水、弯弯绕绕的路途，再不会如他手中翰墨一样容易掌控。

一朝转身，回望时烟雾缭绕已不辨来路，更不要奢望隔日就能折回起点，约定的归期就如井中月、窗上花，既然不能当真，岂不就是谎言？也不知柳永离开时，究竟是认真许下了归期，还是明知前路坎坷只好做了敷衍，只知他在此时长叹岁晚难归，离怀惨恻，远望着汴京所在的方向，茫茫一片虚无，只有一只离群的鸿雁破空而过，叫声凄厉且悠远，惹人不由洒下两行清泪。

这首《夜半乐》是柳永羁旅词中的扛鼎之作，也是宋词长调里的佼佼者。既然是羁旅词的典范，必是情景并丰的佳作，柳永在上中两阕把途中所经所见描摹得历历如绘，有开有阖，然后把深厚的情感留到了下阕。日暮天长时，远方的牵挂纵然能温暖他，也能刺痛他。下阕短短几行，诚如唐圭璋先生所言：“初念抛家漂泊，继叹后约无凭，终恨岁暮不归。”

然而叹如何，悔又如何，他已出发。从此千山万水，唯有孤影人独行。

离恨恰如春草，更行更远还生
——踏莎行（候馆梅残）欧阳修

候馆梅残，溪桥柳细，草薰风暖摇征辔。离愁渐远渐无穷，迢迢不断如春水。

寸寸柔肠，盈盈粉泪，楼高莫近危阑倚。平芜尽处是春山，行人更在春山外。

古心词韵

古道青原，一座驿馆在初春的微风中伫立。本该傲雪盛放的梅花，却已经花落枝枯，一枝老梅孤零零地伸向墙外。此时此刻，词人正身处这驿馆之中，屋黑瓦冷，墙垣剥落，一派老旧破败的模样。走出这凄冷屋宇，再抬眼望去，见一线流水，一座小桥，丝丝细柳随风摇曳，一派“小桥流水人家”的悠闲光景，心中阴霾尽数被驱散开去，豁然疏朗。

柔草依依，熏风暖暖，春意融融，格外醉人。然而在这春色暖人的情境里，却蕴含着隐隐的凄凉，在那古道溪桥上，行人手执征辔、孤独远行的身影，将人短暂的欢愉心情又推落千丈。

在这草儿香、风儿暖的时光里，出行之人不得不离开家乡，战战兢兢提着马缰奔波在茫茫的旅途上。他离家远去，黯然独行，辛苦颠簸，内心的苦闷可想而知。不仅是欧阳修一人感叹颠簸之苦，同为宋代的词人，柳永也曾有过“匹马驱驱，摇征辔，溪边谷旁”的句子，虽是风流无限，柔情万种，同样饱尝过独自一人手摇征辔、苦苦奔波的羁旅艰辛。

离别带来的愁思随着征程的渐行渐远越来越沉重，愁绪犹如迢迢不断的春溪一样无法斩断。“离愁渐远渐无穷，迢迢不断如春水。”征人几乎是大喊出无尽的幽怨，哪里能忍受离家越来越远的切痛，有什么能比这羁旅之苦如抽茧剥丝般慢慢折磨他的心魂呢。

词人李煜曾以“离恨恰如春草，更行更远还生”来诉说离恨的无穷。而此时之情，此处之景，离愁别恨真个更如春水一样迢迢不断，路行得越远越是充满无限幽怨，绝非“万里行船天地开”的喜悦情怀。

路上的孤独凄黯已经难耐，那么家中等待他归来的人又是怎样？大概应是寸寸柔肠，盈盈粉泪吧！思妇悲苦更胜行人，甚或是“柔肠儿九转百结节节寸断，泪珠儿千行万点点点通红”。闺中人登上楼头，凭依栏杆极目远眺，却哪里望得见远行的爱人，不觉泪水长流。

独倚楼阑，目中凄迷，透过那幽怨的眼神，不难读出她的怨怼，还有她对远行之人的殷殷寄托，真个是有无尽的深沉，还有无边的凄婉。断肠美人倚楼所望见的，是碧草丛生的旷野，尽处是重叠的山岭。她泪眼望向远山，岂是在欣赏春山娟秀的景色，而是期待看到远行的旅人。但哪里能看到那人的身影，他早已去了看不见的春山之外。她的视线迷茫，心魂仿佛也入了幻境，期待能伴着他行走天涯，永不分离。

那草色尽处的青青春山，美丽丰饶，本是大自然的恩赐，但在她的眼里，却成了把情人阻隔在远方的魔障，引来她幽怨嗔怪。

一边是行人远游，愁思无限；一边是闺妇相思，凄苦绵绵。上下两阕清词，是两幅景、物、人毕现的情景图，两相对照呼应，让人感动却又心酸。妙幻得像一只无形的手，把人拉去那古道上触摸那行人乡愁压痛的脉搏，他的脉搏必是循着那渐远渐无穷的离愁而跳动；又惑诱人想穿越到古时，飞上那楼头偷偷窃听断肠佳人幽怨的诉说，那诉说必是在怪责春日远山阻隔了她的视线，看不见归人，如何才能抚平心中伤痕呢？

雨后风荷里，归梦芙蓉浦
——苏幕遮（燎沈香）周邦彦

燎沈香[①]，消溽暑[②]。鸟雀呼晴[③]，侵晓窥檐语。叶上初阳乾宿雨[④]，水面清圆[⑤]，一一风荷举。

故乡遥，何日去？家住吴门[⑥]，久作长安旅[⑦]。五月渔郎相忆否？小楫轻舟，梦入芙蓉浦。

【注释】

①燎（liáo）：烧。沈香，即沉香，一种名贵香料。沈，现写作沉。

②溽（rù）暑：潮湿的暑气。

③呼晴：唤晴。古时有鸟鸣可占晴雨的说法。

④乾：同“干”。

⑤清圆：清润圆正。

⑥吴门：今天的江苏苏州，本词中泛指江南一带。周邦彦是江南钱塘人。

⑦长安：原指今西安，唐以前此地久作都城，后世以其指代京都。本词中借指汴京。

古心词韵

执笔写过江南山水的文人，包括白居易、柳永、苏轼等众多在文学史上光芒万丈的大家。但如果非要在如云名家的作品里优中选优，有两首作品一定不会被人忘记：其一是张志和的《渔歌子》，另一首就是周邦彦的《苏幕遮》。

寻常文人写江南，无非是青山绿水，荷叶行舟。张志和是隐士，他笔下的江南，与众不同地提到了河鲜美味——鳜鱼。“西塞山前白鹭飞，桃花流水鳜鱼肥。”肥美的鳜鱼，可以掂量拿捏，可以细脍佐酒，从来诗画中的江南都只能用眼去感受，而张志和笔下的江南，却可以用胃去体会。其他人的江南，是又一个可与别处相并举的宴游之处，而在张志和眼里，江南是适合生活的洞天福地。江南之美，被这位饕餮隐士写到了实处。故而他大声感叹：“青箬笠，绿蓑衣，斜风细雨不须归。”

周邦彦没有张志和的口福，他笔下的江南，既无桃花也无鳜鱼。对他而言，江南是他心心念念的故乡，是可以消融他一切疲惫和烦恼的地方。

这一年他人在汴京。为了求得仕途腾达，他漂泊在外，奔波不停，在汴京入了太学，以期作为仕进的终南捷径，孰料政治风云诡谲，全不在他的预料之中。多年奋斗仍无所作为，词人不禁起了乡关之思。

这是夏日的一个雨后初晴的早晨，他在室内点燃了沉香，潮湿闷热的暑气逐渐被缭绕的香气驱散了。细雨淅淅沥沥下了很久，现在终于停了，鸟雀甩干翅膀上的雨水，欢乐地鸣叫着，叽叽喳喳、啁啁啾啾，像是在庆祝天气由雨转晴。在描绘鸟雀的时候，周邦彦用了“呼”与“窥”两个动词，赋予了它们人类的喜怒哀乐，仿如活泼可爱的顽童。

碧池里的荷叶摇曳生姿，翠叶依依，初升的朝阳已将荷叶上的雨水晒干。在清澈的水面上，荷花迎风招展，如翡翠圆盘一样的绿叶被托举着，远望如佳人正婆娑起舞。

从荷叶和鸟语里，词人依稀看到了故乡的模样。他的故乡在江南钱塘，也是个芙蓉遍地的地方。

按理说，他乡与故乡是不会混淆的，何况汴京与钱塘相隔遥遥，一处漂着不同纬度的中原风雨，另一处则浸润着江南烟雨，各有各的面目。只是，在异乡受够了人情冷暖，似箭的归心真可一叶障目，让人借着一花一叶的相似，扬起追忆的风帆，梦回江南。

回忆里的渔郎，梦中铺满莲花的渡口，虚幻缥缈，花非花，雾非雾。回忆为寻常景色镀上梦幻的色彩，渲染出现实不可能达到的美。

和张志和笔下的江南相比，周邦彦的江南颇有不食人间烟火的味道，像是一直浮在梦里的。“家住吴门，久作长安旅。”一个“久”字，既包含了词人对仕途生活的厌倦，也寄托了他对家乡的思念。

思乡的心情犹如一粒种子，在缠绵的烟雨滋润中，在梦里江南水泽的浸泡下，无端膨胀起来。关于故乡风景的一切记忆在词人的记忆中不停浮现，犹如一条活泼的鱼，在他孤独的心灵里恣意游动，搅扰得人心海不宁。

人生如过客匆匆，如梦如雾
——暗香（半城落日）王庭

汉口夜泊

半城落日，噪昏鸦惊起，垂天云黑。小艇泊来，不住江南住江北。黄鹤楼荒何在？只十里、烟波凝碧。听不到、醉酒仙人，楼上夜吹笛。

行客，眠未得。欲寄与暗怀，难附飞翼。停歌月出，鹦鹉洲横动寒色。历历晴川草树，轻浪卷、一江风急。待晓发、鸡唱也，满帆霜白。

羁旅愁思是古典诗词中的重要题材，寄托了远游者对故土的思念和对世事的感怀。在一年又一年的漂泊中，文人们路过一座座不同的城市，结识了一群群好友，邂逅了一段段艳情，最终又挥挥手告别，在一次次别离之后，写下了一篇篇伤怀感人的佳作。他们常年都在异乡，都在奔波的旅途中，不知归宿何方。文人王庭便也是这群寂寞旅人中的一位。

大诗人杜甫的作品之所以被称为“诗史”，便是源于他作品中那份厚重的历

史感，诗词背后的故事与历史总是格外吸引后人。王庭的词作虽然不多，在清代词坛也不算有名，但这首《暗香汉口夜泊》却格外引人注目，这也是因为它所承载的历史，展现着那个时期的社会风貌，因此也被称为清初的“断代小史”。

这是三百余年前的汉口，黄昏时分，江夏（今武昌）风景苍凉冷清，全无今日的热闹繁华。夕阳西下，落日的余晖笼罩着这座人烟荒凉的小城。天幕低垂，被惊起的乌鸦不住盘旋，嘎嘎悲啼，人事之寥落，令人不寒而栗。

残阳如血，如泣如诉，这样的苍凉之景触动了词人的心弦。他所乘的那叶小舟在广阔的天地中如同沧海一粟，渺小且无依。江南武昌，江北汉口，历来都是繁华热闹之所，怎知时至今日会变得如此没落。小艇泊来之处，就连昔日久负盛名的黄鹤楼也荒废日久，只有十里江水，浩荡烟波，再也听不到旧日的笛声了。

李白曾有诗云：“黄鹤楼中吹玉笛，江城五月落梅花。”那时他刚从夜郎放归，纵有满腹才华却也遭受流放命运，心中的感伤与不满可想而知。他号“谪仙”，恰与王庭词中“仙人”之语暗合，怀古伤今的意味不言自明。

对时事的伤感使他久久不能入睡，多想将心中“暗怀”诉与远在他乡的亲人，无奈风高浪急，纵然是黄鹤楼上那盘旋不止的黄鹤，也不能穿过这浩渺山水去帮他传递消息吧！

夕阳下沉，明月升起。他的目光随着月色流转，所及之处，只见鹦鹉洲寒色浓郁，不禁又想起了崔颢的名句：“晴川历历汉阳树，芳草萋萋鹦鹉洲。”只是那时的鹦鹉洲春光明媚，草长莺飞，此时却衰草遍野。十里寒江，鹦鹉洲横，这一代名城，在历史的波涛中也逐渐暗淡下去。

就在此时，远处飘来袅袅歌声，不知她们吟唱的是不是那一曲《后庭花》。鸡鸣四起，天又要亮了，江面上依旧风急浪高，寒流涌动，船帆上挂满了白霜——新的一天又到来了，而他仍旧在奔波的旅途中。

“人世几回伤往事，山形依旧枕寒流。今逢四海为家日，故垒萧萧芦荻秋。”每一次旅程开始，我们总期待会与更美的风景相遇，与此同时，距离家乡却也更加遥远了。流年逝去，过客匆匆。世事瞬间千变万化，我们却只来得及仓皇转身。一路风雨中，只留下那些被岁月掩埋了的过往。

在那永恒时光里，谁不是匆匆过客？在这无情的岁月里，他们总有千种万种不得不上路的理由，于是背上行囊，或牵一匹老马，或乘一叶孤舟，将自己放逐在那浅山瘦水之中。

断送彩帆何处？一江烟雨
——满江红（怪底春风）谢应芳

吴江阻风

怪底春风，要将我、船儿翻覆。行囊里、是群贤相赠，数篇珠玉。江上青山吹欲倒，湖中白浪高于屋。幸年来、阮籍惯穷途，无心哭。

归去也，瓶无粟。吟啸处，居无竹。看造物、怎生安顿，老夫盘谷？第四桥边寒食夜，水村相伴沙鸥宿。问客怀、那有许多愁？三千斛！

吴江之上，一艘小船行来，帆破桅斜，摇摇曳曳，已难经得起风雨。忽然，一阵狂风吹来，有如妖邪鬼魅，蹊跷异常。本就破烂的小船在风卷的旋涡里急急打转，眼看着就要倾覆，情况万分危急。船上的书生遭遇到了不期的危况。

春季里的风本该是柔和的，此处的春风却要把书生的破船儿掀翻。他不解地对风问道：我只不过是个亡命奔波的穷书生，你为何偏要与我为难；你是因穷困潦倒要来打劫我吗，可我破旧的行囊里仅有几卷友人赠送的诗稿，并无值钱的财物啊！

面对无端而来的狂风，书生万般凄苦，本已经穷困和危难一并加身，这时春风也落井下石地欺负弱者，仿佛苍天都不愿给人活路。

这船上书生，便是词人谢应芳。他生于元末风雨飘摇之世，为躲战乱亡命奔波，数次险遭杀身之祸，挨饿受冻更是家常便饭。这次颠沛流离中搭船路过吴江，屋漏偏逢连夜雨，突然又遇到狂风，自然心生怨怼。

看那狂风施虐的情状，江边的青山被风吹得摇摇欲坠，眼见要倾倒下来，水中的浪头高过了房屋，张大嘴巴要把小船吞噬。风吹得整个世界仿佛都暴怒了，大自然在向人发难。如此的命运多舛又有什么可说，他只好自我解嘲道：“幸年来、阮籍惯穷途，无心哭。”阮籍是晋“竹林七贤”之一，在社会动荡的乱世中，时常独自驾车胡乱行走，一旦前路不通，就号啕大哭一场，用以宣泄自己的

郁闷。阮籍会在动乱时用哭泣宣泄穷途末路的无奈，自己在动乱之世遭际比阮籍恶劣十倍，可连痛哭一场的心情都没有，悲惨到了何种地步。

书生喃喃地自我安慰：自己有幸一向被危难折磨，经历过大风大浪，扛得住雨暴风狂，习惯了打击和痛苦，还是不要效法阮籍的穷途大哭了。恐怕他并没有达到无视危难的豁达境界，此时不过是欲哭无泪罢了，心中尽是麻木和茫然。

眼前的危况只能坐等命运安排，盘算着如能回家，装米的瓶罐已经空空。挨饿受冻的日子仍是难熬，现在和未来都不能由自己主宰，只好无奈地道出：命运哪，你将要把老夫怎样安顿，能给我找个安稳一点儿的隐居之地吗？他在命运乖蹇之下，十分向往找一个地方隐居，寄望能够逃避现实。倘若能寻得一所滨水村落，村边有一座小桥，夜晚有水边的沙鸥相伴，他与鸥鸟相安无事，与这个世界相安无事，该有多么美好！

寻得隐居之所只是词人的理想，或者说是他的幻想。在现实里，他还是要面对眼前的恶劣风浪和未来的艰难困窘，因而他拷问起了自己的内心：“那有许多愁？三千斛！”其实，他的怨情装满心怀，极其郁闷沉痛，是没有办法排遣的。在前途未知生死的乱世里，他的心愁，又何止三千斛呢？

风又飘飘，雨又潇潇

——长相思（山一程）纳兰性德

山一程，水一程。身向榆关那畔行[①]，夜深千帐灯。

风一更，雪一更。聒碎乡心梦不成[②]，故园无此声。

【注释】

①榆关：山海关，在今河北秦皇岛，古称渝关、临榆关、临渝关，明改为今名，其地古有渝水，县与关都以水得名。

②聒：吵闹之声。

清朝康熙二十一年二月十五日，康熙因云南平定，出关东巡，祭告奉天祖陵。纳兰性德随从康熙帝诣永陵、福陵、昭陵告祭，二十三日出山海关。塞上风雪凄迷，苦寒的天气引发了纳兰对北京什刹海后海家的思念，由此他创作了这首《长相思》。

从家乡到塞上，山水漫长，路途遥远，这“山一程，水一程”的漫长旅途，仿佛是亲人一程又一程地送别过来的，因眷恋深深，所以即便分别之后，他看山看水，仿佛都能看到至亲之人的身影萦绕在山光水色里。出于使命，一行人马皆行色匆匆，全身心地奔赴山海关，连康熙帝也和众人一起旅途奔波，他率众星夜宿营，昏黄的灯光在帐篷里闪闪烁烁，偶尔从帐篷的缝隙里闪出，在漆黑夜幕的反衬下，倒也别有一番壮观。

“山一程，水一程”，其中寄托了亲人身影萦绕心间的眷恋；“身向榆关那畔行”，饱含长途跋涉，日夜奔走的疲惫；“夜深千帐灯”，催生了对“大漠孤烟直，长河落日圆”式的壮丽塞上风景的向往。而这一切铺垫，都是为了表达词人对故乡的依恋和怀念。

风华正茂的词人，出身书香豪门，又是皇帝的贴身侍卫，可谓身居高位，本应春风得意，尽情享受，但恰好也是因为那重要的身份，他却不能在京师安稳生活，又因本身心思慎微，也不能全心体验征战驰骋的壮烈情怀。他远别京师，于是常常思及家人，眷恋故土。学者严迪昌在《清词史》里说：“‘夜深千帐灯’是壮丽的，但千帐灯下照着无眠的万颗乡心，又是怎样情味？一暖一寒，两相对照，写尽了自己厌于扈从的情怀。”

夜深人静的时候，最易触发思乡的情怀，何况又逢塞上“风一更，雪一更”的苦寒天气。风雪交加的苦寒夜色里，若有至亲之人与自己相偎取暖，再严酷的环境下也能品味出一丝丝幸福的滋味。可是，眼下他在塞外宿营，夜深人静，风雪弥漫，这壮丽无人共赏，这苦寒亦无人分担，心境难免低落。路途遥远，衷肠难诉，他辗转反侧，难以成眠，于是“聒碎乡心梦不成”的慧心妙语，可谓水到渠成。

他扈驾赴辽东巡视，随行的千军万马一路跋山涉水，浩浩荡荡，向山海关进

发。入夜，营帐中灯火辉煌，宏伟壮丽。夜已深，帐篷外风雪交加，阵阵风雪声搅得人无法入睡。纳兰思乡心切，孤单落寞，在这种情况下，他不由得生出怨恼：“家乡断然不会如此吵闹！”此处“故园无此声”看似无理实则有理：故园自然也有风雪，但同样的寒霄风雪之声，在家中听与在异乡听，感受大不相同。在故园，无论寒风如何呼啸，有亲人相伴，终归是温暖的；如今身处异地，风声也显得聒噪了，雪花也显得凌乱了。

这首词韵律优美、民歌风味浓郁，如出水芙蓉般纯真清丽；又有含蓄深沉、感情丰富的一面，如夜来风潮回荡激烈。

边塞与故乡之间，似乎隔了天涯，可容若时刻把那一方温柔土地，还有生活在那片土地上的至亲之人放在心里，天涯似乎也就没有那么远了，魂牵梦萦中，心与故乡，总是贴得那么近。

载得古今多少恨，白了人头
——浪淘沙（远水接天浮）王越

远水接天浮，渺渺扁舟。去时花雨送春愁。今日归来黄叶闹，又是深秋。

聚散两悠悠，白了人头。片帆飞影下中流。载得古今多少恨，都付沙鸥。

人生不如意事十之八九。命运的大浪浮浮沉沉，又岂是个人可以完全左右的？羁旅之人就像那无根浮萍任凭风吹雨打，他们风餐露宿，心性却也在寂寞的旅途中得到了磨砺，对人生况味、悲欢离合，往往能体会得更加通透。

王越一生三次出塞，身经百战，见惯了战场上的血肉厮杀；他的仕途也起起伏伏，洞察了官场上的尔虞我诈。这样波折的人生经历必然影响着他的文学创作，让他的词别有一番风味。

又是一次漫长的旅程，这一次次的旅程，不知是从何时开始，更不知何日才能彻底结束。他望着浩浩荡荡的江水流向天际，思绪万千，不由得想起了南唐后主李煜的词：“问君能有几多愁，恰似一江春水向东流。”又想起了唐代王勃《滕王阁序》中的“秋水共长天一色”。从古至今，多少文人骚客曾对着这滔滔江水抒发感慨，可这江水从来都是不理不睬，从不会帮助任何人稀释哀伤。江水东流到海不复回，潇洒坦荡，无牵无挂，却扰乱了那江中扁舟上过客离人的思绪。

与山水自然相比，人的力量太过渺小，有风发意气也罢，有老骥伏枥的壮志情怀也罢，终究逃不开滚滚红尘的羁缚，王越也是如此。望着那江水，他只觉得时间就如同这江水一样匆匆流逝。犹记得当初离开家乡时，漫天落红飞舞，仿佛一场花雨打湿了他的心。如今，行走在归家途中，已是深秋，满树的黄叶在眼前闹腾着，迷离了游子的双眼，也迷离了他的心。他已不再是那个“自古逢秋悲寂寥，我言秋日胜春朝”的不羁少年，经历过太多的苦痛与离别，看到满目秋叶，他只会想到自己的人生也已步入了萧瑟的深秋，不觉悲从中来。

聚聚散散，悲欢离合，让他满头华发，人生的光阴正是在一次又一次的出发与归来中流逝的。悲也罢，喜也罢，愁也罢，恨也罢，只能无可奈何地接受。随着这奔流的江水顺流直下，孤帆远影碧空尽，不知词人是否想到了大文人苏东坡的《赤壁赋》。

当年苏东坡与朋友游于赤壁，望着无穷天地、茫茫大江，众人不禁慨叹人生的短暂：“哀吾生之须臾，羡长江之无穷。”东坡先生答曰：“天地之间，物各有主，苟非吾之所有，虽一毫而莫取。惟江上之清风，与山间之明月，耳得之而为声，目遇之而成色，取之无禁，用之不竭，是造物者之无尽藏也，而吾与子之所共食。”这样的超然气度，非常人能及，但每每读到，总会让人心胸开阔。倘若能有这一番豁然胸襟，面对人生中那些不可改变的匆匆聚散与时光飞逝，便无须再垂泪到天明。

既已知逝去之事不可追，未来颠沛不可改，又何必为其苦恼呢？不如抓住眼前的美好时光，享受一切可享受之事，付出所有力所能及的努力，及时行乐，又只争朝夕。想来古今多少恨事，都能被江水承载，都能赋予沙鸥，让那滔滔流水，也将他所有的愤懑和感伤，全都送入大海吧！

心随伊人走天涯，伤心别处
——水龙吟（短亭休唱《阳关》）白朴

丙午秋到维扬，途中值雨，甚怏然。

短亭休唱《阳关》，柳丝惹尽行人怨。鸳鸯只影，荷枯苇淡，沙寒水浅。红绶双衔[①]，玉簪中断，苦难留恋。更黄花细雨，征鞍催上，青衫泪，一时溅。

回首孤城不见，黯秋空，去鸿一线。情缘未了，谁教重赋，春风人面？斗草闲庭，采香幽径，旧曾行遍。谩今宵酒醒，无言有恨，恨天涯远。

【注释】

①红绶：指绶带鸟，即练鹊，雄鸟有红色羽冠，尾部有两根长羽毛；雌鸟则羽冠不显，尾部无长羽毛。

白朴在五十五岁时，遭遇了丧妻之痛，后又幸得一侍妾陪伴在他左右。这女子不仅美丽温柔，还善解人意，以至被白朴引为“知音”，形影不离。然而，元大德十年（公元1306年），已经八十一岁高龄的词人不得不又一次面对命运的捉弄——这名温良贤淑的侍妾不幸病逝，这让耄耋之年的词人伤心不已。这年丙午，他游至扬州，天下起绵绵细雨，他追忆往事不觉悲从中来，无依无靠之感顿生，孤独寂寞之情蔓延，遂作此词。

红颜如花，流年似水，人生最难躲开的是命运的无常。

在这首词的开篇，他就将汹涌的伤感倾泻在纸上了。此时此刻他将离开扬州，有好友前来送别，于是长亭外、古道边，又上演着一幕人间离别的悲伤事。趁着离别的氛围还没有浓郁起来，他赶紧对友人说：“请千万不要再唱《阳关曲》了，也不要再折柳为我送别！”歌《阳关》、折绿柳，本是古人送别的传统，以示留人之意，并寄予美好的祝愿，但他在此却央求朋友们不要再做这些事，实在是因为他心里的愁苦太深，已经没有办法再承受分毫离愁了。

想他以八十高龄，人世间的分分合合、聚聚散散必然已经经历了无数次，早就不该轻易被离愁困扰，那么，纠缠着他的内心，让他痛苦不堪的原因究竟是什么呢？原来是看到“鸳鸯只影，荷枯苇淡，沙寒水浅”，不知不觉就触动了他对逝者的怀念。当年他与侍妾朝夕不离，出双入对，可佳人病逝，只留下他一人形单影只，就像那只失了伴侣的鸳鸯，孤独地浮在荷花枯残、苇叶萧索的池塘里。

一双练鹊从空中飞过，双双对舞，让茕茕孑立的白朴更觉孤单，更加思念如“玉簪中断”的温柔侍妾，没有她陪伴自己欣赏扬州的风光，风景再美也没有可留恋的了。于是他收拾行囊，备好车马，打算快快离开这徒惹伤心的城市。谁料本已经马上就能摆脱这伤心地了，偏又下起雨来，细雨霏霏，如同雪上加霜，但即便天气如此糟糕，也不能阻挡他离去的决心——这处处勾人伤怀的城市，他一刻也不想停留了。于是迎着细雨催马上路，泪水也随着雨水一并落下，打湿了身上青衫。若体贴入微的她还在身边，定然不会让他冒雨赶路，也定会为他擦去伤心的泪，岂会让他伤心至此？

本以为离开这座城市，就能摆脱伤心，谁知那城郭已经消失在视野里了，他还是没有从心灵的阴霾中走出。抬头只见天空灰蒙蒙的，南去的雁阵排成整齐的一行，逐渐消失在天际。大雁归家，尚要成群结队、三三两两，而他耄耋之年却还要孤身赶路，真是可怜可叹，令人唏嘘。

多么希望此时此刻，她还能陪伴在自己身边。深情未了，她那美丽如春的面容却再也不会出现在自己面前了。倘若此生再有机会，能像以前一样在闲庭斗草，在幽径采香，携手同行游遍江南，那该有多好啊！可他自己也知这是再也不会实现的奢念罢了。佳人已经香消玉殒，长眠于地下，想到这个事实，年迈的词人不禁老泪纵横！

想到昔日才子柳永与情人离别，曾道一句：“今宵酒醒何处？杨柳岸、晓风残月。”毕竟是人间生离，纵使有千般万般的不舍，心中总会有几分再相逢的盼望，所以那些不舍的情绪也能被水酒渐渐冲淡，醉后醒来，也能从那杨柳风月中得几分雅趣。而白朴此时面临的却是人间死别，重逢无期，纵使也同样借酒麻痹痛苦的心，可酒醒之后，愁意恨意半分未消，纵使他行至天涯海角，那缱绻深情不再复得的恨意，也会如影随形。

男女之爱，也如一片脆弱的花田，开出过一次妩媚的花朵之后，便会迎来长久的荒芜。繁华落尽，尘世之苦，最莫过于生死离别之痛，白朴这一生，苦乐相依，人间相依之喜、相离之悲，他也都品尝到了。

第四篇
睹物如墨
一世情缘却是一滴红尘泪

第十章
惬意的温柔，落得芳华最深处

寂寞无依，只能暗暗垂泪
——浣溪沙（倾国倾城恨有余）薛昭蕴

倾国倾城恨有余，几多红泪泣姑苏①，倚风凝睇雪肌肤②。
吴主山河空落日③，越王宫殿半平芜④，藕花菱蔓满重湖⑤。

【注释】

①姑苏：山名，今苏州市西南，亦作苏州的别称。据《吴越春秋》记载：越国为了让吴国退兵把西施赠予吴国。后来吴王命人修建姑苏台，常与西施在台上宴饮。

②凝睇：凝聚目光而视。这里是微微斜视而又含情的意思。雪肌肤：肌肤白嫩、细腻而润滑。《庄子》：“肌肤若冰雪。”

③“吴主”句：吴王夫差的江山已覆没。落日：喻亡国。

④“越王”句：越王勾践的宫殿被荒草掩盖。芜：丛生野草。

⑤菱蔓（wàn）：菱角的藤子。重（chóng）湖：湖泊一个挨一个地连在一起。

春秋战国时期，吴国与越国连年征战，越王勾践因战败而成为阶下囚，忍气

吞声数十载才被放回越国。从此勾践卧薪尝胆，决心一雪前耻。为了迷惑吴王夫差，勾践把拥有倾国美貌的西施送给吴王。这个美貌的女子，因为国与国之间的纷争，葬送了幸福，成了可怜的牺牲品。她虽有沉鱼落雁、闭月羞花之容，却逃脱不了命运的捉弄，实在让人叹惋。

倾国倾城又能如何，背井离乡的苦楚有谁知道，又有谁真正关心她所期待的幸福究竟是什么？在那姑苏台上，夫差日日欢歌宴饮，西施只能强颜欢笑，博君王欢心。虽有万千宠爱在一身，但于西施而言，这并非真正的快乐。宴饮后，歌舞罢，她孤身一人站在那姑苏台上，寂寞无依，只能暗暗垂泪。晶莹的泪珠如断线的珠子，簌簌而落，打湿了脸上的脂粉，她形容狼狈，心却更加憔悴。

所有女人都想拥有像她一样的美貌，她却只恨这容貌毁了她一生。多少个夜晚，她因为思念家乡而不能入睡，披着薄薄的衣裙站在寒风中凝望故乡，肤白胜雪，可又有谁来疼惜，满心苦闷，又有谁来倾听？

这样一个绝美的女子，演绎了古代历史上一段凄冷故事。只不过，大多数人只记住了吴越相争的征战伐戮，却不关心那个无辜女子的喜怒哀乐。自古红颜多薄命，或许她也不想被卷入那惊天动地的历史大事里，只想平平淡淡地生活，可惜生不逢时，乱世之中，谁又能决定自己的命运。

功成名就也罢，碌碌无为也罢，最终还不是都消失在历史的长河之中？谁也不能阻止历史的车轮向前行驶，至于这车轮下有多少人丧了命，也无人过问。苏轼曾在《赤壁赋》中感慨：曹操当年是何等气魄，“舳舻千里，旌旗蔽空，酾酒临江，横槊赋诗，固一世之雄也，而今安在哉”？诚然，一切都会过去，在历史面前，个人的得失微不足道。

夫差让勾践喂马看墓也好，勾践一举灭吴、雪洗耻辱也罢，看看现在的山河，哪里还有半点他们的踪迹？如今已不再是吴王的天下，勾践的宫殿也成为一片废墟，杂草丛生，一片破败景象。兴衰成败都成了过眼云烟，实实在在的，只有那红荷绿菱，一层盖过一层地铺满了整个湖面，年复一年地宣告着春去夏来。费尽心机，兴师动众，到底是为了什么，一辈子机关算尽，最后不也是深埋黄土的结局吗？

李若冰先生曾在《栩庄漫记》中评价这首词说：“伯主雄图，美人韵事，世异时移，都成陈迹。”薛昭蕴是唐末官吏，他生活在乱世里，眼看着各地战火纷飞，民不聊生，词人内心也是心如刀绞，又想到雄图霸业转眼成空，才写下了“吴主山河空落日，越王宫殿半平芜”这般苍凉的诗句。

穿过历史的烽烟，在那姑苏台上，西施泪水涟涟，为着自己的身世命运暗自伤神。她可曾知道，千百年后，有一位词人能真正读懂她的不幸。只叹美人韵事，转眼成空，纵有人怜惜又有何用?

似花还似非花，情怨离人泪心间
——水龙吟（似花还似非花）苏轼

次韵章质夫杨花词[①]

似花还似非花，也无人惜从教坠[②]。抛家傍路，思量却是，无情有思。萦损柔肠[③]，困酣娇眼[④]，欲开还闭。梦随风万里，寻郎去处，又还被、莺呼起。

不恨此花飞尽，恨西园、落红难缀[⑤]。晓来雨过，遗踪何在，一池萍碎。春色三分，二分尘土，一分流水。细看来，不是杨花，点点是离人泪。

【注释】

①次韵：依照别人的原韵而且依照其先后次序写诗或词。章质夫：苏轼的朋友，经常和词人诗词酬唱。

②从教：任凭。

③萦：萦绕、牵念。

④困酣：指十分困倦。娇眼：美人娇媚的眼睛，用来比喻柳叶。

⑤缀：联结。

东坡想起咏杨花的时候，其友人章质夫的杨花词《水龙吟》已是传诵一时的名作，于是东坡和了章质夫的旧韵创作了这首词，隐含赛诗的意味。且先看章质夫的词：

燕忙莺懒花残，正堤上柳花飘坠。轻飞点画青林，谁道全无才思。闲趁游丝，静林深院，日长门闭。傍珠帘散漫，垂垂欲下，依前被、飞扶起。

兰帐玉人睡觉，怪春衣、雪沾琼缀。绣床渐满，香球无数，才圆却碎。时见蜂儿，仰粘轻粉，鱼吹池水。望章台路杳，金鞍游荡，有盈盈泪。

当年李白到了黄鹤楼，望着巨浪排空、滚滚洪流的长江水，诗兴大发。但突然看见崔颢的题诗“昔人已乘黄鹤去，此地空余黄鹤楼……”不禁心生嫉妒，恨崔颢占了先机，于是悻悻地写了首打油诗：“一拳打碎黄鹤楼，一脚踢翻鹦鹉洲。眼前有景道不得，崔颢题诗在上头。”可见同题赋诗，常常是先成者占了优势，但也并非全是如此，譬如章质夫就是那倒霉的例外。

苏东坡的杨花词一出，世人即不再传章质夫的词，或称“质夫词，手工；坡老词，仙手”，或谓“坡公词潇洒出尘，胜质夫千倍”。次韵压倒了原作，也不知章质夫是否后悔曾作过这一首《水龙吟》。

王国维在《人间词话》中肯定东坡此词是“最工”的咏物词，之后还不忘挖苦章质夫：“东坡《水龙吟》咏杨花，和韵而似原唱；章质夫词，原唱而似和韵。”山寨压过原创，原创竟更成了山寨。人的才华高下真不可勉强。正如欧阳修名言：“文章如精金美玉，市有定价，非人所能以口舌定贵贱也。”

“杨花”是古诗词中常出现的意象，便是柳絮。古人一般称柳树为杨柳，故柳絮也常被称为杨花。柳絮细小无华，既无醉人香气也无绚烂色彩，“似乎而又非花”。因其似而不似，所以世人不知珍惜，任其坠落。“抛家傍路”三句，正是传神之笔，“抛家”是无情地离枝，“傍路”却是杨花自有其思量，一抛一傍皆含情思，此处已经暗寓离人心思异动、牵挂远方，为后面杨花的描写由神似而至人化埋下了伏笔。

大概因杨花的漂浮不定，世人常以“水性杨花”来指斥轻浮的女子。可在诗人们眼里，更多见的是杨花飘零离散、流落人间的命运。它们是那么轻，那么柔，仿佛没有重量，没有筋骨。它也不香、不艳，连世人的怜悯都挣不到。

遇得春光明媚、暖气袭人的日子，一朵朵汇成一丛丛，大片大片地飞舞着，捉弄路上的行人。可是这欢愉是脆弱的。一场雨浇下来，空中的柳絮便一朵不剩，遗踪何在？只有一池萍碎而已。古人误信柳絮落水之后会变成浮萍，可事实上，杨花却是化不了浮萍的，只能混入泥土，便似《红楼梦》里的林黛玉所言那样：“嫁与东风春不管，凭尔去，忍淹留！”

柳絮像人一样，无来由地被抛在无情的人世间，它们互相追逐，想要成对成

球，是要寻找寄托和依靠。但漂泊之命难违，再玲珑美好，又有什么风流可说？柳絮仿佛从来没有年轻过，生来就是白头。谁拾谁收？世人有几个会像潇湘妃子一样懂得葬花呢？想葬也难葬，飘来飘去，难拾难收。最后的命运，只能是嫁与东风，随意飘到哪里，到哪里便埋在哪里。

从飞离树枝的那刻起，杨花才算有了自己的生命，可它掌握不了自己生命的行程。它可以随风飞扬，却也难逃被雨水浇成“一池萍碎”。所以流落的文人和薄命的红颜，才会在杨花身上看到自己的命运。杨花是漂泊无常的象征，是聚散匆匆的见证。东坡此词虽有游戏之意，但若没洒过几次“点点离人泪”，是写不出这样动情的篇章的。

寒梅难解心事，老尽少年心
——虞美人（天涯也有江南信）黄庭坚

宜州见梅作

天涯也有江南信，梅破知春近。夜阑风细得香迟，不道晓来开遍向南枝。

玉台弄粉花应妒，飘到眉心住。平生个里愿杯深，去国十年老尽少年心。

黄庭坚生于北宋，字鲁直，自号山谷道人。他天资聪颖、才华横溢，是真正的少年才子，在当时颇具盛名，与秦观、张耒、晁补之并称为“苏门四学士”，常在一起诗词往来，游山玩水。生活安逸顺遂，不知惹得多少人羡慕不已，但是黄庭坚对这样的日子却并不满意。在他内心深处，还有自己想要追寻之事，而至于所追求的究竟是什么，他有时候也是稀里糊涂的。“谪仙何处，无人伴我白螺杯。……醉舞下山去，明月逐人归。”便也难怪他的词里常有这样迷茫的感慨。

世间有太多东西不能尽如人意，包括自己所要走的道路。黄庭坚自负其才，却始终感到无所适从，知音难觅，他向往有一个如同陶渊明笔下的桃花源那样的理想王国。可是，桃源虽美，终究是被陶渊明臆造出来的，终究是子虚乌有。

理想与现实最大的差距便是距离感。现实虽近，近在咫尺，却让人乏味；理想虽美，可惜远在天涯，难以触碰。不然黄庭坚也不会感伤："人间仙境虽好，却花深露重，难以久留。"

他一生有才无运，忙忙碌碌大半世，夙愿也未能实现，就连生存现状也是每况愈下。花甲之年，他又遭逢贬职，被远派宜州，远离了江南之地。那时已经年老体迈，即使想以远行来排遣怨气也是有心无力了，所以，晚年的黄庭坚更是体会到了寂寞徘徊之心态。正感叹天涯飘零、孤苦无依，他忽然见到了盛开的梅花！宜州地处偏僻，远离京师，确实能给人"天涯"之感，但在这样的偏远之地，竟然也有梅花绽放，怎不让词人欣喜非常。于是他便创作了这首词，以赞美那在苦寒之时给予他精神慰藉的宜州红梅。

南朝陆凯寄赠范晔梅花一枝并附有诗一首："折花逢驿使，寄与陇头人。东南无所有，聊赠一枝春。"由此之后，梅花便成了江南春信、故乡消息的象征。黄庭坚在贬地忽逢梅花，惊喜非常，自然而然想起了江南之春。"天涯"与"江南"的对比，意在传达：即使身在天涯海角，也能知春、欣赏春色、感受春意，这与身处江南无异，颇有苏轼词中"此心安处是吾乡"的意味。

这梅花似是经了一夜风吹便全部绽放了。夜深人静时，天地俱寂，幽香阵阵，然而睡梦中的词人却不知这香味来自何处。等到清晨起来，才知道原来是梅花开遍了南枝。

欣喜地赏着梅花，忽然就想起了女子的"梅花妆"，也想起了南朝宋武帝之女寿阳公主。寿阳公主曾在梅花树下小憩，凋谢的梅花恰好落在她的眉间，仿佛印上了花印，后来她便照着梅花的形状来装扮自己，后宫佳丽又纷纷效仿，梅花妆风行一时。女子爱梅花之美，于是以梅贴额打扮自己。女子有爱美之心，男子又何尝不是，这种心情正与词人见梅的喜悦心情相重叠。而老病多愁的词人，在见到梅花之后得到了片刻的安慰与解脱，这也是梅花的功劳。

虽有解脱之感，毕竟也还是短暂的。黄庭坚以写梅开始，自是表示他难掩心中的惊喜之情，溢于言表，便用典故含蓄地将心中所感记于纸上。虽然没有描写落花流水，没有感叹伤春情怀，但只是从春写起，便已使寂寞之情跃然纸上了，对往日的回忆如潮水般涌出。

想起年轻的自己，曾踏访各地，虽不算得志，但总是心怀理想，而对比如今，已是垂垂老矣，雄风不在。就像春天的影踪一般，人生的年华也是稍纵即逝，无处可寻觅，比起一去无迹的岁月来，除了在这里咏叹芳菲情思，看着飞鸟

盘旋离去，人世间还有什么事情值得自己再去做的呢？

几十年的政客身份，几十年的词人生涯，还有这几十年来行走于山水之间的日子，早已不知所终，就像秋去冬来、冬走春至一样，花开花谢，少年时的情怀早就散落天涯，而今所有的只是落寞心境。在春风再起之时，一名老朽独占春色，阳光在他身后投射出斜长的影子，如同用手轻轻荡开的水纹。

青莲误春风，又被秋风误
——踏莎行（杨柳回塘）贺铸

杨柳回塘，鸳鸯别浦，绿萍涨断莲舟路。断无蜂蝶慕幽香，红衣脱尽芳心苦。

返照迎潮，行云带雨，依依似与骚人语。当年不肯嫁春风，无端却被秋风误。

“予独爱莲之出淤泥而不染，濯清涟而不妖，中通外直，不蔓不枝，香远益清，亭亭净植，可远观而不可亵玩焉。”这段话出自北宋学者周敦颐的名篇《爱莲说》，他极爱莲花，于是以浓墨重彩描绘莲的气度、风节，丝毫不吝溢美之词，寄托着自己对理想人格的肯定与追求。与周敦颐同时代的贺铸也喜莲花，并作词《踏莎行》以讴歌，不过，他并没有像周敦颐那样在字里行间寄托情志，而是寄托了自己如莲花一样不被游人欣赏的遭遇。

贺铸，字方回，是宋太祖贺皇后的族孙，所娶之妻也是宗室之女，是正宗的皇亲国戚。然而他却始终不得志，初为武职，位低事烦；后改为文职，亦不能实现理想与抱负，终于请辞，定居苏州。贺铸与北宋其他词人不同，他生于“军人”世家，也从武职开始做起，从小就希望能够为江山社稷效力。只可惜，大宋朝重文轻武，他空有为国之志，却难寻报国之门，心里也有无穷苦闷牢骚，只能借写莲花纾解情怀。

鸳鸯结对在曲回的池塘里嬉戏，周围环绕着茂密的杨柳，柔枝下垂，不经意间点动水面，一圈圈波纹荡漾开去。碧绿的浮萍长势旺盛，几乎把采莲人摇船的水路都给阻断了。莲生长的环境如此优雅，植物的生发又如此充满活力，然而，这盎然生机并没有给贺铸带来明亮的希望，他的心情一如无人欣赏的莲花那样落寞不堪——尽管莲花长在生意盎然的环境当中，长势喜人，且有幽幽暗香浮动，但并没有吸引蜂蝶前来嬉戏耍闹，更没有游人驻足观赏，只能寂寞地开，然后寂寞地落，直到凋落殆尽，显露出内部苦涩的莲蓬，才算完成了这一季的生长。

这也正如女子容颜老去、繁华散尽而无人欣赏；又如英雄暮年壮志未酬，一片丹心无处寄托。贺铸心中郁结的不被知遇的无奈，满腹乾坤不得施展的压抑，就如莲心之苦，让他苦不堪言。

夕阳照映在水面之上，泛起粼粼波光，上涨的潮水也通过细长的水道涌了过来，飞逝的流云夹杂着淅淅沥沥的细雨，打在莲花和浮萍上。它们微微颤动着，仿佛在低声耳语，而这耳语的对象，正是懂得它们的“骚客”，也就是词人。它们也许在痛诉自己无人问津、余红空落的苦闷，也许在感叹随时被风雨摧残的命运。莲花向词人诉苦，词人也向莲花袒露心声，将自己完全纳入莲花随风依依而舞的意境中，达到了物我合一的境界。

他与那莲花，究竟是为何而苦呢？“当年不肯嫁春风，无端却被秋风误。”春天万物复苏，百花齐放，可莲却不同于一般花草那样媚俗争宠，默默地等待夏的到来。然而莲花刚刚盛放，肃杀萧瑟的秋风便接踵而至，残忍地将莲花吹败，令其孤单落寞地收场。莲花的这种遭遇，正与词人的入仕经历暗合——当年他清高孤傲，不肯与世俗合污，又不懂得明哲保身，屡遭冷遇后，只得空怀抱负愤恨离去！

时光是绝对不会在原地等待，任他重整旗鼓、重新上路的，岁月如流水匆匆，他渐渐老去，与理想的距离也就越来越远，最后只能吟莲花，空叹哀愁。

曾有人如此形容失意的爱情：“一棵树结满果实，从夏留到秋，从秋留到冬。”这甜美的果实，已经做好了被采摘的准备，遗憾的是却无人来采摘，只能在寂寂寒冬里孤独坠落。莲花的遗憾、贺铸的遗憾，大抵也是类似的，虽不是为爱情而生，却也让人断肠。平生志向最后落空的无奈与悲凉，便也如果子坠地那一刻。

幽兰寻芳侣，香在无心处
——卜算子（松竹翠萝寒）曹组

松竹翠萝寒，迟日江山暮。幽径无人独自芳，此恨凭谁诉？

似共梅花语，尚有寻芳侣。着意闻时不肯香，香在无心处。

古心词韵

宋代的文人享受的待遇无比宽松，即使在朝堂上顶撞了君主、得罪了权贵，顶多也就是被贬谪或流放，很少被处以重罚，更谈不上死罪，入则为官，出则为仙，大概会令其他朝代文人羡慕不已。所以朝中有如苏轼、辛弃疾一般屡跌屡起、越挫越勇的人，前赴后继地拥戴这个软弱的朝廷；又有很多人对远离了红尘的隐逸世界充满向往，羡慕闲云野鹤般的悠游自在，如“梅妻鹤子”的林逋，如“堪笑一场颠倒梦”的朱敦儒，如只爱农桑田园的范成大。但大多数人，还是游离于这两者之中，在仕与隐、出世与入世之中摇摆不定，譬如这首咏兰词的作者曹组。

以花草寄托志向和怀抱的手法古来有之，其中梅兰菊竹这花中四君子更是文人最爱。屈原在《离骚》中写有“扈江离与辟芷兮，纫秋兰以为佩”，“余既滋兰之九畹兮，又树蕙之百亩”等诗句，以幽兰自比，尽显高洁无染的品格。曹组在此也是如此，借咏兰以述怀。

这兰花居处是何其清幽雅致！她与“松竹翠萝”生长在一起，人道是“近朱者赤”，有这样的好朋佳侣，这兰花怎么可能不具有高尚的情操呢？幽兰于春天吐芳，在这和煦的春日黄昏，她在风中摇曳生姿，倩影淡雅清绝。比起人来人往的驿道，兰花更适合生长在空谷之中；那么，比起在明亮的阳光下招展花瓣，兰花应更适合在暮色之中冷寂无声地绽放。

遗憾的是，兰花芬芳如此，却无人领略。“幽径无人”，她依旧“独自芳”。一片芳心难免有怨有恨，欲诉无由，知音难觅，真是令人惆怅。此处也寄托着词人的感慨：志节高尚者，往往处于和者寡、高处寒的境地里，为了坚守心中的信念，就必须承受常人不会受到的冷遇，必须忍耐常人无须体会的孤独。即便如此，志节坚芳者依然此心不改。

若非要寻个知己，凌霜傲雪的寒梅或可与之为友。想来这兰花与“松”“竹”共居，又以“梅”为友，其高洁姿态在此又得到了进一步的展现。只有敢与凛冽寒风相抗的梅花，才有资格与幽兰“共语”，可是梅花也尚且有寻芳之人驻足观赏，为什么自己只能在幽径独开呢？“尚有寻芳侣”与上阕中的“独自芳”相对应，表现了兰花的矛盾心情：既要保持高洁，又希望有人来欣赏——这实际上也是词人心境的写照，他希望空谷中有人来“寻芳”，这说明他既希望归隐，保持清高的节操，又不忘仕途，希望能遇上赏识自己的伯乐。

兰花的幽香是若有若无的那一类，特意闻时，反而闻不着香气；无心嗅时，却觉得清香馥郁，沁人心脾。“不肯”二字，仿佛赋予了兰花孤高而别扭的性格，也将词人在“入世”和“出世”之间徘徊矛盾的心态表现得含蓄贴切。

在那如春光一样短暂、如花的生命一样短暂的人生里，是努力寻求仕进，还是清净自在些为好，实是一个难以抉择的命题。家国天下浩渺无边，自有一番广阔天地任人施展作为，可那高山流水、清风明月，也有让人不忍放下的魅力。这幽兰之香，正在无心之处，可倘若心太沉重、太复杂，那么快乐与纯粹都会被打了折扣。

何日遣冯唐？至老鬓已霜

——江城子（老夫聊发少年狂）苏轼

密州出猎

老夫聊发少年狂①，左牵黄②，右擎苍③，锦帽貂裘，千骑卷平冈④。为报倾城随太守⑤，亲射虎，看孙郎⑥。

酒酣胸胆尚开张，鬓微霜，又何妨。持节云中⑦，何日遣冯唐？会挽雕弓如满月⑧，西北望，射天狼。

【注释】

①老夫：词人自称。

②黄：黄狗。

③苍：苍鹰。

④千骑（jì）：形容随从众多，也暗指词人知州的身份。

⑤报：报答。

⑥孙郎：孙权。郎是古人对少年男子的美称。

⑦节：兵符。云中：地名，在今山西大同一带。

⑧会：应当。

苏轼的确是个书生，温文尔雅，对《诗》《书》《礼》《乐》是行家里手，诗词歌赋是家常便饭，似乎很难和“弯弓射大雕”的壮士联系起来。可这一次，他却给自己塑造了一个英雄的形象。

宋神宗熙宁八年，苏轼任密州知州。当时，密州大旱，苏轼率众前往附近的常山祈雨，后果得雨，于是又一次去常山祭谢。归程途中，他绕道常山东南的黄茅冈习射会猎，参与这次狩猎的还有同官梅户曹。这次打猎所获甚多，苏轼振奋而喜悦。

兴奋之余，苏轼不仅写了《江城子·密州出猎》这首流传千古的豪放词，还作了一首诗——《祭常山回小猎》：

青盖前头点皂旗，黄茅冈下出长围。
弄风骄马跑空立，趁兔苍鹰掠地飞。
回望白云生翠巘，归来红叶满征衣。
圣明若用西凉簿，白羽犹能效一挥。

将一词一诗结合来读，才能看到更完整的盛况。事实上，苏轼先写了诗，觉得意犹未尽，然后才又作了词，但“后来居上”，传诵更广的正是这首余兴未了之作。有时候，诗词的命运就像诗人的命运一样难测。

自称“老夫”的苏轼在这一年刚满四十岁。正年富力强，他却自称“老夫”，是否意味着宦海浮沉多年，他已身心疲惫？

打猎的队伍千骑呼啸，席卷平冈。广袤的围场内，呼鹰策马，箭镞纷飞，紧张而热烈。健马奔跑，如龙一般，带着阵阵疾风。苍鹰为了追逐狡兔，掠地低飞，几乎擦到了草尖。城中百姓听闻太守田猎的壮举，于是倾城而出，蜂拥至黄茅冈前。正在兴头上的太守，看着密密麻麻的围观者，豪情更增，心中暗暗下劲，一定不要负满城父老的信任。说时迟，那时快，只见一头猛虎向苏轼的坐骑猛扑过来。苏轼拈弓搭箭，瞄准那大虫的前额，只听“嗖”的射箭声从耳边掠过。

对历史典籍熟稔在心的苏轼心想，自己此时的风采定然不输三国的孙权。孙权曾被他的敌人曹操赞赏——“生子当如孙仲谋”。孙仲谋自幼文武双全，早年随父兄征战天下。某次征战归来途中，在庱亭乘马射杀猛虎。不过如果看史书的详细记载，故事没有那么干脆利落。孙权射虎之后，受伤的老虎把孙权乘坐的马伤了，跌落地上的孙权将“双戟”向虎投去，老虎倒退，然后在一位随从的协助下，把这只虎俘获了。

也许苏轼在黄茅冈打猎时并未真的射杀过老虎，但亦足见猎手意气风发。他有此本事，应当去战场杀敌，报效国家。此时，威威大宋正被小国西夏欺侮。熙宁三年，西夏大举进攻环、庆二州，四年占抚宁诸城。

谁说文人不能征战？在“五胡乱华”的南北朝乱世，西凉主簿谢艾就曾“白马轺车破麻胡”，打破了“百无一用是书生”的谬见。谢艾本是一名儒生，西凉又国小兵寡，但谢艾如韩信再生，曾三次大败中原来的胡族大军。谢艾临阵时“乘轺车，戴白窥”，一副儒生打扮，仍可屡建奇功。

《乌台诗案》记了苏轼自己对“圣明若用西凉簿，白羽犹能效一挥”两句的解释：“意取西凉主簿谢艾事。艾本书生也，善能用兵，故以此自比。若用轼为将，亦不减谢艾也。”苏轼的确是想着去西北战场杀敌报国。但是，“持节云中，何日遣冯唐？”

汉文帝时云中太守魏尚抗击匈奴有功，但因报功不实，获罪削职。后来汉文帝听了冯唐的话，派冯唐持节去赦免魏尚，仍叫他当云中太守。苏轼是以无辜被贬的魏尚自比，隐晦地表达朝廷对自己的忽视和不公。他盼着“冯唐”持节来密州，带来让他再书“谢艾”传奇的机会。尽管心有不甘，但此时的苏轼仍是豪情满怀：“会挽雕弓如满月，西北望，射天狼。”

对这首词，苏轼很是惜重，曾致书友人：“近却颇作小词，虽无柳七郎风味，亦自是一家，呵呵。”他已意识到，在柳永“杨柳岸，晓风残月”的词风之

外，自己正别立格局。

苏词之前，虽无“婉约”之称，但多数词人的词风皆可划归到婉约一派，尤其李煜、温庭筠、晏殊、柳永等著名词人，其词作更多是花间月下、倚红偎翠的点缀。之间偶尔有几首风格稍显豪迈之作，也被风花雪月、郎情妾意所湮没。直到苏轼，豪放词才可与婉约分庭抗礼，词坛也更丰富多彩起来。

虽然有词评家论“词至东坡，其体始尊”，但也有人不买苏轼的账。譬如才女李清照就觉着东坡词是“句读不葺之诗”，读来“往往不协音律”，不符合词的本色。陈师道也讥笑苏轼“以诗为词”，“虽极天下之工，要非本色”。然而，东坡词亦可歌，不过换了格调而已。

《江城子·密州出猎》是苏轼创作较早的豪放词，作出之后，苏轼招来多名山东大汉，让他们“抵掌顿足而歌之”，与世俗常见的十七八女孩手中的红牙板不同，苏轼选用的伴奏是“吹笛击鼓”，其效果是“颇壮观也”。壮观之歌，亦是歌矣，且把文人的英雄梦想，尽兴唱了个酣畅淋漓。

零落成泥碾作尘，只有香如故
——卜算子（驿外断桥边）陆游

咏　梅

驿外断桥边，寂寞开无主。已是黄昏独自愁，更著风和雨。

无意苦争春，一任群芳妒。零落成泥碾作尘，只有香如故。

积贫积弱的宋朝，其实比任何一个时代都需要英雄。只有英雄们的铁血和热情，才能铸造起一道坚固的长城，抵抗少数民族的骚扰。然而，这似乎又是一个“英雄过剩”的时代。宋朝的英雄打仗的时候并不多，更多的时候都是朝廷在对外求和。生在一个英雄无路的朝代，所有浪漫或现实的英雄主义都是一种悲哀。岳飞、陆游、辛弃疾等人都是此类例证。

陆游生在北宋灭亡之际。这特殊的年代，早早地激发了他的爱国情怀，令他的一生都深深地沉浸在这份激情中。生于国家破败之时，复国之梦犹如不屈的灵魂，深深地注入在陆游的血液中，并伴随岁月的起伏逐渐融化在他的心里。可惜的是，他一生无数次请缨，却屡遭罢黜，最后不得不退隐田园，发出“壮士凄凉闲处老，名花零落雨中看”的感慨。

纵然有那么强烈的不满，有时候却也不能直言不讳；更何况，这复杂的心思即使说出来，也未必人人都懂。纵使身边人也不懂得他的心思，他也不是孤单的，起码还有枝上寒梅是他的知己——一首《卜算子·咏梅》，状似在歌咏梅花，其实是陆游借梅花自喻，用桥边寂寞的梅花暗自开放的清香，来衬托自己高洁的气质，与周敦颐以“出淤泥而不染，濯清涟而不妖”的莲花形象自喻乃是同旨。

他所咏之梅并非身处名园，而是开于驿所外、断桥旁。驿站是旅人短暂休憩之所，故而来来往往都是路人，即使有人被梅花之美、之香吸引，也不过驻足观赏片刻，然后就转身离开。所以词人说它“寂寞开无主”，得不到主人悉心照料，只遵循自然规律，年复一年荣枯交替。更有时候，常年无人往来此间，它是开是谢、是枯是荣，都与旁人没有关系，只有路边扬沙与它共舞。这梅花的境况，用“无人关注、独自枯老”即可概括，词人的遭遇也是如此——得不到朝廷重用，满腔爱恨无人共鸣。

日暮时分，荒郊野岭之地，寒冷的夜晚即将来临，这梅花的境遇本已十分愁苦，偏又遭遇风雨，正是应了“屋漏偏逢连夜雨”的俗语。春雨极寒，若再被风裹挟，简直冰凉刺骨，也不知这梅花究竟能不能挨到天亮。

梅花的境遇，就是词人的境遇，现实的风雨尚可忍受，可心志无人共鸣的孤苦更加折磨人。词人究竟恪守着怎样的节操，才会痛苦至此？下阕中那拟人化的梅花就是词人的写照。

梅花开放的时节，冰雪尚未消融。唐人张谓的《早梅》有“不知近水花先发，疑是经冬雪未消”，便是梅花凌寒而发的姿态。但其他花草都是春暖才开，争奇斗艳。与“群芳”相比，梅花不趋时流，特立独行，它并非为了“争春”才开放，至于“群芳”的妒忌，它也并不在乎。可见词人即使不合于世俗，依然决意坚持自己的原则和立场，绝不苟同于朝中那些怯懦求和的小人。

风一阵紧过一阵，雨也滴滴答答落个不停，梅花在风雨中饱受摧残，却仍是傲然不屈。凄风苦雨终于停下，梅花零落满地，甚至被吹到驿道上，经马踏车碾，与泥水合在一处。这份凄惨与狼狈，简直惨不忍睹。但是陆游却能以一句力挽狂澜，将这凄凉之意全盘化解——“只有香如故”！纵使被残酷的现实欺凌打压，纵使周围尽是污浊，梅花依旧散发着阵阵幽香，丝毫没有消减！这一幕情景，何其振奋人心！词人亦是在借此阐明心声：无论此生遭际如何坎坷，结局多么落寞，但精神不死，人格永恒。

梅花的清香扑面而来，陆游的风骨同样显得卓尔不群。苏轼说，“江山风月，本无常主，闲者便是主人”。各花入各眼，有的人可以从自然常态、落花流水中读出青春易逝，人生苦短；而有的人却可以于落花成泥的苦涩与狼狈中，唱出一支令人振奋的歌。这篇词，亦如那词中的梅香，千百年来从不曾淡去。

春风知别苦，不遣柳条青
——金明池（有恨寒潮）柳如是

有恨寒潮，无情残照，正是萧萧南浦。更吹起、霜条孤影，还记得、旧时飞絮。况晚来，烟浪迷离，见行客，特地瘦腰如舞。总一种凄凉，十分憔悴，尚有燕台佳句。

春日酿成秋日雨，念畴昔风流，暗伤如许。纵饶有、绕堤画舫，冷落尽、水云犹故。念从前、一点春风，几隔着重帘，眉儿愁苦。待约个梅魂，黄昏月淡，与伊深怜低语。

又是这样一个寒柳招摇的午后。秋日的黄昏，残阳西挂，满目凄凉，伴随着寒风。

古往今来的诗词中，细柳伴着离愁。“昔我往矣，杨柳依依”，这像是一幅画，勾勒着柳条摆弄着腰肢的美景，美景虽美，依然禁不住离别时的挥手。“春风知别苦，不遣柳条青”，像是一首歌，反复唱着不要走啊，不要走，你看柳枝都还没有答应。柳枝如梦，梦阑梦醒；柳枝又若流年，流年不利，一晌贪欢后，只是斑斑驳驳的空枕和泪痕。

在寒冷的季节，却想起了春天的柳絮。幸福化作幻影，在现实中渐渐成惆怅。回忆如开在陈年里的花，颜色暗淡，却依然妖娆。柳如是和诸多人一样，总喜欢频频回首。流年暗度，曾经把酒欢颜，一一上演。心有千千结，旧情仍难忘，剩下的回忆沉香，只是刻骨的怀念和绝望。

依然是那条南浦路，曾经携手同游、柔情纤婉，如今只是茕茕孑立。犹记得依依惜别的身影，款款泪落的深情，而今却都结成了昨宵的梦缘。多少个无法安然入眠的子夜，愁肠百转，泪湿衫袖。“天易见，见伊难”恰恰成了最凄凉的写照。

爱是一种无法言说的暗伤。冰冷憔悴的结局，才知爱是多真多深。无法结合，才知当年的缠绵悱恻，是怎样的深入骨髓，是怎样封存在了心底，任凭谁都偷不走，哪怕时间来侵袭都无济于事。这便是爱的真谛，这样才叫爱过，无怨亦无悔，欢乐和痛苦，默默承担，并且心甘情愿。

所以说，柳如是是幸运的，上天在她最美的年华里，赐予了她一场遇见和一场春天。那是盛大的爱恋，自始至终都带着庄严华妙的仪式感。她仰慕陈子龙的才华，在阳光明媚的季节里，曾吟诗作歌，留下点点墨香。在柳絮纷飞的时节里，许下过“执子之手，与子偕老”的誓言。才子佳人四目交汇，温情脉脉，还有比这更美丽的爱恋么。景物衬人人似美景，一切都和谐得让人艳羡。

然而，柳如是又是不幸的。她终没有逃离上天安排好的宿命。一切曾有的绚烂如同幻觉，绝望成为最后的姿势。那柳条似乎强作欢颜，像美人般翩翩起舞。当春的繁华零落成秋的萧瑟，当昔日的风流酝酿成今日的伤感，忧伤便是再也无法藏匿。纵然自己才艺俱全，纵然是极尽绕堤画舸、红尘繁华，炽热的张望，终落得一场空，一切依然如故，心灰意懒也黯然。

是啊，最美的总是最痛的，最痛的却也是最无法割舍的。铁凝说过：破碎，是一种完整。因为伤过，哭过，经历过别人无法理解也无法感知的痛楚，所以是不能泯灭的，哪怕过了千万年，回忆的时候，仍是那段破碎但刻骨铭心的爱恋。

柳如是以我手写我心，故本词“浓纤婉丽，极哀艳之情”，含思宛转，细腻的笔触，将一个女子染着玫瑰色的爱情，写得万般幽怨，却又温馨清逸。想爱却不能爱，大概就是这样一种感受吧。

迎风歌舞场，愁债荒草地
——烛影摇红（辜负天工）夏完淳

寓 怨

辜负天工，九重自有春如海。佳期一梦断人肠，静倚银釭待。隔浦红兰堪采，上扁舟、伤心欸乃。梨花带雨，柳絮迎风，一番愁债。

回首当年，绮楼画阁生光彩。朝弹瑶瑟夜银筝，歌舞人潇洒。一自市朝更改，暗销魂、繁华难再。金钗十二，珠履三千，凄凉千载。

夏完淳是明末著名诗人，七岁便能写诗文，十四岁即从父及陈子龙参加抗清活动。这样的经历使他对国家充满深厚的感情，眼看着山河遭受清兵的入侵而日渐颓唐，他心中自是忧愤难平。

创作这首《烛影摇红》时，他还不满二十岁。这首词表面看来是在写男女之情，实则为《离骚》中“香草美人”象征手法的延续。他以一个青楼女子的角度，折射出整个王朝的衰败之势，表达了对大明没落的悲苦之情。

九重天上，自有神灵安排春天的来去。看那一片春光如海般浩瀚，万物复苏，花红柳绿，风景如画，又岂是凡人所能左右？只可惜，这样旖旎的风光、融融的春日，却要被辜负了。女子满心只想着她的情郎，哪里顾得上欣赏大自然的鬼斧神工。

“柔情似水，佳期如梦”，女子昨夜做梦，梦到自己和心上人相厮相守，那种幸福的感觉犹如在云端漫步，使人忘乎所以。好景不长，她从梦中醒来，即刻被那怅然若失的感觉紧紧包围。这个梦太过真实，以至于女子点上银灯之后，静静地望着那烛火，还在细细回想刚才的事究竟是梦还是真。“今宵剩把银釭照，犹恐相逢是梦中。”有的人因突如其来的幸福而不知其真假，而此刻，女子却因为幸福走得太快而不敢相信那只是一场梦。

因为相思，因为伤心，女子梦醒后一夜再没有合眼，终于捱到天明，心中的阴霾又怎会因为晨曦而消散。女子推门出屋，驾一叶小舟去湖中采芳兰。只是一想到自己心爱之人遥不可及，采花的兴致顿时消散，连那动听的棹歌也不觉悦耳。

“梨花一枝春带雨”，点点梨花随风飘散，“柳絮池塘淡淡风”，仿佛飘起了鹅毛大雪，这“雨雪”交加的景致，使女子想到了往昔和情郎一同游赏的往事，心中的愁苦，更加无法释怀。回首往事，犹记得秦淮河一带繁华的市井，两岸青楼林立，雕梁画栋，色彩艳丽。风流才子、商贾富甲云集，桨声灯影中，姐妹们个个如花似玉，打扮得花枝招展，弹着琵琶，唱着呢喃小曲，热闹非凡。可那样的景象，也如水中的倒影一样飘忽不定。

自从明朝覆亡，南京城沦陷，昔日的歌舞场也随之凋敝，荒草丛生，一片颓唐之势。往日的繁华已不复存在，往日的好姐妹也都沦落天涯，就连心爱之人也生生分离，音讯全无。

女子想到自己虽坠入红尘却也锦衣玉食，可谓是“头上金钗十二行，足下丝履五文章”，可如今再华美的衣饰也不能让她开心，她心中只有汹涌澎湃的惆怅情绪。今昔对比间，犹若从天堂坠入地狱，女子又怎能忍受。可她一介女流却无力改变现实，只得在深夜默默流泪。那梨花带雨的哪里是春天，分明是这美丽的女子啊！

夏完淳这首词，用典颇多却不露痕迹，年纪轻轻便可创作出如此委婉动人的词章，令人心生敬佩。只可惜这样文武双全的青年才俊，后因不肯降清而遭杀害。他去世时，年仅二十六岁，怎不让人扼腕叹息。

卷兴亡旧恨，浪花明灭
——解连环（惊风凄切）曹贞吉

惊风凄切，江干一片，冻云吹折。飘万点、不辨东西，枉赚得行人，鬓丝添雪。明月光中，隐沙岸、鸿声清绝。更闲随钓艇，暗入柴门，伴人骚屑。

助他怒潮呜咽。卷兴亡旧恨，浪花明灭。笑垂杨、只解飞绵，难点上征衫，迷离成铁。露冷蒹葭，还记得、绿芽如髮。问故家、秋娘何在，风流总歇。

古心词韵

节序交替，总是牵动着多情人敏感的神经。秋季，吟咏之后总成余味缭绕的小词。词不像诗，整齐押韵，平平仄仄，朗朗上口。它参差错落，起伏有致，像是大珠小珠落玉盘那样，跳跃着进入你的眼帘，融化在你的心里。词是明丽的，又是哀愁的，它所抒发的正是那种无处诉说却又描述殆尽的美。

这词中的芦花舞动是甚为浪漫的，夹带着一丝俏皮又深情的缠绵，落到身上时，像是皎白的羽毛，让人心生爱怜。正如陆游说的一般："最是平声会心处，芦花千顷月明中。"正如硬币有正反两面，芦花小小的身躯，不仅曼妙缱绻，也载着这许多愁。

漫步江岸的芦花，伴着阵阵凄清的秋风，洋洋洒洒地飘零，远远看去，让人误以为，是天上的花朵找不到天空了。芦花点点，落在异乡人的头上，染白了鬓丝，也消磨了岁月。兀自烦恼之时，月光下沙岸边鸿雁的几声啼叫，偏偏又给凄静的夜添了几分惆怅。谁又知，芦花不停歇，簇拥着点过钓船，偷渡到了稍稍开启的门扉，哪能不让人烦恼呢？

"乱石穿空，惊涛拍岸，卷起千堆雪"，这是大海独有的宽阔和气魄，却不曾想到轻似鹅毛的芦花，也卷起了兴亡旧恨，令人可憾可叹。本要笑一笑，杨柳自顾飞花，却不想征人的衣衫上，已是凄清点点如杨花，何其辛酸何其苦涩。时间太瘦，指缝太宽，光阴一寸寸溜走，转眼间已是深秋，真可谓是"蒹葭苍苍，白露为霜"，如今芦苇又飞花。回想当年芦苇初生，纤嫩的绿芽好似鬓上的发丝，而今千娇百媚的秋娘，风流倾东风的秋娘，已是年老色衰了，想想多让人感伤。

芦花，没有绚丽的颜色，素颜亦更能透出其清纯；它绵延不绝，水中弄影，足够缱绻动人；它没有妩媚的花香，风中飘逸时，却恰恰柔情万般，把你的心事轻轻传递。随风摇曳的芦花啊，在起伏之间，似清波荡漾，花浪一波一波拂过心里最柔软的地方。曹贞吉一首《解连环》，将芦花的轻柔舒畅，将芦花携带的款款深情和浅浅淡淡的忧伤，描摹得韵味无限。

当风从河面上拂过时，那一丛丛、一簇簇肆意生长的芦苇，在微风中轻轻地摇曳，芦絮飘飘，芦苇荡总会平添几分景致，雪白的芦花开遍整个河面，那随风飘散的芦花像是洁白的棉絮，随意飘洒，随处停落。每当这个时候，便会想起一些轻轻柔柔的诗词。“钓罢归来不系船，江村月落正堪眠。纵然一夜风吹去，只在芦花浅水边。”宁静优美，闲适俊逸。

如若忧烦时，清代那片芦苇荡，便穿过时间的长度和历史的厚度，浩浩荡荡、飘飘洒洒进入人们的心扉。

第十一章 昨夜东风骤起，不知落花多少数

恰如灯下，故人归来对影

——满庭芳（北苑春风）黄庭坚

茶

北苑春风，方圭圆璧，万里名动京关。碎身粉骨、功合上凌烟。尊俎风流战胜[1]，降春睡、开拓愁边。纤纤捧，研膏溅乳，金缕鹧鸪斑。

相如虽病渴，一觞一咏，宾有群贤。为扶起灯前，醉玉颓山。搜搅胸中万卷，还倾动、三峡词源。归来晚，文君未寝，相对小窗前。

【注释】

①尊俎（zǔ）：盛酒肉的器皿。

古心词韵

“茶好，好在有不嚣张生事，不惹人讨厌，平平和和，清清淡淡的风格；好在有温厚宜人，随遇而安，怡情悦性，而又矜持自爱的品德。”这是当代作家李国文笔下的茶。他说，在外国人的眼里，茶与中国是同义词，你懂得了茶，也就懂得了中国。中国的茶文化历史悠久，更与百姓生活息息相关。宋代时开始有了“开门七件事”的说法，指百姓每天为生活奔波的七件事：柴米油盐酱醋茶。前六种无疑都是日常生活的必需品，而茶能与之并列，足见其地位之重要。到了明朝，民间还流传着这样一首打油诗：

琴棋书画诗酒花，当年件件不离它。

而今事事都变更，柴米油盐酱醋茶。

人们对茶钟爱至此，文人们也创作了大量以茶为内容的诗词，著名的文人黄庭坚、苏轼、秦观等，都有关于茶的作品，其中当以黄庭坚对茶爱甚。他一生嗜茶，曾以茶代酒二十年，堪称佳话。在他的传世作品中，咏茶诗词达64 首，其中茶诗53首，茶词11首。明代王士祯在《花草蒙拾》里说：“《草堂》载山谷《品令》《阮郎归》二阕，皆咏茶之作。按黄集咏茶诗最多最工。”这其中，《满庭芳茶》又可谓其中出类拔萃之作。黄庭坚以大量历史典故入词，信手拈来，借古说今，安放得当。

“北苑”即现在的福建建瓯，是当时为朝廷提供贡茶的主要产地。每年春风徐徐吹来之时，正是产茶的最佳时节，尤其立春前采摘下来的茶叶，用来制成的贡茶是最上品的。茶饼像方形或圆形的美玉，形状规整，格外讲究。福建贡茶在最好的时节被采摘下来，又经过精挑细选，然后经多道工序制成，名声大噪，往往还没有运达千里之外的京城，京城中的人已经对它向往已久了。

想要得到味道最好的茶，必然要经过研磨浸泡的过程。在这个过程中，茶叶支离破碎，哪里再有当初“方圭圆璧”的半分模样？不过，这茶虽然粉身碎骨，却得到了品茶者的交口称赞，世人纷纷赞美它，令这茶的名声仿佛凌烟阁里供奉的开国功臣一样，名垂千古。唐初，唐太宗下令修建凌烟阁，收藏了唐朝开国功臣们的画像，后人常以能在凌烟阁留名作为自己仕途的目标。黄庭坚在此处将茶叶拟人化，小小茶叶就犹如开创基业的功臣名将，虽身死以报国，它则是“碎身粉骨”以求留香于茶客唇间。

人们如此爱茶，这茶又有什么功效呢？原来能够“尊俎风流战胜”，即能够解酒醒脑，让人心旷神怡。“战胜”“开边”等词的运用又像是承接上文所提的“凌烟”，在继续讲叙凌烟阁功臣们的功业。谈笑间，一双纤纤玉手捧着精美考究的茶杯送到词人面前，茶叶已被研磨成粉，像乳膏般洒入杯中。好茶自然需要如“鹧鸪斑”这样精致的茶具来应和，品茶不仅仅在品茶水的滋味，品的还是研茶、煮茶、烹茶、倒茶过程中每一个细节。

不仅黄庭坚爱茶，古往今来爱茶者大有人在。每每邀朋呼侣集茶盛会，都有很多人响应，而词人也每每会想起那爱茶的古人。“相如虽病渴”，《史记》记载，司马相如虽然“常有消渴疾”，但仍喜好与宾客相聚，宾主间诗词唱和，饮酒品茶以作乐。本意是要写自已雅集品茶的场景，但他又偏偏翻出了古人的风流，且连续引用了多个典故：“一觞一咏”化用王羲之《兰亭集序》里的典故；“醉玉颓山”化用《世说新语》中嵇康的典故；“搜搅胸中万卷”，化用卢仝《走笔谢孟谏议寄新茶》诗中“三碗搜枯肠，唯有文字五千卷”；“还倾动、三峡词源”出自杜甫的“词源倒流三峡水”。四个典故连用，“无一字无来处”。最后又以与“未寝”的卓文君“相对小窗前”来结束全篇，正是呼应了前文中的司马相如，回归了众人那谈笑宴宴的风流茶会。

在黄庭坚的另一首茶词中，曾以更加细腻的笔触描绘过对茶的感受：“味浓香永，醉乡路，成佳境。恰如灯下，故人万里，归来对影。口不能言，心下快活自省。”煮好的茶清香袭人，还未入口，已经能够清神醒酒，如饮醇醪，又像是故人来了一样。以茶为友，何等惬意的情怀！

叹当日风流，尽成万古遗愁
——《双声子》柳永

晚天萧索，断蓬踪迹，乘兴兰棹东游。三吴风景，姑苏台榭，牢落暮霭初收。夫差旧国，香径没、徒有荒丘。繁华处，悄无睹，惟闻麋鹿呦呦。

想当年、空运筹决战，图王取霸无休。江山如画，云涛烟浪，翻输范蠡扁舟。验前经旧史，嗟漫载、当日风流。斜阳暮草茫茫，尽成万古遗愁。

在越来越浓烈的黄昏里，江面上白茫茫的浓雾看不到了，几缕流云悄然入山，三两只倦鸟驮着最后的日色也将归巢。在这个空气里都弥漫着萧索味道的傍晚，身如飞絮、命似断蓬的柳永，来到了遍地都有旧事踪迹的苏州。

这是座有太多故事的城市。脚下的每一块青砖，屋檐上的每一块碧瓦，还有旧城墙墙角处斑驳的苔藓，护城河里波荡的水纹，都承载着历史上一些感天动地或石破天惊的旧事。硝烟战火、帝王美人、爱恨情仇，每一座有故事的城市都少不了这些因素，让行走其中的路人也每每滞留了脚步。

苏州本是春秋末期吴国的都城所在，在吴王夫差治下，吴国的极盛与极衰一起演绎。他的父亲吴王阖闾出兵攻打越国，败于勾践，重伤而归，临终前嘱咐夫差，一要兴盛国家，二要为父报仇。于是，从即位第一天，夫差就背上了国恨家仇的重担。他励精图治，秣马厉兵，终于大败越国，勾践亲来求和，并臣事夫差，后来才被赦归返越。吴国的盛与越国的衰是相对应的，又不过几年时光，这番光景就做了颠倒。后来，勾践卧薪尝胆，夫差奢靡无度，终于，公元前473年，勾践灭吴，夫差自缢。

可见胜与败都不是永恒的，囚徒与帝王之间，也并不是牢狱与龙椅的距离。历史的机缘，意志的强弱，谋事与成事间的种种机缘巧合，都可能是一个改变的契机，一人，一家，一国，都在命运的渡轮上浮浮沉沉，谁也不知道下一个浪头会何时袭来。想旧日里，夫差为博美人欢心在灵岩山西南的香山上广植香草时，定然没想到这在当时名声大噪的采香径会在岁月飞尘中变成一座荒丘。

采香径上的香草已经枯败，糜烂成了黄土一抔，赏花采花的佳人，赏佳人会佳人的君王，君王的宫殿、山河，都成了卷帙浩繁的史书里的零星痕迹。吴国已是历史，苏州依然繁华，它不再是国都，无须再担负沉重的政治与军事枷锁，于是焕发出了更加洒脱而奔放的魅力。可是终归还有人记得它昔日的光荣与屈辱，动情时，仿佛能听见原野上传来的呦呦鹿鸣声，如同在诉说那些已无波无澜的陈年旧事。

人在城中自然听不到鹿鸣，就算此时苏州已不及夫差国力最强时富饶，也绝不会如麋鹿出没的草野那样荒凉破败。柳永这一番夸张描述，大抵是沉沦的心态使然，另外还含蓄地表达了贯穿他生命始终的政治向往。

“呦呦鹿鸣”本出自《诗经·小雅·鹿鸣》：“呦呦鹿鸣，食野之苹。我有嘉宾，鼓瑟吹笙。”这首诗写的是宾主宴饮之乐，主人宴客，嘉宾满堂，主人拿出百分的热情相待，宾客回报以百分的感谢，双方都真诚热切，这一番热烈而融洽的景象只能用诗中“鼓瑟鼓琴，和乐且湛”的句子来形容。到了后来，三国时期的曹操又把“呦呦鹿鸣，食野之苹。我有嘉宾，鼓瑟吹笙”四句一字不差地移入他的乐府诗《短歌行》，表达求贤若渴之心。

可叹满腹才华如柳永，却没遇到一位赏识他的君主，邀他为入幕之宾。

在历史的演进面前，个人的失意终归太过渺小。所以，在短暂失落之后，词人还是把视角放到了更为广阔的地方。他想到了那些在正史、野史以及百姓的代代相传中觅得的蛛丝马迹——吴王夫差并非从开始就是个昏君，他是背负着仇恨、责任和野心成为了吴国的主人。他也曾运筹帷幄，图王谋霸，甚至一度出兵伐齐，并在公元前482年于黄池大会诸侯，试图与晋国争霸。夫差不是能力不足，也不是缺少机遇，只是种种机缘巧合、阴差阳错，他最终成了失败者，成为反面教材，屡屡被后人拿来衬托勾践忍辱负重、逆境而起的伟大形象。

霸业未起已成空，硝烟战火、歌舞欢娱，都如悬在亭台画阁上的最后一抹残阳，眨眼工夫就从视野里消失不见了。无限江山如画，云卷浪涌有气吞万里的势头，但这一切也转瞬间就易主他人，本属于夫差的连绵沃土，最后都被勾践踩在了脚下，有着“图王取霸”之心的夫差，怎么会想到自己竟然败给了乘一叶扁舟荡遍江湖的谋士范蠡！“翻输范蠡扁舟”中所谓“翻”字，既有翻天覆地的惊人势头，又有成败顺逆转眼之间的陡然变幻，令人不胜唏嘘。

越国的谋士范蠡在吴越之战中发挥的作用不容小觑，他本出身贫寒，年轻时“佯狂、倜傥、负俗”，柳永年轻时倒也和他颇有几分神似。后来范蠡到越国出仕，为勾践出谋划策，在越国灭吴的过程中立下了汗马功劳。正当人人都为他的功绩感叹时，他却急流勇退，辞官归隐，自号陶朱公，泛一叶扁舟遨游五湖，从此不问政事，安心从商，并多次散尽家财又成为巨贾，成为中国儒商的鼻祖。

“忠以为国，智以保身，商以致富，成名天下。”这是后世人对范蠡的赞誉。如此人生已可谓完美，谁能不艳羡，为他喝一声彩呢？与这样精彩的成功相比，夫差由盛转衰的命运就更惹人神伤了。柳永想前事，究往来，也只能徒然长叹——所有光彩夺目和黯淡无光的过往，或占尽风流，或衰微沮丧，都不过化作前经旧史中或浓墨重彩或轻描淡写的一笔，又有何可骄傲或落寞的呢？

当日风流已成往事，斜阳映着暮草，黄昏掩饰了枯败，逝去的时光，还有逝去光阴里的故事，都无须强求挽留。

那些惹起感伤情绪的旧事，常常和黄昏有着一样的色彩，或许并不是特别容易就被注意，但一经触碰，就会有无边暮色延展开去，只剩下朦胧的夜幕，又像迷迷糊糊中做的一场梦，不知是真是幻，不知何时睡去，也不知何时醒来，只觉得仿佛有羽毛掠过心尖，瞬间心动，触发怀古之思。

何必近孤舟，行客自多愁
——巫山一段云（古庙依青嶂）李珣

古庙依青嶂[①]，行宫枕碧流[②]。水声山色锁妆楼[③]，往事思悠悠。

云雨朝还暮[④]，烟花春复秋[⑤]。啼猿何必近孤舟，行客自多愁。

【注释】

①古庙：指巫山神女的庙宇。青嶂：草木丛生、高耸入云的山峰。

②行宫：古代天子出行时住的宫室。这里指楚王的细腰宫。

③妆楼：指宫女的住处。

④云雨朝还暮：宋玉《高唐赋》说，楚王梦一神女，自称“妾旦为朝云，暮为行雨，朝朝暮暮，阳台之下”。

⑤烟花：泛指自然界艳丽的景物。

《历代词人考略》中曾经这样评价李珣的词风：“李秀才词，清疏之笔，下开北宋人体格。五代人词，大都奇艳如古蕃绵；惟李德润词，有以清胜者。”李珣的词乍看之下清清淡淡，像雨后的竹林，清新中透着凉意，再三品味，又觉有淡淡忧伤萦绕心头。

这首《巫山一段云》，像一支朗朗上口的歌谣，诉说着历史沧桑。词人乘坐着一叶孤舟，顺江而下，两岸青山悠悠，脚下碧波荡漾。眺望远方，眼看着就快要到达楚王曾经出行时所住的行宫，一时间感慨万千。个人的命运、国家的衰亡，仿佛把自己死死缠住，他心中的忧伤如江水涨潮，淹没了五脏六腑。

巫山神女祠和楚王的细腰宫，依山傍水，镶嵌在重峦叠嶂之中，定是风光绮靡，美不胜收。可这青山绿水的好住处，虽然日日笙歌，夜夜宴饮，宫女们脸上依然布满愁容，华丽的宫殿里，不知落下了多少伤心的泪水。这细腰宫，既是楚灵王的行宫，也是她们的监牢啊。

“楚灵王好细腰，而国中多饿人。”据说楚灵王喜欢腰细的女子，宫中的妃嫔婢女听闻之后，纷纷开始节食束腰，希望自己也能凭借细细腰身博得君王的宠爱。腰细的婢女可以变为妃嫔，而腰粗的妃嫔却会被嫌弃，甚至面临杀身之祸，腰粗的美人节食多日，却不见腰细，便用帛勒，就这样食量越减越小，帛布越勒越紧，不知多少女子因此葬送了性命。

一想到这些，词人的愁闷越发深沉。宋玉在《高唐赋》中说，楚灵王做梦时梦到一位神女，这神女对楚灵王说自己“旦为朝云，暮为行雨，朝朝暮暮，阳台之下”，后楚灵王临幸了这位神女。朝暮间人聚人散，国兴国亡，在历史中也不过如沧海一粟。

望着这环绕的美景，词人长吁一口气，思索：这样的美景年复一年，几经轮回，何曾真正衰败过。历史不也是这样经历着轮回吗？有盛必有衰，衰而后盛，永恒的太平盛世要去哪里寻找，贤明的君主又如何绵延不绝？浩瀚历史尚且如此，芸芸众生自不必说。就像此刻的词人，刚刚结束了一段漂泊，又要开始新的旅程，悲欢离合轮番上演，却又是悲多喜少。人世间的事就是如此不公，却让人无可奈何。

小舟还在缓缓地向前行驶，从朝阳的温暖中离开，朝着那如血的夕阳驶去。词人站在船头，在微微起伏中望着远方，这样的漂泊，不知还要持续多久。正感绝望之时，只听得远处深山中传来猿啼，正所谓“巴东三峡巫峡长，猿鸣三声泪沾裳”。漂泊在这绵长蜿蜒的巫峡之中，词人还没来得及为自己、为苍生苦闷落泪，猿啼就穿过山岭的阻隔传到了他的耳中，怎不惹人泪水决堤而下。

至今商女思遗曲，时时犹唱
——桂枝香（登临送目）王安石

登临送目，正故国晚秋，天气初肃。千里澄江似练，翠峰如簇。征帆去棹残阳里，背西风酒旗斜矗。彩舟云淡，星河鹭起，画图难足。

念往昔，繁华竞逐，叹门外楼头，悲恨相续。千古凭高对此，谩嗟荣辱。六朝旧事随流水，但寒烟衰草凝绿。至今商女，时时犹唱，《后庭》遗曲。

如果《桂枝香》是一幅画，除了能从其中看到“故国晚秋”的肃杀，还有就是在澄江边上迎风伫立的那位老者。

金陵这个地方，在中国文人心中占据着一个十分特殊的位置。她的美，既源自自然风光优美，钟灵毓秀，还因为六朝建都于此，那种厚重的历史沧桑感赋予了它无可超越的地位。由古至今，那些文人雅士一旦被历史古迹触动了情思，往往就有千言万语凝结在笔端纸上，而金陵就是最易打开文人追思的一把钥匙。如今，王安石也被这座城触动了情怀。

杨湜在《古今词话》中这样说：“金陵怀古，诸公寄调于《桂枝香》者三十余家，独介甫最为绝唱。”其实王安石笔下像《桂枝香》这样的词作是不多见的，或许他的心思大部分都放在了改革这样的家国大事上，否则，当有更多如这首《桂枝香》一样的作品传世，让他在宋代文坛上更显锋芒。

“登临送目，正故国晚秋，天气初肃。”正是深秋时节，词人登高远望，眼前是“千里澄江似练，翠峰如簇”。叶梦得《避暑录话》载：“（王安石）晚卜居钟山谢公墩，畜一驴，每食罢，必日一至钟山，纵步山间，倦则即定林而睡，往往至日昃乃归。”想必这一块令人遍览“故国晚秋”的高地，就是他常来之处吧。

纵目远望，斜阳映照之下的是点点帆樯，往来交错在江波之上。西风阵起，不远处有山村中的酒庐悬挂着的酒旗，迎风招展。“彩舟云淡”，一群群白鹭在江面盘旋，就如同洒落在河洲之上的点点繁星。蜿蜒而去的江水，来来往往的小舟，随风而起的酒旗，这一幕幕景色绝美，就算手中握有丹青妙笔，恐怕也不能将它们一一收入画卷之中。

感叹之中，这暮色中的金陵城是那样的安静，时光都好像已经静止。思绪似乎又回到了过去，回到了六朝绵软的歌声里。“六朝旧事随流水”，那曾经“繁华竞逐”的奢侈糜烂过去之后，一切都逃不了灰飞烟灭的结局。如今唯一剩下的就是秦淮河畔那一片翠绿的“寒烟衰草”和那“门外楼头”的悲叹之语。

夜深沉，金陵城中的桂枝不管过了多少年，依旧散发着令人迷醉的香气。夜色伴着花香，袅袅婷婷唱的是时空之外的《后庭》遗曲。那秦淮河上是永远的烟

笼寒水，月如薄纱，在桨声灯影中伸出手去，打捞起的不是离愁，而是穿越千年的寂寞。

王安石对“词”的感情和见解有独到之处。人都说“词本倚声”，只是一种声色之作，上不了大台面，但他却说：“古之歌者，皆先为词，后有声，故曰‘诗言志，歌永言，声依永，律和声’。如今先撰腔子，后填词，却是‘永依声’也。”也正是因为他所做出的努力，涤荡了五代词作绮靡“旧习”，给宋代词坛指出了一条新路，紧随其后的便有大文豪苏东坡。就拿他自己的这支《桂枝香》词来看，虽是一时之性，但却笔力清遒，境界朗肃，就算是置于两宋名家之中，也毫不逊色。

人间如梦，一樽还酹江月
——念奴娇·赤壁怀古（大江东去）苏轼

大江东去[①]，浪淘尽、千古风流人物。故垒西边[②]，人道是、三国周郎赤壁。乱石穿空，惊涛拍岸，卷起千堆雪。江山如画，一时多少豪杰！

遥想公瑾当年，小乔初嫁了[③]，雄姿英发。羽扇纶巾[④]，谈笑间、樯橹灰飞烟灭[⑤]。故国神游[⑥]，多情应笑我、早生华发。人间如梦，一樽还酹江月[⑦]。

【注释】

①大江：长江。

②故垒：古代军营外修建的营垒。

③小乔：三国时桥公的小女儿，貌美且多才，嫁与周瑜为妻。

④纶巾：古代配有青丝带的头巾。

⑤樯橹：代指曹操的水军战船。樯，挂帆的桅杆；橹，摇船的桨。

⑥故国：指旧地，即当年的赤壁战场。

⑦酹（lèi）：把酒浇在地上作祭奠。此处指洒酒酬月，寄托感情。

人常说苏轼不屑柳永，不过，倘若果真不屑，豪兴如东坡居士，又怎会愿意将自己的词与柳永的相比？有一次，苏轼问一位善歌的幕士，自己的词和柳永的词相比怎么样？这位幕士答道：“柳郎中词，只好十七八女孩儿执红牙拍板，唱‘杨柳岸晓风残月’。学士词，须关西大汉，执铁板，唱‘大江东去’。”婉约与豪放之分，都在这“红牙拍板”与“关西铁板”之中了。

幕士的见地不输词评家，那一阕“大江东去”，诚是苏词中杰出之作。后来有多少人，因这“大江东去”见识了东坡雄健的笔力。填词本忌重字，但正如习武之人，内力雄厚者反而更不会拘泥于招式，填词者若刻意避开重字，反而也会显得呆板。所以，苏轼的《念奴娇》里，有三“江”、三“人”、二“国”、二“生”、二“故”、二“如”、二“千”字，端的是高手运功时的真气流转，驱使自如，利落干脆。

赤壁之战，周瑜火烧连营，烧退曹操数十万兵马，保住了孙吴千里江山。这大概是历史上最吸引文人目光的一场战争。无数文人以炽热的情感，驰骋想象，笔酣墨饱地挥写着这段壮丽的历史。在苏轼的笔下，这段惊心动魄的战事还激发了人们对历史与人生的深思。

上阕立足写景，将赤壁矶雄奇壮阔的自然风景展现了出来，也为后文集中笔墨描写英雄人物做好了铺垫。浩荡江水，千古人事，齐头并进而来，永恒的自然与易逝的人事形成了鲜明反差。辽阔的历史时空中，再伟大的英雄豪杰也被“浪淘尽”，不复风流，芸芸众生若想留名于青史更是谈何容易！在千古风流人物中，苏轼将三国时的周瑜提了出来，既合了“赤壁怀古”的题旨，又为下阕对周公瑾形象的精细刻画埋下了伏笔。

赤壁风景，自是风起云涌。陡峭林立的悬崖刺破苍穹，惊天的骇浪击打着江岸，汹涌的江涛卷起千万堆的雪浪，何等壮阔伟岸！“崩”“裂”“卷”等一系列动词的运用，既独具匠心又生动传神，仿佛将一幅浩瀚江景图卷慢慢舒展在读者面前，正是“江山如画”！面对这如画江山，看着赤壁惊心动魄的奇伟景观，苏轼发出“一时多少豪杰”的喟叹，千古兴亡的历史氛围更为浓郁，而在历史中叱咤风云的人物则在下阕里得到了更为细致的刻画。

下阕以“遥想”二字总领下文，采取不同视角把才气横溢、意气风发的周瑜刻画得栩栩如生。首先，在生活细节方面，“小乔初嫁了”，以美人衬托英雄的儒雅风流；其次，在肖像仪态方面，以“雄姿英发、羽扇纶巾”形象描绘了周瑜的儒雅装束和翩翩风度；最后，在功绩伟业方面，以“谈笑间、樯橹灰飞烟灭”勾勒了周瑜指挥赤壁之战的潇洒从容。

据史载，周瑜二十四岁即被授予建威中郎将，并于次年助孙策取得皖城之战的胜利，后娶小乔。建安十三年（公元208年），而立之年的周瑜被任命为左都督，带兵与刘备共同抗曹，以其杰出的军事才能指挥赤壁之战，谱写了这场以少胜多的壮歌。

苏轼将十年里的事情集中在一起写，时间跨度极大，足以见其对选材加工的良苦用心。尤其“谈笑间，樯橹灰飞烟灭”，用淡然的口吻描述那场轰轰烈烈的战争，举重若轻，极其恰当地展现了周瑜在赤壁之战中运筹帷幄、决胜千里的大将之才。

然而，赞美英雄并非这首词的主旨。最后，苏轼还是要将笔触转归现实。他由周瑜的年少有为、意气风发，想到了自己的时光虚掷、壮志未酬，怀才不遇的沉痛与郁愤蕴藏在字里行间。其中“多情应笑我，早生华发”运用倒装，将“多情”前置，使自嘲的语气更为强烈，文字背后的苍凉意味也更加深刻。词人感慨身世，发出了人生短促、命运无常的感叹，感情深沉。而“人间如梦，一樽还酹江月”，则是借酒抒情，叹人生如梦，虽美好却短暂，不如对月饮酒，尽情享受当下的生活。

苏轼有报效疆场之志，却壮怀难酬。他或许知道，即使有机会，他也没有上场杀敌的本事。他本是文人，终究不是文武双全的周郎，于是叹这一句自作“多情”，叹这一句“人间如梦”，他本期待年华中染上血与火的精彩壮丽，却只能对着江月感慨，唯有以豪壮情调，来书胸中块垒。

空余旧迹郁苍苍，白了鬓霜
——西河·金陵（佳丽地）周邦彦

佳丽地。南朝盛事谁记。山围故国绕清江，髻鬟对起[①]。怒涛寂寞打孤城，风樯遥度天际。

断崖树，犹倒倚。莫愁艇子曾系。空余旧迹郁苍苍，雾沈半垒。夜深月过女墙来②，赏心东望淮水③。

酒旗戏鼓甚处市。想依稀、王谢邻里。燕子不知何世。入寻常巷陌人家，相对如说兴亡，斜阳里。

【注释】

①髻鬟对起：古人常用女子发髻形容青山，这里是指金陵的钟山与石头山东西相对，像是少女头上的双髻。

②女墙：城墙上带有垛口或射孔的蔽身小墙，俗称城墙垛。

③赏心：指赏心亭。《景定建康志》记载：“赏心亭在（城西）下水门城上，下临秦淮，尽观览之胜。”淮水，指秦淮河。

金陵千古名城，有秦淮风流，又有寄奴巷陌，数百年建都史，留下无数值得歌书的风烟往事。将金陵的王贵与颓唐之气都写得极透彻的，当属唐朝诗人刘禹锡，几首咏金陵的咏史之作，皆脍炙人口，流传千古。

山围故国周遭在，潮打空城寂寞回。
淮水东边旧时月，夜深还过女墙来。

——唐·刘禹锡《石头城》

朱雀桥边野草花，乌衣巷口夕阳斜。
旧时王谢堂前燕，飞入寻常百姓家。

——唐·刘禹锡《乌衣巷》

在这两首诗里，无论是固守原地环绕着石头城的青山，还是得不到回应但依然不眠不休拍打空城的潮水，或者是已成为寻常人家堂前客的“旧时王谢堂前燕”，无不寄托着诗人对往昔六朝繁华的吊唁。它们仿佛被遗弃的旧情人，孤独地守候着这座空城，却无人应答。

在周邦彦咏叹金陵的词作里，亦可窥见刘禹锡的影子。他以感怀盛衰的艺术敏感和悲悯情怀，歌金陵，叹往昔，一首《西河》隐括了《石头城》《乌衣巷》的内容。

这一年，周邦彦的庐州之任终于期满，将离开这芜杂穷困的谪居之地。他原本期望能被调回朝廷，但命运多舛，他又辗转到溧水任县令，任期又是三年。

溧水距离金陵很近，失意的人策马前来做咏古之游。南齐谢朓诗里说："江南佳丽地，金陵帝王州。"江山易代，人事衰败，金陵却还是那个金陵。三百年前刘禹锡看到的潮打空城和淮水旧月，在周邦彦到来时，风景依旧。甚至那乌衣巷口的燕雀，仍旧乘着夕阳乱入寻常百姓家，呕哑嘲哳。

在这六朝金粉之地，曾经发生过无数或荡气回肠或惊心动魄的往事，可如今一切都已过去，还有谁记得当年"盛事"呢？唯有这座旧城，在山环水抱中沉默不语。怒涛拍打孤城，涛声阵阵，依然打不破这令人窒息的寂寞。"怒涛寂寞打孤城"一句，虽有惊涛骇浪的巨大声势，但却营造出一种闭合且压抑的氛围，"风樯遥度天际"一句，将视线拉至遥远的江面，仿佛将这闭合的空间迎头劈开，然而，并无光明从这裂缝中透来，江上不见昔日纷繁商旅，也无喧闹的游船画舫，依旧一派空旷落寞。

上片写的是金陵的雄壮，中片里的金陵古迹又陡然多了奇崛的色彩。森森断崖已令人触目惊心，然而在这断崖上竟还生长着树木，更是让人称奇！其中"犹"字最是讲究，乃"犹自"之意，说明眼前的景色是古来有之，怀古意味瞬间变得浓郁，于是，词人由断崖古木一下子又转到"莫愁艇子"，就不会显得突兀了。金陵有万千佳丽，而莫愁女可作为其中代表，相传她是南齐时洛阳人，因嫁给了江东富商卢某，于是随夫君移居南京石城湖畔。莫愁女美丽端庄，且热心助人，后人为纪念她，还把石城湖改名为莫愁湖，"莫愁"二字也便成了金陵的一张名片。昔日，莫愁女曾将小船系在断崖树上，现在旧迹还在，已不见旧时人事，抬眼望去，只见雾气蒙蒙，半座城市都淹没在了雾霭中。夜深时分，词人看着清冷月光洒在莫愁湖与秦淮河上，不禁感叹人事已非。

上片与中片主要写景，下片才有了人的活动，场景也变得热闹起来。不论是人来人往的酒楼，还是人声鼎沸的戏馆，都打破了前文中场景的冷清，但词人却对这繁华市面是何处提出了疑问。词人自然还是在写金陵，这一句"酒旗戏鼓甚处市"意在表达：不仅人事已非，连景物也并非全部依旧。东晋两大望族王家与谢家生活的乌衣巷，繁华喧闹一如眼前"酒旗戏鼓"，可最后还是成了"依稀"

记忆里的风景，只有不知人事变迁的燕子，飞来飞去，停住的昔日贵族宅院，现在也成了寻常人家。“斜阳里”，燕子呢喃，不知是不是在诉说历史兴亡。

金陵夕照一如往时，这让宋代词客对唐代诗人起了隔代的惺惺相惜之感。确实，周邦彦与刘禹锡两人，诗里词外命运相似。刘禹锡因参加“永贞革新”而遭贬谪，在巴山楚水流落了二十三年之久。周邦彦少年得志，仅因成名作《汴都赋》有称颂新党的嫌疑，便被打成新党党徒，惨遭外放，一腔报国之志，换来十年颠沛流离。

有志之士在志得意满时，最喜作宏大的历史叙事；等到失志，面对宏大叙事却只看到满目疮痍。无怪乎，不论周邦彦还是刘禹锡，来到这金陵佳丽地，举目所见，尽是沧桑坎坷的历史创伤。

英雄落寞，空有一腔热血
——永遇乐（千古江山）辛弃疾

京口北固亭怀古

千古江山，英雄无觅、孙仲谋处。舞榭歌台，风流总被、雨打风吹去。斜阳草树，寻常巷陌，人道寄奴曾住。想当年，金戈铁马，气吞万里如虎。

元嘉草草，封狼居胥，赢得仓皇北顾。四十三年，望中犹记、烽火扬州路。可堪回首，佛狸祠下，一片神鸦社鼓。凭谁问，廉颇老矣，尚能饭否？

如果说苦难是一所人生的学校，那么辛弃疾一定是这所学校优秀的学员。辛弃疾出生的时候，北方已经沦陷了。在他著名的《美芹十论》中曾写到，祖父虽然在金任职，但常打算“投衅而起，以纾君父所不共戴天之愤”，也会领着辛弃疾“登高远望”，指点山河如画。他目睹了女真族如何残酷蹂躏汉人，也见证了野蛮对文明的凶残。一腔报国雪耻之情就此熊熊点燃。如同一枚硬币的两面，金人的统治虽然令辛弃疾感到压迫与耻辱，但北方文化的粗犷却赋予了辛弃疾豪放

的性格、广阔的胸襟、不羁的情怀以及侠客的风范。而这些都深深内化为一股精神的力量，慢慢融化在辛弃疾的词风中，令他的词作骨气奇高、卓尔不群。

少年立志总归是人生之幸，它可以指引你未来生活的方向。二十二岁时，辛弃疾成功地在乱世中找到了突围的良机。他跟从的起义部队因叛徒的出卖而惨败，他带着五十几人袭击敌营，把叛徒抓回建康，交给南宋朝廷。世人所没有的果决与勇敢，就这样在这个年轻人的身上大放光彩。宋高宗大喜，任命辛弃疾为江阴签判，从此开启了他的仕宦生涯。此时，辛弃疾年仅二十三岁，人生的大幕就这样在一片掌声和赞叹中徐徐拉开。

辛弃疾被高宗赏识，高调出镜；而不久后即位的孝宗，也显示了收复失地的志向。辛弃疾一度认为得遇明主，终于可以指点江山，挥斥方遒了。他还热情地写下了许多抗金北伐的文章，著名的《美芹十论》便是其中的代表。

可是，年轻的辛弃疾并不太了解南宋的羸弱与怯懦，更不知道长久以来，人们已经厌倦并惧怕了战争。朝廷非常欣赏辛弃疾的才能，安排他在江西、湖南、湖北等地身居要职，治理一方天下。辛弃疾凭借自己的才干，政绩卓著。可是，在这些职位上，他并不能真正实现理想，一次次上书，论证还我山河的梦想，却一回回亲眼见证了梦想的破灭。

辛弃疾年轻有为锋芒毕露，又沾染了北方人的直率，极力主战却屡遭主和派暗算，不断受到排挤。后来干脆被朝廷安排了一个闲职，虽然逍遥，却与鸿鹄之志相去甚远。一股壮志难酬的悲凉不禁悄悄笼罩在他的词中。

这首著名的《永遇乐京口北固亭怀古》写于1205年。当时，韩侂胄正奉命北伐，而朝廷也起用了久被闲置的辛弃疾。可是，辛弃疾心里十分清楚，这不过是打着他骨灰级主战老将的品牌战罢了。一方面，多年来官场的险恶令他深恶痛绝；另一方面，韩侂胄独揽朝政、轻敌冒进令他担忧。这些都让他清醒地知道自己很难有所作为。可是，锣鼓齐鸣的战争又令他热血沸腾，想跃马驰骋，纵横疆场。在这种失落与矛盾中，夹杂着久违的深深的激情。在这种情绪的支配下，辛弃疾登高怀古，写下了这首忧思深远、千古传唱的名篇。

词作以怀念古代英雄的壮举为主线，间或穿插王朝兴衰成败的典故，借古喻今，将历史的恢弘与人物的血脉相连，抒发了自己的愤懑与悲怆。而“四十三年，望中犹记、烽火扬州路”的感慨是辛弃疾最为伤痛的记忆。四十三年前的1162年，年仅二十二岁的辛弃疾击破南下金兵，大快人心，北方义军纷纷起义，女真的中原统治岌岌可危。无奈，战争遭遇曲折的时候，主和派又占上风，议和成功，南北分裂已成定局。遥想青葱岁月的硝烟战火，不禁感慨：奔腾年代已逝，唯余功业成空的不惑。最后一句“廉颇老矣，尚能饭否？”大有老且弥坚、不坠青云之志的豪爽，与当年廉颇“一饭斗米，肉十斤，披甲上马”的形象遥相呼应。作为一代英雄，辛弃疾的壮志在胸，只能为他留下深深的遗憾；然而作为一代词家，他的慷慨悲凉却成全了他词史上的地位。

辛弃疾的词和苏轼齐名，并称“苏辛”；和李清照并称“二安”，其性情磊落，为词为文，如天地奇观。所以有人称赞他是“人中之杰，词中之龙”。后世常常把他和苏轼进行比较，盘点出各自的风貌。苏轼的词潇洒豁达，自有文人的一份浪漫与从容；而辛弃疾的词多沉郁悲凉，自有英雄落寞的一股苍茫与感伤。苏轼与辛弃疾如诗中的李白和杜甫，前者轻盈飘逸，后者沉重忧伤。而辛弃疾的词中则更常见到英雄气概与无处施展的豪情。千古江山，万古长青，英雄却难以找到自己的出路，真是可怜，可叹！

若待上林花似锦，心窥晓镜
——玉楼春（娟娟片月涵秋影）王夫之

白 莲

娟娟片月涵秋影，低照银塘光不定。绿云冉冉粉初匀，玉露泠泠香自省。

荻花风起秋波冷，独拥檀心窥晓镜。他时欲与问归魂，水碧天空清夜永。

当夕阳隐没在海中央时，天边便挂起了一枚皎洁的新月，水中含浸着一片光滑的月影。月光如银，倒映着铺展在了门前的池面上，水波荡漾，清辉也跟着摇曳起来。一丝不染的夜景，总能让沉重的情绪沉淀，过滤出雅丽芳洁的心境。王夫之此词的开篇便渲染了这样一个美丽的情景。

在一个月光水色交相辉映的奇美境界里，他让自己的抱负开成一朵莲花。清风明月中，一片翠绿色莲叶如一朵云般徐徐升起，随风轻轻摆动，托着粉白的荷

花，亭亭玉立在清露之中，散发出连她自己都可嗅到的馨香。她孤芳自赏，怜爱自己的幽芳冷艳。

拂晓之时，风轻轻荡来，荻花纷纷飘落，秋水瑟瑟缩缩，似乎也感到了冰凉的寒。白莲独自抱着檀红花蕊低临湖面，好像美丽的少女正在对着晓镜窥看自己的妆容，孤芳自赏，自怜自艾。秋日到来荷花凋谢之时，我想问一问，将来她的芳魂会归向何处呢？会像漂泊无依的浮萍一样，随波逐流么？碧水长空，永夜凄凉，空阔苍茫，谁也不能给我答案。

屈原《离骚》说："虽未绝其亦何伤兮，哀众芳之芜秽。"姜夔《踏莎行·自沔东来》诉："淮南皓月冷千山，冥冥归去无人管。"一样的悲凉，一样的凄迷，直让人觉得仿佛有万言倾吐，终是一声叹息。

白莲虽难免凋谢，兀自清白高洁，便是王夫之一生的写照。

"世界上并不缺少美，而是缺少发现美的眼睛。"虽然只是寻常的莲花，周敦颐却在寻常之处看出不寻常，"出淤泥而不染，濯清涟而不妖，中通外直，不蔓不枝，香远益清，亭亭净植"。简单几句便把莲花的高洁、遗世独立的个性，充分展现了出来。

和雍容富贵的牡丹相比，莲的清幽、雅致更见细水长流的君子之风，它不仅独具清姿素容，也是品格坚贞、胸襟洒落的有志之士高洁自爱的象征。夫之此词以白莲命名，孤忠自守的情怀自然流露。

赤诚忠心在莲枝上开出了花朵，在风中摇曳的莲花，便是孤独抱忠、遗世独立的坚贞心志。夫之词历来多有故国之思，其深长缠绵之感，可与《离骚》相媲美。近代学者朱孝臧题其词集《潇湘怨词》便云："苍梧恨，竹泪已平陈。万古湘灵闻乐地，云山韶濩入凄音，字字楚骚心。"可见王夫之情志深切。一朵莲花便是一颗赤诚忠心，词中情真切切，带着几分孤离和傲气，那遗世独立的心意，更值得仔细琢磨，好好珍惜。

第五篇

时光如梦 一眼回眸便是一处风景

第十二章

梦中的呓语，湿润了春光的心情

笑从双脸生，乡野之春情更佳
——破阵子（燕子来时新社）晏殊

春　景

燕子来时新社，梨花落后清明。池上碧苔三四点，叶底黄鹂一两声。日长飞絮轻。

巧笑东邻女伴，采桑径里逢迎。疑怪昨宵春梦好，原是今朝斗草赢。笑从双脸生。

古心词韵

“吹面不寒杨柳风”，东风的和煦如爱人纤柔的手指，轻抚着饱经冬寒之苦的人们。古代，春天是女孩子的节日，终年困守深闺的她们可以走出无聊闺房，软踏柔嫩的芳草，轻荡纤细的秋千，倾听双燕的呢喃，嬉戏斗草于采桑的小路，甚至邂逅一位“足风流”的陌上少年。

看晏殊笔下的春天，便能感受到春日的生机与欢乐。正值春社，梨花飘飞，邻里乡民们齐聚一起，踏春赏景。街头巷陌、田间池边，到处洋溢着春日的喜悦。

“新社”即春社，古人在这一天祭拜土地神，祈祷丰收。周朝时使用甲日，汉朝以后，一般采用戊日。春社即立春后第五个戊日。《礼记·明堂位》里就描绘了春社的盛况："是故夏礿，秋尝，冬烝，春社，秋省而遂大蜡，天子之祭也。"燕子一般在春社日归来，所以也叫社燕。梨花于初春盛开，时至清明左右就会开始凋谢。晏殊这首词中，所写正是清明前后的景色，新社在初春，清明将至暮春，"燕子来时新社，梨花落后清明"，短短两句，既表现出时光的流逝，也以燕来和花落两种意境，展现出动态变化的过程。

清澈的池水中漂浮着点点青苔，黄鹂悦耳的鸣叫声不时地从树叶间传出。随着春意日浓，白天的时间逐渐变长，在温暖的阳光中，柳絮杨花都随风飘扬。

在这美好的季节，人们纷纷外出游玩，连那些久居闺中的少女也三两成群地来到了郊外，享受这难得的自由时光。年轻姑娘们相约出门，手挽篮筐到田野里采摘桑叶，在小路上与东邻的女子不期而遇，互相笑着打起了招呼。女子巧笑倩兮，一边兴高采烈地和对方寒暄，又不时掩口而笑，娇羞与活泼并存。

其中一名少女忽道："疑怪昨宵春梦好，原是今朝斗草赢。"难怪昨晚会做个好梦，原来预示着今天斗草时会赢了你们啊！之所以需要向朋伴们解释，可能是由于她脸上时常露出笑容，遭到了其他女伴的调笑，问她是否梦到了心上人，于是欲盖弥彰地解释是因斗草而乐。少女天真烂漫又矜持的姿态，形象且生动。

大抵昨夜果然是有心上人入梦来，可能还许下了什么甜蜜的誓言，所以少女十分开心，以至于"笑从双脸生"，喜不自胜又急欲掩饰，正是热恋中的少女当有的姿态。

这是一幅富有民俗情趣、乡土气息、自然之美的风情图，清新而欢快，略带民歌意味，毫无"富贵"之气，在着力表现贵族士大夫阶层之闲愁的《珠玉词》中显得格外特别。这个享尽荣华富贵的宰相，整日忙碌于缠身的公务或者沉醉于笙歌宴会，笔下的春天却带着乡野的气息，朴实而活泼。《诗经》里"春日迟迟，卉木萋萋。仓庚喈喈，采蘩祁祁"那种属于民间的春天，他不一定常见，却也能写得别致美好。

乘醉去听箫鼓，吟赏烟霞之间
——望海潮（东南形胜）柳永

东南形胜[①]，三吴都会，钱塘自古繁华。烟柳画桥，风帘翠幕[②]，参差十万人家[③]。云树绕堤沙。怒涛卷霜雪，天堑无涯[④]。市列珠玑[⑤]，户盈罗绮[⑥]，竞豪奢。

重湖叠巘清嘉[⑦]。有三秋桂子，十里荷花。羌管弄晴，菱歌泛夜[⑧]，嬉嬉钓叟莲娃[⑨]。千骑拥高牙[⑩]。乘醉听箫鼓，吟赏烟霞。异日图将好景[⑪]，归去凤池夸。

【注释】

①形胜：指地理形势优越。

②风帘：挡风的帘子。

③参差：形容楼阁高低不齐。

④天堑：天然形成的堑壕，形容地势险要。

⑤珠玑：珠宝。玑，不圆的珠子。

⑥罗绮：绫罗绸缎。

⑦巘：小山。嘉：美好。

⑧菱歌：采菱时唱的歌。

⑨嬉嬉：快乐的样子。

⑩牙：牙旗。

⑪异日：改日。图：谋取。

古心词韵

年轻才子柳永那贪欢享乐的玩性，被浓浓的江南烟雨浸润着，发酵成一坛江南米酒——熏风暖日就是珠肥玉润的稻米，吴侬软语就是清冽甘甜的江水，入口微凉，入喉甘醇，入腹熨帖。江南的风物气候、莺啼蝶舞，迷人眼，醉人心。浅尝辄止不过薄醉一场，但这片能把百炼钢化作绕指柔的土地，把英雄气概都化作了儿女情长，原本多情的文人柳永，又怎么能抗拒它的风情万种。

他畅饮大醉，听歌买笑，在这片温柔乡里流连不去。杨柳春风徐徐荡过，歌儿舞女缓缓走来，让柳永醺醺然。沿途的美景美人，滞留着词客的脚步，待抵达杭州，他更因眼前的好风光止步不前。

距离宋太祖赵匡胤立国才过四十余年，此时的北宋非常年轻，却也有几十载的光阴平复纷乱时代的创伤。这个朝代就像刚刚从午憩中醒来的贵族少年，舒展出几分雍容的懒散，又绽放着逼人的活力。

钱塘虽自古繁华，却只有在太平盛世里才能传出最撩人的笙歌。穿过烟柳画桥，撩开风帘翠幕，杭州的柔媚风致若隐若现；而城市的物阜民丰，在市列珠玑、户盈罗绮的豪奢排场里令人惊艳。拥有美丽与财富，还不足以称为风情——生活在这儿的人的气质，才更接近这座城市的气质。

清嘉秀丽的西湖上，昼间有画舫驶过，载去一船动听的羌管之声，船尾拖曳的白色浪尾，莫不是那快乐的音符；夜间湖水有了凉意，却拦不住少女们泛舟采菱、纵情高歌的热情。白发老翁在杨柳的青丝下闭目垂钓，稳如叠巘；伴着幽幽桂香，红衣的少女隐身于如火红莲，只有清脆的笑声缭绕在碧水上、白云间。市民生活的安逸富足，给了地方长官玩乐的底气。骑兵簇拥着长官，呼啦啦涌过，牙旗舒展，声势烜赫，他们趁着醉意酣畅、兴致正浓，听箫声鼓点络绎不绝，看烟云霞光映红半壁江天。

湖山之美好、都市之富庶，令市井中自然洋溢着满足的氛围，由此而生的喜乐，吊起了路人的嘴角。庆幸太平盛世，国泰民安。有凌云志的士子，把仕途当做归宿；寻安逸梦的文人，风月场也是安魂乡。柳永两种心愿兼而有之，这一阕《望海潮》，看似写尽繁华事、风俗情，实则另含青云志、风月梦。

这是柳永为了踏上仕途而投出去的第一块探路石。

当时，杭州的父母官名为孙何，柳永想前去拜谒，无奈孙府门禁甚严，欲见而不得。于是他创作此词，并携词拜会杭州名妓楚楚。楚楚姑娘见词大喜，连声称赞。柳永诚恳地道："欲见孙相，恨无门路，若因府会，愿借朱唇歌于孙相公之前。若问谁为此词，但说柳永。"楚楚姑娘欣然答应。

到了中秋府会这天，楚楚在孙府的筵席上婉转而歌。丝竹管弦与名妓歌喉，是众宾客早已熟悉不过的了，而词中的惊世才华，一时惊艳全场。尤其对身为父母官的孙何来说，赞颂当地的太平富庶，就是在赞颂他治理有方、政绩卓著，来日重归汴京凤池，这一番如画好景，确实可以成为炫耀的资本。

南宋杨湜在《古今词话》中记载了这件事的结局："孙即日迎耆卿预坐。"

孙何结识了一位才华横溢的青年，而柳永顺利踏出了干谒投献的第一步，皆大欢喜！

有佳人为其歌，有名士为其赞，还不足以证明《望海潮》的传奇。南宋的罗大经在《鹤林玉露》中称：柳七的这首词流传甚广，金主完颜亮听到有人歌之，钦慕中原的“三秋桂子，十里荷花”，于是生了“投鞭渡江之志”，遂横戈跃马，逐鹿南宋沃土。仿佛数百年泱泱大宋的劫数，是被这么一首词呼唤来的。宋人谢处厚也有诗云：“谁把杭州曲子讴？荷花十里桂三秋。哪知卉木无情物，牵运长江万里愁！”

听一歌而起征伐，自不是春秋笔法，更像话本戏剧里的夸张桥段。后人听之一笑，对这桩传闻的真假不附和不批判，便在不言不语间已领会到这段传奇流传后世的意义：以百余言牵动长江南北之愁，对一位词人的赞誉，最极致也莫过于此。

天水氤氲的秀色江南，仿如心上诗篇，舌尖美味。杭州是这泼墨江南中最浓重的一笔。不少名士隐客拱手山河，只为常驻此间，他们留下的一页页诗词曲赋，既是在书写杭州，也是为了与这湖光山色合影。自《望海潮》从柳永笔下汩汩而出，它就成了最耀眼的杭州名片，而青衫书生伫立于迷蒙烟雨的身影，在日益泛黄的旧时光里，却鲜艳得仿若清波上的十里荷花。

化作一抹尘埃，从此咫尺天涯
——渔父（西塞山前白鹭飞）张志和

西塞山前白鹭飞[1]，桃花流水鳜鱼肥[2]。青箬笠[3]，绿蓑衣，斜风细雨不须归。

【注释】

①西塞山：在今浙江湖州西南。白鹭：水鸟，喜好群居。毛色雪白，长喙，长颈，长腿。春夏季常常在湖沼、水田中活动，主食小鱼等水生动物。

②鳜鱼：俗称“桂鱼”。大口，细鳞，色青黄，有黑色斑纹，肉质鲜嫩，江南名产之一。

③箬笠：竹编成的斗笠。

有一类人是极让人羡慕的：入则为官，享受红尘乐趣；出则为仙，退守山野田园。儒与道互为消长，彼此映衬。山连水，水接山，山水间，功名利禄如浮云过眼。流水青山，文字生活，活得自有一番潇洒与快活。

这一篇《渔父》词的作者张志和，便是个有着十足潇洒与快活的人。他本名龟龄，“志和”实为唐肃宗所赐之名。他少有才名，十六岁即以明经擢第，授左金吾卫录事参军，后因事被贬，绝意归隐，自号烟波钓徒，游于太湖一带。唐代宗大历十年（公元775年）前后，张志和在湖州刺史颜真卿处作客，宴饮间作并歌《渔父》，绘景之余又抒志向，得以流传千古。

“渔父”本意是钓鱼的老翁，但在中国文学史中，这一形象往往关乎仕与隐，暗含着浓厚的政治色彩。最著名的渔夫形象来自屈原的《楚辞》。屈原被放逐后，“游于江潭，行吟泽畔，颜色憔悴，形容枯槁”，这时他偶遇渔夫。两人相谈投机，屈原抒发了“举世皆浊我独清，众人皆醉我独醒”的悲愤，渔夫则以“沧浪之水清兮，可以濯吾缨；沧浪之水浊兮，可以濯吾足”点醒屈原。时至今日，后人仍折服于屈原的风骨，而他笔下的渔夫形象也深入人心，从点人悟道的神仙，逐渐演变成隐逸超脱、淡泊名利的象征。以至于后人再描写渔人生活时，常忽略其浪里穿行的凶险，避谈其生活困窘的尴尬，而是极度渲染其垂钓江上的雅趣。这类作品，当以柳宗元的《江雪》中塑造的“孤舟蓑笠翁，独钓寒江雪”的形象为典范，张志和词中这位悠闲渔者，必然也榜上有名。

白鹭、肥鱼、桃花、流水、斜风、细雨，还有悠然山水之间的渔夫，共同构成了这首词的基本元素。“西塞山前白鹭飞”，此句当为远景，其后镜头渐渐拉近。“桃花流水鳜鱼肥”，便为近景，“桃花流水”使人想起陶渊明塑造的“世外桃源”之境。开头二句，“飞”字为动态之景；“肥”鱼加上渔夫的形象，也变得生动起来，想必定是鳜鱼一跃上钩，方知其肥。“青箬笠，绿蓑衣，斜风细雨不须归。”长短相谐的句子错落在一起，音节优美、节奏感极强。“青箬笠，绿蓑衣”当为渔夫自织，斜风细雨岿然不动，心性安然可见一斑。

二十七个字勾勒出一幅静谧的山水画，其中有点有线亦有面，有动有静，亦有清新明丽的色彩。“白鹭”之白、“箬笠”之青，“蓑衣”之绿浮于字面上，

另暗含的颜色还有西塞山之翠、流水之清、“桃花”之粉红。作者实乃调和颜色之大家，在他的笔下，色彩浓淡相宜，且同为绿色系亦有所不同。如箬笠为竹所编、蓑衣乃草所制，两者之“绿”自然不同，春季的西塞山之“绿”当为林木茂盛之颜色。最后一句“斜风细雨”又使得它们共同在雨露的润泽下显现出湿漉的绿。

风雨之中，乐而不归，张志和笔下的“渔父”当是一位“出世”的高人，超尘绝俗、与世无争的情怀，也正是张志和本人所具有的品性。正是因为这形象太动人，又与词人十分契合，后人甚至在《续仙传》中，将词人神化，说张志和即为玄真子，后来飞升成仙。可见这首作品的影响之深远。

如张志和的词一样具有素面朝天之美的，还有清代纪晓岚的一首《钓鱼》：

一篙一橹一孤舟，一个渔翁一钓钩。
一拍一呼又一笑，一人独占一江秋。

一人独占一江秋，好个渔人，好种境界！秀美的风光已令人沉醉，渔者生活的自由与惬意更令人向往，让人恨不得放下一切俗事，将自已放逐水波之上，只需浊酒一壶，钓竿一柄，从此后，春风秋月、凡尘闹市，都付笑谈中。俗世里，这样快活的人，又能有几个！

别来梦中寒，泪湿枕边巾
——酒泉子（长忆观潮）潘阆

长忆观潮，满郭人争江上望①，来疑沧海尽成空，万面鼓声中。
弄潮儿向涛头立②，手把红旗旗不湿。别来几向梦中看，梦觉尚心寒。

【注释】

①郭：原意是城外加筑的城墙，这里指代城。

②弄潮儿：指喜欢与潮水戏耍以展现乘风破浪之姿的少年，后用来比喻有进取精神的人。

“罗刹江头八月潮。吞山挟海势如潮。六鳌倒卷银河阔，万马横奔雪嶂高。”这首诗是古人赞叹钱塘大潮的佳作，罗刹江便是现今的钱塘江。自古以来，钱塘江大潮就以其排山倒海、万马奔腾之势居于“天下之伟观”。每年农历八月十五开始，钱塘大潮逐渐涌起，至八月十八那日最为壮观。唐宋时期，每年观潮的人数便逐年增加，天下人皆以能一睹钱塘大潮为荣。以吟咏钱塘潮为题的诗作也传世颇多。

潘阆也曾有幸观赏过钱塘江大潮，这次经历让他“长忆观潮”。每每回想，都是历历在目，记忆犹新。

在江浙地区，每逢八月中旬，大潮将至。家家户户便有如过年节一样，全家出动，不惜日夜兼程，只为了在大潮到来前，赶到观潮的最佳地点。那几日，全城百姓皆在河堤上争先恐后，翘首企盼。“满郭人争江上望”，词人也在人群中觅得了一个好位置，只为了能一睹这天下奇观。

至中午时分，等待中的大潮如期而至。那一波一波的潮涌奔腾而来，声势浩大，卷起白色浪涌直冲九天，腾起的巨型浪花如大雪倾落。轰隆的水声自远而近，好像万马奔腾而过，万鼓齐擂于前。壮阔的大潮夹杂着人们惊异的呼喊，于天地间浩浩荡荡、一往无前。这浩大奇伟的景观让潘阆看得目瞪口呆，连连叫绝，他不禁怀疑：莫不是天底下所有的海水都涌到了此处，造就了这样的奇观？其实，他知道，这大潮是大自然的鬼斧神工造就的，浑然天成，让人感慨自然界的力量之大。

正当人们对着大潮感慨纷纷时，偏有那天不怕地不怕、身手不凡的弄潮儿挑战潮头。大浪不断涌起，可他们凭借矫健的身手、超凡的胆色出没于惊涛骇浪中。“手把红旗旗不湿”，他们不畏惧大浪的怒吼与狂躁，身姿轻灵地腾跃于水中，手中还举着红旗，旗面一点都没有被打湿。在这天地间，他们同大自然抗争着，展示了人定胜天的壮志与豪迈，让观潮者为之振奋，为其呐喊。可潮水无情，亦有不幸的弄潮儿被大浪卷走，可即使这样，其他同伴亦无所畏惧，坚持在大浪中搏击，令所见者无不为之动容，泪洒江岸。大潮与弄潮儿共同演绎着天与人的和与战，延续着华夏子民坚韧不屈、永不服输的民族意志。

“别来几向梦中看，梦觉尚心寒”，多年之后，钱塘大潮的壮阔与弄潮儿的勇敢仍让潘阆难以忘怀，每每于梦中重温那时景象。醒来后，亦是心潮澎湃，难以平复。他常常为那些逝去的年轻的生命惋惜不已，可“少年当做弄潮儿”，只有坚毅果敢、勇往直前的少年才能浴火重生，来日一跃龙门，成为人中翘楚。

“八月十八潮，壮观天下无。”在自然面前，人虽渺小，可每个人心中都怀有在巨浪中搏击的梦想，做一回弄潮儿，在梦想与险境的博弈中，赢得属于自己的天地。

桃花春水，已在一念间
——菩萨蛮（洛阳城里春光好）韦庄

洛阳城里春光好，洛阳才子①他乡老。柳暗魏王堤②，此时心转迷。
桃花春水渌，水上鸳鸯浴。凝恨对残晖③，忆君君不知。

【注释】

①洛阳才子：西汉贾谊，洛阳人，少负才名，文才过人，人称洛阳才子。这里是作者自指，也就是女子想念的人。

②魏王堤：古时候洛水在洛阳城溢为一池，唐太宗李世民将池赐给魏王李泰，并筑堤和洛水隔开，人称为魏王堤。

③凝恨：面颊带恨凝愁。残晖：落日余晖。

一个明媚春光的午后，一位老人在院中独坐，寂寞地想着他的心事。

冬去春来，万物萌发，萧索了一季的大地展露出羞涩的笑颜，洛阳城内也该是一番花团锦簇，欣欣向荣了吧。思及此景，流寓他乡多年的韦庄嘴角不觉浮出一丝笑意。脑中盘旋的尽是那年，那城，那春，那人。那年的他是羽扇纶巾的翩翩佳公子，那时的城是红墙绿瓦、花枝掩映的东都洛阳，那样的春是日光倾洒、桃花入眼的上好时节，那个人是不点脂粉尤胜花俏的无双佳丽。

“洛阳城里春光好”，好得让人无法形容。河堤两岸杨柳随风，花枝轻颤，蓝天白云，佳人于侧。这般美景，就算比之江南，也不输分毫。可再好又如何，越美的事物越容易消散。终是旧时时光，随流水落花已逝去。

时光带走了美景，也带来了皱纹与白发，可与洛阳才子贾谊比肩的韦庄早已是迟迟暮年，在乱世中如飘萍一般流落异乡。旧时光就如手边的书籍，信手翻动，便是深植心底，深入骨髓，无须忆，不必思，何曾忘。轻合双目，数十载往事于脑中上演。父母早亡，家境困窘，小小少年不惧世事艰辛，发愤苦读。壮年时，踌躇满志赴长安应举，一遭逢动乱，流往东都。于洛阳，时局稍转安稳，才子佳人上演人间佳话，谁料得又是一夕离散，终不得见。徒留下老翁一人空自叹。

两个人，一份情，难相忘。

“桃花春水渌，水上鸳鸯浴。”韦庄慢慢回过神，从旧日走回当下，细细看周遭景致，蜀地的春也是美丽的。春日间，蜀地一改往时常见的阴霾，阳光遍野，春光融融。房前绿水环绕，清风徐来，微波激荡，涟漪阵阵。屋后群山环抱，缭绕远方，翠竹映眼，煞是怡情。水面上不知何时竟浮着两只鸳鸯，相依相偎、相亲相爱，交颈环绕、同游天地间。对月形单望相互，只羡鸳鸯不羡仙。相爱的鸟儿尚能相依相伴，思恋的人儿却已不知何处寻觅。生逢乱世，硝烟弥漫，家仇国恨未报，小儿女私情又怎得两全。风景越美好，心中越落寞，他俩成一双，吾却只一人，思乡情更切，有家归不得。韦庄心内流淌的思绪宛如一首低沉哀婉的清歌，曲曲折折，明艳动人亦让人伤感泪流。

高悬的日头渐渐往西边落去，大地在金色霞光的笼罩下，散发出温柔的光彩。这光彩照着词人满是哀伤的脸颊。一位老人在夕阳的余晖中独坐，陪伴他的唯有被拉长的身影。“忆君君不知”，最后的感叹似伤感，更兼无奈，无奈山河破碎，去国离乡；无奈壮志未酬，聊剩残躯；无奈爱人永隔，后会无期。

若还有来生，愿岁月静好，愿良辰美景，愿只得一心人，白首不相离。

本是无情物，谁会凭栏意
——点绛唇（雨恨云愁）王禹偁

雨恨云愁，江南依旧称佳丽。水村渔市，一缕孤烟细。

天际征鸿，遥认行如缀[①]。平生事，此时凝睇[②]，谁会凭栏意[③]！

【注释】

①行如缀：大雁成行而飞，仿佛被线连缀在一起。

②睇（dì）：斜着眼看。

③会：理解。

江南最美的景致出现在那细雨蒙蒙之时。天空上簇拥着大朵云彩，层层叠叠。细如牛毛的雨丝从天而降，细密朦胧，似烟如雾，将大地笼罩其间。田野、湖泊、楼阁都浸润在雨丝的滋润里，如水墨山水一样清新脱俗，如蓬莱仙境般如梦似幻。

如此美景，引得迁客骚人描摹江南烟雨的佳句颇多：韦庄《菩萨蛮》中勾勒出“春水碧于天，画船听雨眠”的清幽惬意，白居易在《南湖早春》中写出了“风回云断雨初晴，返照湖边暖复明”的融融暖意，杜牧在《江南春绝句》中展现了“南朝四百八十寺，多少楼台烟雨中”的杳渺意境。王禹偁的这首词，也是别有韵味。

“佳丽”一词出自《战国策》，本是指美丽的女子。江南娇俏而富有灵气的美正如同一位年轻靓丽、活泼伶俐的女子，让人向往，令人痴迷。烟雨江南如佳丽般美好，朦胧间能看到江边的小渔村，袅袅炊烟缓上青天，一缕孤烟不似大漠中的苍凉寂寥，平添的是一份宁静安详之美。

可江南云雨清越空灵的美丽却让词人王禹偁发出了“雨恨云愁”的感慨，云雨本是无情物，何来愁与恨？淫雨霏霏，在他眼中竟是恨意连绵、无穷无尽；

白云朵朵，于他看来却成了愁结不展，抑郁难消。酒不醉人人自醉，云雨无情情在己。他的愁与恨来自他的心，心已布满阴霾，纵使再美的风景，在他看来也是徒增愁绪。

天际飞来一行大雁结伴展翅。看到飞向远方的“征鸿”，王禹偁想到了自己的“平生事”，不禁回望自己走过的路：他出身寒微，自小家境贫寒，可自古英雄出少年，小小年纪的他便立下了鸿鹄之志，希望自己有朝一日能鱼跃龙门，报效家国。皇天不负苦心人，他高中进士，才华得以施展，还屡次升迁官至翰林学士。可好景不长，他的仗义执言让他吃到了苦头，屡次进谏不得帝王欢心，终成了被贬黜远方的芝麻小官。

这成群结队的鸿雁尚能飞往自己想去的方向，而自己却不得不待在不被重用的地方。好男儿空有一腔热血，却难寻报国之机；大丈夫应征战沙场，而只能面对春花秋月自哀叹。纵使江南美景再妙，对着这杳渺无力的云雨生出的唯有恨与愁。恨的是“冯唐易老，李广难封”，虚度岁月无用武之地，愁的是“伯乐难寻，知音不遇”，无人知晓心中万千事。鸿鹄羽翼被折，终也只能在这朝堂之外做个闲散之人，成了小小燕雀。

英雄迟暮令人惋惜，壮志难酬让人义愤，不被理解使人寂寞，而这一切凝于词人一身，他激愤难当，他想大声呐喊出自己的心声，他希望心里的愁绪能一吐而快。可他亦是无奈的，在无奈中继续折损着他的凌云壮志。

高楼之上，倚栏而望，看得尽这江南。看不尽的是怅惘的心，是寂寥的情，是愁云与哀雨。

笙歌西湖美，归来细雨中
——采桑子（群芳过后西湖好）欧阳修

群芳过后西湖好，狼藉残红，飞絮濛濛，垂柳阑干尽日风。

笙歌散尽游人去，始觉春空，垂下帘栊，双燕归来细雨中。

古心词韵

暮春时节，春红零落，微风拂过，花雨阵阵。点点花瓣在空中轻飘漫舞，有的落入泥土，有的吹散在台阶上，有的飘落在碧绿的西子湖中，泛起层层涟漪。这西湖波澜不惊，像一块碧绿的宝石嵌在颍州，点点花瓣幽幽地在水中飘荡，粉嫩配着翠色，让人百看不厌。

正对着这西湖美景发呆，眼前却不时地飘过团团轻盈的柳絮，仿佛在这暮春时节下起了鹅毛大雪。岸边的柳树在经历了一个严冬之后，终于披上了新衣，也在春风中搔首弄姿，向游人炫耀自己的柔美。绿色、红色、白色交织在一起，像一幅色彩艳丽的图画，让人觉得仿佛置身仙境。

文人常常感叹春光易逝，诗词中常常浸透了伤春情绪，若是换做那些伤春文人来描摹这幅图景，怕是也会染上凄清的色彩。这首《采桑子》是欧阳修晚年隐居颍州时所作，是其西湖组词中的一首。这些歌咏西湖美景的词作，开篇皆有“西湖好”三字，但风格迥异。这一首虽然描写的是暮春景象，但一反往常文人的感伤情绪。此时的欧阳修已值暮年，与这暮春时节恰好合拍，经历了人世的浮浮沉沉，到了这个年纪，很多事早已看淡。正因为如此，词中虽有“狼藉”“濛濛”之类的灰暗词汇，却给人哀而不伤的感觉。

时间慢慢地流淌，刚才还热热闹闹的西湖，一时间安静了下来。笙歌散尽，偶尔传来一两声水鸟的鸣叫，游人也都各自归家，刚才还人头攒动的西子湖畔，已经空无一人，只留下词人在观景台上眺望。突如其来的宁静让词人有些无法适应，曲终人散，西湖水仿佛也由沸腾转凉了，词人的心也跟着沉寂下来。

在这一派静默中，词人猛然回过神来，春天真的是要结束了吗！淡淡的惆怅不觉浮上心头，或有几分失落，或有几分寂寞，或是种种复杂情绪的交杂，词人自己也说不清楚。几十年匆匆走过，仿佛昨日还是意气风发的少年，今天已经白发苍苍。热闹过后大概就只剩下寂寥了吧，暮年终究应该安然度过，不想折腾，也无力再折腾。季节也该是如此，初春鼓乐齐鸣地来，暮春悄无声息地走。

傍晚时分，下起了绵绵细雨，词人踱着步回到家中，望着那绵绵的细雨，心中微微泛起波澜，不再像年轻人那般感情用事，却也不是麻木不仁，只是面对自己的感情时更加坦然。

正要垂下帘幕，两只燕子鸣叫着低低飞过屋檐，词人微微一笑，缓缓道了一句：“细雨鱼儿出，微风燕子斜。”

人去春空，留下的是一片空寂。欧阳修这篇词作，弥漫着静谧氛围，想来词人创作这首词时定也是气定神闲。人生本该如此，灿烂至极，后归于平淡，在静默之中，体会人生真意。

何处飞来白鹭，却见几朵芙蓉
——江城子（凤凰山下雨初晴）苏轼

凤凰山下雨初晴。水风清，晚霞明。一朵芙蓉、开过尚盈盈。何处飞来双白鹭，如有意，慕娉婷。

忽闻江上弄哀筝，苦含情。遣谁听？烟敛云收、何处是湘灵。欲待曲终寻问取，人不见，数峰青。

熙宁四年（公元1071年），苏轼携眷离京前往杭州任通判。从此，这位潇洒多情的才子便与杭州的湖山结下了难解之缘。林语堂说杭州是苏轼的第二故乡，他初到杭州时就曾作诗《六月二十七日望湖楼醉书》表达自己对这座城市的喜爱。

未成小隐聊中隐，可得长闲胜暂闲。
我本无家更安往？故乡无此好湖山。

人与地的缘分往往是相互的。苏东坡的诗情，非杭州的画意不能尽其才；杭州的画意，非苏东坡的诗情不能极其妙。苏东坡得杭州，如鱼得水，生命再不枯燥；杭州得东坡，如水得鱼，从此有了灵魂。

苏轼所住的公馆位于凤凰山顶，恰可俯瞰西湖。不管独自凭栏，还是携友同

游，皆可尽兴。所谓一石一木都含情，一亭一寺皆成迹。漫不经心的足迹渐渐把苏东坡和杭州缠绕成一体。

是日午后，阴雨多日的天空终于放晴。阳光刺破云层将山水点亮，西湖上也渐渐多起了游船和游人。苏轼正待出门，忽见张先家的仆人叩门而入，原来是张先邀苏轼共游西湖。同去，同去！美景自当与良朋共赏。

张先，字子野，诗风清丽，尤擅填词，因“云破月来花弄影”“浮萍破处见山影”“无数杨花过无影”三妙句，世称“张三影”。张先年长苏轼47岁，致仕后居于杭州，此时已年过八旬，但仍精力旺盛、兴致不减，常与苏轼酬唱应答。这位老翁年过八旬仍在家中蓄养歌妓，苏轼亦曾赠诗于张先调侃：“诗人老去莺莺在，公子归来燕燕忙。”

苏轼与张先等人同游西湖。掠过湖面的清风，不知不觉已被水气浸湿，吹拂人面时便觉清凉无限。雨已歇，云未散，暮色斑斓，映出山头的五彩云影。众人绕湖而行谈笑晏晏，走走停停，在湖心的孤山凭吊完白居易后，便在孤山竹阁前的临湖亭歇下脚步。

孤山四面环水，岛上多梅花。苏轼等人谈论着白居易的掌故诗词，也没忘记随时品尝近湖远山的可餐美色。水波摇曳，舟行如梭，山色青翠，雾霭蒙蒙。荡漾的水波中，有荷花盈盈俏立，虽已开过，仍然美丽动人。一对白鹭飞来，“如有意，慕娉婷”。

这“娉婷”不仅吸引了“双白鹭”，还吸引着词人等一众同游者——原来是个弹筝者！苏轼与友人们本沉醉在湖光山色里，突然见一只彩舟驶来，又有筝声忽然起于水面，原来是舟上女子正在弹筝。声声筝鸣尽凄婉，仿佛有无尽的心事想要诉说，在这陌生的地方，对着陌生的人，每一件心事都随着筝声传递开去。她一句话都没说，但心思却又一点都未保留。

刹那间，烟敛云收，天空像蓝玻璃一样澄澈透明。雾霭不见了，彩霞不见了，湖面上其余的船也像是有意闪开了似的，只剩下一湖清水，还有那华美的彩舟。苏轼再去看舟上女子，只见她脸上表情肃穆、平静，双手熟练地拨弄着琴弦，凄婉筝声汩汩而出。

不知她是谁家女子，还是远道而来的湘灵。湘灵是湘水之神，由古代尧帝之女、舜帝之妃娥皇和女英的灵魂所化。舜帝死时，二妃啼哭，泪洒竹上，竹子从此斑斑点点，湘妃竹是也。哭泣之后，她们跃入湘江，为夫殉情。湘妃化为神后，每次现身都尽显哀怨。这次也没有例外。

哀怨从来不是无缘故的，哀怨的背后总是有说不尽的故事。可是过于沉重的故事却往往说不出来。所有的内容都融进了筝声。旁人听得出哀怨，却听不出为什么哀怨。即便知那哀怨源自何处，也无从道来。音乐是最好的传情方式，传情是音乐的目的。出她的心，入她的筝，由你的耳，入你的心。

乐声醉人，让听者也不知不觉地闭上了眼睛，只任由音符在自己的耳边跳跃。等到一曲终了，余音散去，他们再睁开眼睛想去看那弹筝人，才发现彩舟已逝，湘灵已远，唯青峰数座，倒影幽然。心中有怀恋，也有遗憾，然而这忽然而来、又忽然而去的邂逅，本就不需要有什么结果。“人不见，数峰青”，此时无声，更胜有声。

细雨如愁似穷秋，一悲幽梦
——浣溪沙（漠漠轻寒上小楼）秦观

漠漠轻寒上小楼，晓阴无赖似穷秋。淡烟流水画屏幽。

自在飞花轻似梦，无边丝雨细如愁。宝帘闲挂小银钩。

那是一个多情善感的时代，处于这个时代的每个人心中都装满浓浓的诗情画意。风雨山石，花草树木，虫鸣鸟语，样样都能引发他们心中无限的遐思和迷离的情感；日升月沉，季节交替，人世浮沉，亦是常常入词入画无端叫人相思惹人闲愁。他们心中充满了各种或豪放或婉约或壮丽或温柔的情感，看世间万物无不有情，无不陪衬他们的心境。词人秦观就生活在这个美好的时代里。

一个早春寒意尚未退却的清晨，他自潮湿朦胧的梦里醒来，身着宽衣长袍缓缓登上阁楼，慵懒万分地倚着阁楼望向早春的天空。天色阴郁，雾霭沉沉，庭院、阁楼、杨柳都像笼了一层薄薄的烟，跟灰蒙蒙的天成为一色；广袤而又轻浅的寒冷密密麻麻地细布在空气中，丝丝凉意拂过脸颊，这完全不是早春该有的和暖气息，却更像是秋天的尽头寒意逼人，原本万物萌生的天气倒显得清冷凋零。

他用“无赖”拟人化地形容了对此情境的观感和触感。

淡淡的烟雾缥缈升起，潺潺的流水若隐若现，这一幅阁楼画屏中的风景倒是十分应这天气，幽邃迷蒙。看得久了，仿若置身其中，不自觉身边烟雾环绕，耳边流水淙淙，庄周梦蝶，孰真孰假？没有人影喧嚣，没有虫鸣躁动，此刻的外景难得如同画境般清幽，让俗世的人向往、驻足流连。

盘桓间，天空已下起了一丝丝小雨，细密绵长，轻薄易散，如同早春季节里若有似无的愁绪，无边无际地弥散在空气中，偶尔被微风吹送过来，一点点地浸湿衣衫；细雨微风中有初春绽放的花瓣飘舞飞扬，轻盈如梦，挣脱了枝叶的束缚，求得了一刻的自由自在，却也须臾之间结束了它原本短暂的生命。飞花如梦，短暂易碎；细雨如愁，剪不断理还乱。

他伸出手，接过几片飞花和细雨，再一次陷入了沉思中，在阁楼的栏杆边伫立良久。直到寒意渐生，才想起回房中添衣取暖。心中依旧感念这烟雨迷蒙的初春风景，便用小银钩随意地把帷帘挂起来，继续享受这份闲逸的情致。

这首词形容措词、比喻意象都十分巧妙，“漠漠”的“轻寒”，“无赖”的“晓阴”，“轻似梦”的“飞花”，“细如愁”的“丝雨”，构思独特，想象丰富，看似简单随意的组合形象而又逼真地把阴雨早春的凄迷幽幻和诗人不自觉流露的淡淡春愁呈现给我们；加上“淡烟流水”“宝帘闲挂”，秉承了婉约派一贯的风格，清丽幽雅；另外，“淡烟流水”原来只是“画屏”里的风景，虚实结合，不得不佩服作者深厚的遣词造句功力和高超的文学境界。

一种轻淡而细碎的美蔓延开来，即使是不易察觉的些微闲愁也带着几分诱人姿色，点缀着这个风情万种的时代，和这个一生都多愁善感的男子。

试问谪仙何处？青山烟碧
——霜天晓角（倚天绝壁）韩元吉

题采石蛾眉亭[①]

倚天[②]绝壁，直下江千尺。天际两蛾凝黛[③]，愁与恨[④]，几时极[⑤]！

暮潮风正急，酒阑闻塞笛[⑥]。试问谪仙[⑦]何处？青山外，远烟碧。

【注释】

①采石峨眉亭：采石矶，在安徽当涂县西北牛渚山下突出于江中处。峨眉亭建立在绝壁上。

②倚天：一作“倚空”。

③两蛾凝黛：这里词人是把长江两岸对峙的梁山比作了美人的眉毛。

④愁与恨：古代美人的蛾眉在古代文人的笔下往往是含愁凝恨的样子。

⑤极：穷尽，消失。

⑥塞笛：戍边军队里吹奏的笛声。当时采石矶就是边防的军事重镇（公元1161年）虞允文曾在这个地方大败金兵。

⑦谪仙：唐代浪漫主义诗人李白。晚年的李白住于当涂，并且死在这里。

关于韩元吉的历史资料流传下来的很少。像他这样一个才子长期为人所忽视，甚至在《宋史》都没能留下一篇传记，这不仅是他个人的悲哀，也是他所生活的那个时代的悲哀。如今，我们只能从那浩瀚如烟的史料中去寻找一些他的痕迹。这个出生于河南许昌的南渡遗老，曾经在绍兴年间当过南剑州的主簿，后累迁至知州，孝宗朝还做过龙图阁大学士。他是尹焞的学生，而尹焞的老师就是当时的理学大儒程颐。这样的出身使得韩元吉一直都奉行“弘实笃行”，为官时也颇有政绩。

韩元吉虽然在官场上顺风顺水，但心中始终有一个解不开的结。和众多南渡士人一样，他忘不掉故国故土。北宋灭亡之后，故国的残影就如同梦魇缠绕在心头，挥之不去，不知多少次让他从睡梦中惊醒。那时，他总是和辛弃疾、范成大、陆游等人一起饮酒作诗，抒发心中的豪情壮志。在他们互相唱和的诗作中，总有一个想完成却似乎永远不能完成的梦，那就是收复中原，重新整理这片旧河山。

韩元吉的诗词虽不如他的好友辛弃疾、陆游那样有名，但却清峻不俗，极富特色。陆游称赞他的词说：“落笔天成，不事雕镌。如先秦书，气充力全。”这阕《霜天晓角》便是极好的例证。

站在采石矶上，映入眼帘的是直入云霄的倚天绝壁，崖下是奔涌千里而去的

江水。这是兴隆二年的秋天，就在这一年二月，金人分兵渡过淮水，仅仅用了半年多的时间便侵入了楚州、濠州、滁州，引得朝廷一片震动。纵使如此，朝廷上下还是一片求和之声，这样的局面怎能不让他心如刀割？

秋风瑟瑟之中，他又一次登上了采石矶上的蛾眉亭。这蛾眉亭在当涂县北二十里，据牛渚绝壁。前有二梁山，夹江对峙，如蛾眉状，故得此名。循目望去，淮水之上，两座天门山果然夹江而立，宛如“天际两蛾凝黛”，似乎蕴含着无限哀愁。但这山水闲愁怎比得上他的丧国之痛，心中多年积累的“愁与恨”，不知到什么时候才能消除。

暮色降临，江面上怒涛暗涨，江风吹急。耳边笛声悠悠，仿佛就像当年在塞外沙场上听到的羌笛之声。在这样的环境下，独自坐在营帐中的他虽然手边有酒，但却感觉意兴阑珊，那愁闷的情绪就像那帐外无边的黑夜一样，浸透着他凄凉的心。

“试问谪仙何处？青山外，远烟碧。”再次举起酒杯之时，他又想起了那曾在采石矶“捉月”“骑鲸”的“谪仙”李白。太白天赋奇才，却终不得重用，这样的状况和自己何其相似。壮志难酬的李白最后只好将那一腔仙风傲骨埋葬在当涂的那一片青山绿水中，使自己的一生都成为一个神话，而他自己满怀的报国之心又将情归何处呢？或许只能等到百年之后化作一缕青烟，飘散在那万里青山之外了。

第十三章
一个转身便是一个光阴的故事

非生长江南，此景未许梦见
——忆江南（江南好）白居易

江南好，风景旧曾谙①。日出江花红胜火，春来江水绿如蓝②。能不忆江南？

【注释】

①谙：熟悉。

②蓝：草名，叶可制绿色的染料。

青年时期的白居易曾旅居江南，55岁之前的十余年间，他先后在江南西道的江州，江南东道的苏、杭等地做官。苏杭二州自有“上有天堂下有苏杭”的美誉，江南名郡风景秀丽、才子风流，给白居易留下了深刻的印象。回到洛阳后，他对江南风光景致以及在江南的生活念念不忘，写了许多怀旧的诗篇。

江南名郡数苏杭，写在殷家三十章。
君是旅人犹苦忆，我为刺史更难忘。
境牵吟咏真诗国，兴入笙歌好醉乡。

为念旧游终一去，扁舟直拟到沧浪。

这首《殷尧藩侍御忆江南诗三十首》记录了白居易在江南苏杭地区的难忘生活，是对江南胜景的热情讴歌。开成三年（公元838年），白居易已年过花甲，正以太子少傅之职分司洛阳，实际上也是在洛阳养老。人老之后常常爱回忆往事，多年以来的经历会在脑海中纷纷闪过，快乐和幸福如吉光片羽、金玉珠贝，让人忍不住弯起了嘴角，即使是昔日的痛苦与无奈，老来也只成了回忆中的调味料，咂摸着，生活反而更有滋味。有时候，人并非老于岁月风霜，而是老于回忆。

在对往事的反复追忆里，江南的十里杨柳、千层云荡、万朵花开闯入了他的脑海。在他的印象中，江南的颜色是鲜艳的，红胜火、绿如蓝、白似雪、黄赛金，这样夺目且鲜亮的回忆，顿时将其他人与事全部冲淡。他陷入了对江南风景的追忆中无法自拔，遂写作三首《忆江南》，怀思之情仍意犹未尽，这一首是其中泛写江南春景之作。

许多文人均赞美过江南美丽的春景，草长莺飞、花树丛生，春天的江南色彩秾丽，好似一幅秀美的画作。为了避开其他世人通常选取的角度，白居易开篇便直抒胸臆，以三字来表达内心汹涌澎湃的感情，只道："江南好！"正因为江南好，所以才令人常"忆"不忘。江南十年生活，让他对那里的风土人情都再熟悉不过，每一缕铭刻在他脑海中的回忆，都是他亲身的经历，便带有了浓厚的感情色彩。于是他写起江南之春时，只信手拈来，便胜过他人数倍。

"日出江花红胜火，春来江水绿如蓝。"这两句为互文手法，春天百花盛开，在阳光的照耀下，色彩明艳耀眼，江水绿波粼粼。白居易以粗犷明快的线条、秾丽的色彩，勾勒了春日江南的江水春花，艺术效果十分强烈。只此两句，已经胜过千言万语。

至最后，他又以感情色彩极为强烈的句子收束："能不忆江南？"那满腔的眷恋，全在这五个字里了。

据说，到了公元九世纪末，日本皇子兼明亲王还曾模仿白居易这首词，创作了一首《把龟山》："忆龟山。龟山久往还。南溪夜雨花开后，西岭秋风叶落间。能不忆龟山？"可见白词影响范围之广。

这是一曲江南春日的赞歌。在白居易的笔下，江南的春花、江水均入之为画，让人不由得对江南湖光山色心驰神往。卓人月在《古今词统》中引用徐士俊之语评价道："非生长江南，此景未许梦见。"

愁人独倚阑干，长夜无眠
——御街行（纷纷坠叶飘香砌）范仲淹

纷纷坠叶飘香砌。夜寂静，寒声碎。真珠帘卷玉楼空，天淡银河垂地。年年今夜，月华如练，长是人千里。

愁肠已断无由醉，酒未到，先成泪。残灯明灭枕头攲，谙尽孤眠滋味。都来此事，眉间心上，无计相回避。

这是一个深秋的寂夜，寂静得仿佛听得见人心跳的声音。萧瑟的秋风里，枯黄的树叶再也无法留在枝头，只能无奈地坠落，铺就了一地落寞，秋天的气息就随着这落叶弥漫开来，染满了庭院。夏末时侥幸留在枝头的几瓣残红也落下来，落在石阶上，淡淡花香仿佛在传递花对枝头的不舍。月华如洗，天边银河闪烁，小小的院落像是被笼罩在一层薄霜里。花荫深处，一座玉楼高高耸立，雕梁画栋，珠帘半卷，但却空无一人，原来早已是人去楼空了。

范仲淹的这首《御街行》是他为数不多的表达个人微小情绪的词作之一。一般来说，后世人对范仲淹最深的印象便是他在《岳阳楼记》中的名句：“先天下之忧而忧，后天下之乐而乐。”抑或是他的《渔家傲》中的“人不寐，将军白发征夫泪”，皆是以忧国忧民的政治家与军事家的形象深入人心，这一首词，却颇具文艺情怀。

清代李继昌在《左庵词话》中称：“希文，宋一代名臣，词笔婉丽乃尔，比之宋广平赋梅花，才人何所不可？不似世之头巾气重，无与风雅也。”这位心怀天下的铁血男儿，也会有似水一般的柔情。刚柔虽然处在矛盾的两面，但就是因为它们存在于同一个人身上，范公的形象也才更加丰满，更显有血有肉。

和许多描写苦情相思的诗词作品一样，这首《御街行》也是以女子的口吻写就的。《西溪丛语》中记载了关于范仲淹的一则小故事：“范文正守鄱阳，悦乐籍一小妓……到京以胭脂寄其人，题诗曰：江南有美人，别后常相忆。何以慰相

思，寄汝好颜色。”这位让范仲淹遥寄胭脂的江南美人或许就是《御街行》中的女子吧。

自从离别之后，她就常常在这小院之中呆坐着，任由思念从清晨蔓延到深夜。转眼之间，春去秋来，远方的他还是没有一点消息，她自是牵挂断肠。红衰翠减的深秋之景总是特别容易引人愁思。“夜寂静，寒声碎”，听着那落叶被踏碎的声音，她想到那渐渐逝去的青春年华，不知不觉就已经泪流满面。

窗外月色如醉，久难入眠的她只好披衣而起，穿过那落红满地的花园小径，登上了园中的高楼。这是他们过去常常一起来的地方，那时他们会并肩依靠着栏杆，看着云卷云舒，花谢花开。

她还记得那年的一日，他们一起在这高楼上赏月饮酒，吟诗作对，逍遥自在。可如今伊人已去，纵然月色再动人，人也早已远在千里之外。山水相隔，这一生恐怕再也无法相见了。

相思自苦，如今的她满心无奈，能做的也只有饮酒消愁了。可愁肠已断，就算再甘甜的美酒也终会化作苦涩的泪水，点点滴滴洒落在那已经被相思折磨得麻木不堪的心上了。

“残灯明灭”，桌上已是一片狼藉。所有的过往都在迷醉中鲜活起来，或许只有睡去，才能在梦中与他相遇，夜夜孤枕难眠，这痛苦滋味她实在不想一直品尝下去了。柳永《婆罗门令》有言：“空床展转重追想，云雨梦、任攲枕难继。”孤枕攲斜，愁人独倚，长夜无眠，可见天下相思之人的心境都一般无二。

世间之苦莫过相思，这一点大抵只有经历过的人才能够明白其中滋味。李易安说：“此情无计可消除，才下眉头，却上心头。”但凡心中有情，相思的痛苦就会无孔不入，浸骨入髓。只希望等到相逢那日，她那深锁的眉头能得以舒展，相思之苦也随风散去。

倾城欢情，唯在人正少年
——木兰花慢（拆桐花烂漫）柳永

拆桐花烂漫[①]，乍疏雨、洗清明。正艳杏烧林，缃桃绣野，芳景如屏。倾城[②]。尽寻胜去，骤雕鞍绀幰出郊坰[③]。风暖繁弦脆管，万家竞奏新声。

盈盈。斗草踏青。人艳冶、递逢迎。向路傍往往，遗簪堕珥[④]，珠翠纵横。欢情。对佳丽地，信金罍罄竭玉山倾[⑤]。拚却明朝永日，画堂一枕春酲[⑥]。

【注释】

①拆：裂开，绽开。

②倾城：全城人。

③骤：奔驰。绀幰：天青色的车幔。郊坰：郊野，郊外。

④珥：耳饰。

⑤信：任凭。金罍：酒器。

⑥春酲：春醉。

宋人言“人间佳节惟清明”，元旦、寒食、冬至并列为北宋人最重视的三大节日。就是在这年的清明寒食左右，奔着功名而来的柳永初到汴京。

五代十国的纷乱局面至北宋终结，经由太祖、太宗、真宗三代帝王的苦心耕耘，到柳永来到汴京时，政局稳固，社会经济如同久旱后沐浴了一场春霖的秧苗，有冲劲还有后劲，让每个子民都拥有昂扬的信心。中国古代的文人，终于迎来了对他们而言最好的时代。

一路旅途艰辛，风尘仆仆，柳永迎面就撞上了让人眼花缭乱的隆宋气象。盛大、富饶而美丽的汴京就这样跌入眼帘，让从远方跋涉而来的书生因这措手不及的隆重，感受到了手忙脚乱的幸福。

人说敲门声是有表情的，马蹄踏在地上的嗒嗒声，就像有人叩响了大地的门

扉。大地绽放出一个笑脸，柳永便走进了一片春光里。马蹄下的路还是湿漉漉的，破晓前的一阵疏雨刚刚洗去了京城的脂粉，过滤了它的妖艳，天地间只留下让人忍不住贪婪呼吸的清新味道。

走在汴京郊外，他无暇旁顾，眼前尽是烂漫的桐花、燃烧的杏花、如织的缃桃，鲜妍亮眼的颜色灼灼燃烧，一如这朝气蓬勃的时节，又如这达于极盛的朝代。“烂漫”“烧林”“绣野”，也不知柳永是如何想出这般生动精致的文字，宛如把一幕正如火熊燃的春日丽景绣在了郊野上。大自然的鬼斧神工与文人的如椽大笔珠联璧合，才能在浩瀚历史中印刻下这样的美丽。

淡妆浓抹总相宜，绝美之人与绝美之风景都有这样的魔力。美人一笑倾城，美景亦能让倾城百姓奔走寻春——宝马香车在如屏芳景中穿梭，男女老少摩肩接踵，喜气洋洋。万户千家传出管弦新声，游春的快乐也被推向高潮。

与其说是那些旁若无人斗草踏青的冶艳女子吸引了词人的目光，倒不如说是她们浑身散发着的青春活力令人着迷。人说爱笑的女子运气总不会太差，那如花笑靥也堪堪夺走了桐花桃杏的风采，眼波流转便如一汪春水荡漾。

几年奔波辗转中，柳永已不再是青葱少年，可在这个春天里，他快乐得像一个孩子，只用好奇的目光打量这个期待已久的世界，入眼处处都是喜悦，叫他怎不心花怒放！这喜悦的根源，正是北宋的太平日久、物阜民丰，唯有太平盛世里，这种恍如尽欢的放纵才甜蜜醉人，仿佛在与情人约会。

春光魅力四射，美人惊艳时光，酩酊大醉的柳永欲哭欲笑，终于和他幻想多年的汴京在此时相逢——“拚却明朝永日，画堂一枕春酲。”最好的时代，最美的风景，词人青春年少鲜有烦恼，若不酣畅淋漓一醉方休，岂不是怠慢了这巨大的幸福。

倾城欢情，也非唯在清明左右。盛世北宋恰如人正少年，谁能阻拦年少轻狂的张扬，又有谁能阻拦一个时代的狂欢？置身其中，只随时代摇摆高歌已经足够。

容得我醉时，寻得一抹快意

——满庭芳夏日溧水无想山作（风老莺雏）周邦彦

风老莺雏，雨肥梅子，午阴嘉树清圆。地卑山近①，衣润费炉烟②。人静乌鸢自乐③，小桥外、新绿溅溅④。凭栏久，黄芦苦竹，疑泛九江船。

年年如社燕，飘流瀚海⑤，来寄修椽⑥。且莫思身外，长近尊前。憔悴江南倦客，不堪听急管繁弦。歌筵畔，先安簟枕，容我醉时眠。

【注释】

①卑：低。

②炉：熏炉。本句意为在熏炉里燃香熏衣，以去处潮湿之气。

③乌鸢：泛指飞禽。

④新绿：指河水。

⑤瀚海：指遥远而荒僻的地方。

⑥修椽：修长的椽子。

雏莺褪羽，青梅渐圆，乌鸢自乐，新绿溅溅。远处，还有个凭栏相看的闲官周邦彦。这个世界，万物互不干涉，各得其乐。等到雏莺褪尽绒毛，整个天空将任其驰骋。到那时，梅子也该熟了。坐在田埂桑荫下青梅煮酒，即使时无英雄可论，这意境本身也似一首好诗。

如此看来，词人的心态该是极旷达舒展的，可那一份含蓄的苦闷，终究遮掩不住。这首词作于周邦彦在溧水任职期间，仕途可谓失意，难免落寞郁闷，但又不想将失意人的苦闷尽数挂在脸上，反而装出了一副并不在乎的样子。可他的满不在乎，毕竟不同于唐人白居易那一份发自于心的淡然。

中唐时，诗人白居易因触犯宦官权贵，远贬至九江任司马。唐代司马，位卑

职微，通常是安置老弱官员的闲职。当时白居易正值盛年，突遭此横祸，按照常理，难免失意惆怅。可是，他却能安之若素，日日“从容于山水诗酒间”，甚至留下名为《江州司马厅记》的奇文一篇，以谐谑之语，大谈“吏隐”心得。所谓“吏隐”，按他在文中说法，颇有随遇而安、逆来顺受的意味。人皆不齿于尸位素餐，白居易却甘之如饴，还将之当做颐养性情的历练。

从敢与宦官廷争面折的朝臣到安于尸位素餐的冗官，这一陡然转变，不能不让人心生好奇。对此，白居易在《江州司马厅记》里回答得言简意赅：“识时知命而已。”

周邦彦也是像白居易一样“识时知命”，安于闲职。对谪居生活，他已渐渐习惯，也确实悟到了“识时知命”的妙处。一旦参透，他眼中便看到了“风老莺雏，雨肥梅子，午阴嘉树清圆”的景色，“地卑山近”的穷山恶水，也变得可爱起来。

古人爱惜分寸光阴，但位卑职微的周邦彦食少事闲，正愁无计打发时间。所以，他每每披衣独行，或独自凭栏，或栖身竹海，多少韶光尽数消磨于游山玩水的逸乐中。只不过，玩赏时所见的曼妙风景，实则包蕴着无限的颓然心事。后人梁启超在《饮冰室评词》中一语道破天机：“最颓唐语，却最含蓄。”

从前周邦彦被派遣到庐州任闲职时，憔悴神伤，见风吹雪飘亦会触景生情，不堪其苦；见客舍内的竹槛灯窗，亦会想起千里外的佳人庭院。如今在溧水，他眼前仍是黄芦苦竹，却畅想此竹长成后，正是制筏的良才，还拟要削竹制筏，泛舟九江，作永日之游。

春秋时先贤孔子奔走列国传道，屡屡碰壁，困顿之际感叹：“道不行，乘桴浮于海。”贬居中的周邦彦，不再有孔子那样的使命感，他欲乘筏漂流九江，可并非投奔怒海式的自我放逐。九江沿途山水秀美，泛舟其上，为的是载上几罐村醪，顺流痛饮，以求迷乱乘风，不知今夕是何夕。

悟了“识时知命”的真义，周邦彦心安理得地开始“吏隐”。他和湿热的东南大地一起，敞开胸怀，尽情享受着初夏的蓬勃生机。但事实上，宦海中多年浮沉的经历，仍然是他心中巨大的负担，不时翻涌上来，令他时而放松，时而悲恸，于是整首词便具有了乐与哀交融，苦闷与宽慰并存的特色。值归燕南来，他触景生情，顿感此身飘零如燕，年年春来冬去，成了颠沛流离的“江南倦客”。沉恨处，只能罢席揾泪，再也听不得那莺莺燕燕的丝竹管弦，只想枕席醉眠，忘了悲伤。

无论再如何假装旷达，也掩饰不了失意；干脆合眼低回，就着高楼把栏杆拍遍，将愁苦化为一阕青史留名的词句，击节而歌，寄予山高水长。

江南微雨之中，媚态丛生
——凤栖梧（桂棹悠悠分浪稳）曹冠

兰 溪

桂棹悠悠分浪稳。烟幂层峦，绿水连天远。赢得锦囊诗句满，兴来豪饮挥金碗。飞絮撩人花照眼。天阔风微，燕外晴丝卷。翠竹谁家门可款？舣舟闲上斜阳岸。

在历史的轮回中，每一个朝代都有自己的生命。治乱兴衰是它的基调，离合悲欢是它的线索，春夏秋冬是它不变的段落。春去秋来本是自然常态，却常常因为文人墨客笔底的风流，而沾染不同的色调，让春天的浪漫、秋天的悲凉，都披上了神秘的衣裳。一个时代有一个时代之文学，譬如诗以唐为盛，而到了宋代，词则如娇花吐蕊，如日中天。在时代背景的影响下，不同的文人对自己笔下对象的选择也是有偏好的，譬如他们对四季的选择便往往具有一定的时代特点。如果说唐朝的宽容与大气令诗人们常以秋为美，那宋朝的婉约和细腻则令文人们以春为最爱，恰如二八少女，袅娜行走于江南微雨之中，回眸处，媚态丛生。

胜日寻芳泗水滨，无边光景一时新。
等闲识得东风面，万紫千红总是春。

——宋·朱熹《春日》

这是宋代人朱熹对春的热情讴歌，在一片湖光山色中，春天最易被识别，姹紫嫣红、阳光明媚，奏响了一首生机勃勃、万物复苏的序曲。天光云影共徘徊，自然是一幅不可多得的赏春图。同样爱春怜春的，还有宋代词人曹冠。曹冠春游

兰溪，在水上即景而歌，写成了这首《凤栖梧》，被晚清词人况周颐赞为“状春晴景色绝佳”，读之只觉云淡风轻，波宽浪稳。

词人乘坐着一艘游船顺风而行，意兴飞扬。小船悠悠向前，分开波浪，平稳行驶。他站立在船头，不由得想起了苏轼《赤壁赋》中“桂棹兮兰桨，击空流兮溯流光”的佳句，又见远山被水烟笼罩，绿水波澜连天而去，让人的心境也变得格外开阔，词人忍不住也想乘兴赋诗：“赢得锦囊诗句满，兴来豪饮挥金碗。”佳作频出，又有金碗美酒相伴，实在是尽兴啊。“锦囊”化用李贺的典故。相传唐代诗人李贺性喜游玩，常常骑一毛驴远行，鞍上有锦囊，一旦写成诗句，就投入锦囊中。待到归家的时候，锦囊已经积满了诗句。农家有丰收的喜悦，商人为赚取金钱而狂喜，而以收获诗歌为乐，则是专属于文人的乐趣。

在这春意融融的午后，他泛舟江中，看到岸边杨柳飞絮，水边红花照眼，碧空万里无云，春燕自由飞翔，很是欣喜。不知不觉就陶醉其中，忘我地连斜阳西下都没有注意到。等都终于察觉天色渐晚，这才想起到了该回城的时候了。可是遥望不远处的岸边，他又想到：“翠竹谁家门可款？”在那绿竹掩映的人家里，可有人愿意款待我呢。想来这附近大概有熟识的亲友，抑或是他知此地民风淳朴，便是陌生人来投宿也会得主人热情招待，于是驱船靠了岸。

春日水上的旖旎风光被作者的妙笔一一收录，虽然他并没有刻意强调这是春景，但一股融融暖意已扑面而来。这词中没有朱熹笔下的万紫千红，没有杨万里笔下的映日荷花，没有苏轼笔下的水光潋滟，但见那桂棹悠悠分开水浪，又见飞絮撩人花照眼，这微小的生活情趣和欢乐，已十分动人。在被宏大话语不断囊括的唐朝，被苍凉尘沙不断漫卷的汉代，绝少有人能够细心观察周遭的生活，品读春天的美丽与娇小。唯有宋代的文人们，才有这份婉约、细腻，也只有他们才能独得这份快乐和情调。

春无踪迹谁知，缕缕幽兰香
——清平乐（春归何处）黄庭坚

春归何处？寂寞无行路。若有人知春去处，唤取归来同住。

春无踪迹谁知？除非问取黄鹂。百啭无人能解，因风飞过蔷薇。

黄庭坚是盛极一时的江西诗派鼻祖，他主张“诗词高胜，要从学问中来”，并提出诗词创作要注重点铁成金，即根据前人诗意，对形容加以变化，推陈出新。他称这种做法是“以俗为雅，以故为新”。这样一位立志从古意中寻求新趣的大词人，笔下的惜春词也充满了别致的童趣。

这首词创作于黄庭坚早年游学期间。暮春时节，词人深感春日很快就要过去了，心中不免颇多不舍。现代文学家朱自清先生以“春”为题写过一篇散文，在他的眼里，春天充满活力，“像刚落地的娃娃，从头到脚都是新的，它生长着。春天像小姑娘，花枝招展的，笑着，走着。春天像健壮的青年，有铁一般的胳膊和腰脚，领着我们上前去”。这样的春日，自然让人留恋不舍。

春天意味着新的开始，意味着一切都充满了希望，如孩童般俏皮可爱。黄庭坚也许正是受到春天这样的感染，自己也俨然有了几分孩童心态，纵是作惜春语，感叹时光易逝，也和其他文人有所不同。这词哀而不伤，天真无邪，在惜春题材的诗词中显得别具一格。

春天去哪里了？黄庭坚像一个小孩似的发问。好像他正在和春天捉迷藏，等他睁开眼睛，转头去寻春时，却找不见春的踪影。刚刚还沉浸在快乐里，现在又有几分茫然无措，环顾四周，却不知道去哪里找寻。

万分焦急下，他只好向他人求救，希望有人能够帮他找到春天的去向，追回春天。可惜时光太匆匆，谁也留不住它，自然就无处寻找了。于是词人就像丢失了心爱玩具的孩子，伤心不已。

孩子的痛苦来得快去得也快，很快他就意识到，幻梦已经破碎，唯有面对现实，无奈地说一句“春无踪迹谁知”，便也作罢了。滚滚红尘之中，人人都忙忙碌碌，春去秋来习以为常，有几人会注意到时间的流逝。词人长叹一声，无奈下又听到枝头黄鹂欢快的叫声，这大自然的精灵，一定知道春天去了哪里。词人心中又燃起了希望，兴奋地对着枝头的黄鹂询问春天的踪迹，只听得那枝头的黄鹂歌声婉转，至于它到底说了些什么，他却是一头雾水。

黄鹂唱罢便展翅高飞，乘着风儿飞向了远处的蔷薇花丛，留下词人在原地暗自伤神。词人痴痴望着黄鹂飞向远方，就像未能留住春天一样，他同样留不住这

可爱的精灵。

远处的蔷薇花已经开放，在微风中散发着幽香。蔷薇花在夏天才会盛开，原来不知不觉中，春天已经远去不可追了。

这首词清新别致，妙趣横生。黄庭坚对美好事物充满了向往，且坚持不懈地追求。他亦能感受到时光匆匆流逝，心中同样有落寞失望和无能为力，但却不会一味地渲染这哀伤情绪，而是适可而止，不会令人感觉心情沉重。

何必苦言归，石亭春满枝
——菩萨蛮（北风振野云平屋）苏庠

宜兴作

北风振野云平屋，寒溪淅淅流冰谷。落日送归鸿，夕岚千万重。

荒陂垂斗柄，直北乡山近。何必苦言归，石亭春满枝。

春暖花开的美好季节固然让人心花怒放，大地回春带来的希望更是让人欢欣鼓舞，于是，人们有多么盼望春天的到来，就有多么讨厌冬天的迟迟不去。可是，每个季节各有其美好之处，凡静下心来体味，总能咂摸出无穷滋味。冬天的美好，总在不易觉察之处，只消换个角度，便如去细细端详那六棱雪花，千姿百态尽收眼中。

冬天是叶落枝枯的季节，然而残叶与枝干生死诀别之时，未尝没有悲情之美；白雪漫天飞舞，虽导致路滑难行，然而雪后的琼枝玉叶、银装素裹，却是在其他季节永远看不到的；北风卷地，固然让人心惊肉跳、脸如刀削，但枯木残枝在风中咆哮的场面，却又有几分悲壮情怀。凡此种种，是独属于冬季的冷艳之美。即便没有那种闲散情怀去寻这冬日之美，却也知道冰雪消融之后，并不是只变成了雪水，还变成了春天。存着这美好期待于心，又怎会畏惧寒冬呢？泱泱诗词的海洋里，写冬景的词本来就不多见，其中又能将冬景描绘得不带丝毫苦寒气息的，就更显得难能可贵了。苏庠游宜兴时创作的这首《菩萨蛮》便是这样一首难得之作。

他笔下的这个冬天也是充满声势的：北风呼啸，震动山野，低平的云层压至屋脊。除了这般气势宏大的大处气象，也有细密的小处景致：冬日的冰谷里寒流细弱，淅淅而流，声响微不可闻，溪流虽“寒”山谷虽“冰”，但更多是为了表现冬季的气候特点，并无刻意附着感情色彩。冬日的天空萧淡高洁，一轮红日在鸿雁归巢时缓缓坠落，山头云雾缭绕，在夕阳晚照下层层叠叠，瞬息万变，惹得游人也对这千变万化的自然充满遐思。

所游之地宜兴距离词人的居所丹阳非常近，此时此刻他突然有些想要归家了。“斗柄”即北斗星，丹阳在宜兴北方，故而词人才有“荒陂垂斗柄，直北乡山近”之说。之前空中的飞鸿已经惹起了一丝乡愁，此刻眺望北方，不由得更想早一点回到家中。好在他的烦恼只持续了一会儿，很快就平复了心情，看着眼前冷清之景，却满怀欣喜和希望地说道：“何必苦言归，石亭春满枝。”何必身在宜兴，却一心想回丹阳呢？过不了多久，这里就将春色满枝了，正是“冬来春不远”的乐观心态。

苏庠隐居丹阳，一生绝意仕途。他所盼望的“归乡”，不一定是要回到现实中的故乡，而是要将心灵置于豁达超脱之所。很多向往隐逸的人，都有一种于渔樵耕读中淡忘滚滚红尘的意愿，结果却过分注重隐居的形式，而未领略其深味。苏庠的一句“何必苦言归”则体现出更深层次的豁然领悟——此山与彼山，并无不同，意指身隐和心隐皆是隐，只要心不为冬寒所动，便能处处逢春。

英国诗人雪莱曾说：“冬天到了，春天还会远吗？”按照四季更替的规律，寒冬之后便是暖春，那时春山如黛，碧水淙淙，必将又是花红柳绿、草长莺飞的好时光。这种心态已是非常难得，然而更有超出其上者，即便在寒冬里，也能保持着内心的盎然春意。

白手相约，不过是露水姻缘
——临江仙（闻道长安灯夜好）毛滂

都城元夕

闻道长安灯夜好[①]，雕轮宝马如云。蓬莱清浅对觚棱[②]。玉皇开碧落，银界失黄昏。

谁见江南憔悴客，端忧懒步芳尘。小屏风畔冷香凝。酒浓春入梦，窗破月寻人。

【注释】

①长安：此处指北宋都城汴京。

②觚（gū）棱：宫殿的屋脊。

上元夜灯火璀璨，汴京城内接踵摩肩。转动的花灯，舞动的银龙，还有擦身而过的佳人。喧闹的街市，繁华的夜晚，哪一对情人可以白手相约，哪一双不过是露水姻缘？

在中国古代，元宵节相当于是情人节，宋朝时甚至有法令放假五天。宋朝年谷屡丰，国运虽不及前朝，但其繁华也不逊于唐。《岁时杂记》云："自非贫人，家家设灯。"每年的元宵夜，城市里灯火通明，家家户户点燃各式彩灯，龙凤虎豹，风格别致各有不同；金碧相射，锦绣辉映。更有纸糊的百戏人物，悬于数十丈高的竹竿上，风动处宛若飞仙。寺庙、大街，华灯异彩纷呈，亮如白昼；其间夹杂文艺表演，各种曲艺形式不断，通宵达旦，游人如织；其热闹的程度可谓民俗各节中的冠冕。所以，元宵节历来是各朝文人墨客着笔最多的节日。能够在这类作品中脱颖而出的，自然也是文学殿堂的上乘之作。欧阳修的《生查子》（去年元夜时）、辛弃疾的《青玉案》（东风夜放花千树）都是其中最为璀璨的明珠。

与这些耳熟能详的佳作相比，毛滂这首《临江仙·都城元夕》略显得有些逊色，然而喧闹的环境与词人落寞的心情之间形成的反差，也具有一种独特的美感。词人晚年因言获罪，被罢免了官职，在河南杞县旅舍待罪。正是人生最失意落魄之时，恰逢盛大的元夕佳节，他有心想去街上寻些热闹，然而心情却始终非常沉重。近代学者薛砺若称毛滂为“潇洒派之宗祖”，其词“潇洒明润”，这首元夕词便能体现他清淡自然、明净秀丽的词风。

汴京城里灯火璀璨，光明如昼，豪门贵族竞相车马出游，一时间大街小巷都是车如流水马如龙的热闹景象。这场面本是极其欢腾的，但因他远在河南，肯定不是他亲眼所见，只是“闻道”而已，所以，那璀璨的灯海、繁华的汴京，于他来说却是另一个世界。

此时虽未亲眼所见，但他仍能想象出汴京盛况——灯如织锦，无边无垠，璀璨的灯火在宫殿前流泻闪耀，大有缥缈之姿。这一片灯海好比玉皇大帝打开了宫门，天上的星辰明月全都坠落人间，难怪会有这般明亮景象。另外，每逢元夕，皇帝也常常下令开启宫门，或偕臣僚走出皇宫，以示与民共乐之意。词人在此也可能是以天上玉皇比喻人间帝王，使人更能想象到帝都元夕的鼎沸之象。

可是，再热闹又有何用呢！人最怕的，便是发现自己是热闹人群中最落寞的那一个。汴京再繁荣，只怕他也是回不去的；帝王再亲民，只怕他也无缘得见了；元夕再热闹，似乎和他也没什么关系。

值此团圆佳节，他却是个孤独的“江南憔悴客”，一来客居异乡，不能与亲人团圆；二来他是代罪之身，终日惴惴不安地“端忧”，等待朝廷的裁决，怎么可能不憔悴呢？心情落寞至此，自然会“懒步芳尘”，这“懒”既是心绪惫懒，又有一种不屑入“芳尘”的傲岸情怀，而这种清高傲岸，怕也是他获罪的缘由之一吧！

尽管自叹“憔悴”，但毛滂并没有一味言身世处境之苦，而是以“冷香凝”比喻自己不羡权贵、身处逆境亦能自解的潇洒心性。但在备显孤寂的佳节之夜，烦恼不肯稍减，他只好以酒解忧。酒醉后悠然入梦，元宵之夜的圆月透窗而入，寻人相伴，他的寂寞至此可谓被渲染到了极致。

《东京梦华录》中记载：每逢灯节的时候，开封御街上，彩灯万盏、焰火纷呈，如灯山花海，金碧辉煌，锦绣生香。“大街小巷，茶坊酒肆灯烛齐燃，锣鼓声声，鞭炮齐鸣，百里灯火不绝。”想来即便不在汴京，他此刻所在的小城也必定是灯火璀璨的。外面灯市如昼，圆月的清辉自然黯然失色，但词人独居客舍，

偏僻清冷，连月光都有些不忍，破窗而入，伴人入梦。

凄苦中不失美好，任何时候都不忘对生活的细腻体认和热爱，这便是毛滂词中潇洒风致的来源。

春鸿不解讳相思，孤枕难眠
——踏莎行（春水鸦头）纳兰性德

春水鸭头[①]，春衫鹦嘴，烟丝无力风斜倚。百花时节好逢迎，可怜人掩屏山睡。密语移灯，闲情枕臂，从教酝酿孤眠味。春鸿不解讳相思，映窗书破人人字[②]。

【注释】

①春水：春天的河水。

②书破：书写错乱，指雁行不成“人”字形。

春水泛绿，满山花红，若应景而生，纳兰容若的这首《踏莎行》当是作于初春时节吧。

春天踩着冬天的尾巴悄然而至，风里还裹着几丝料峭寒意。柳梢的绿意没来得及闯入人的视野里，那如丝如雾般的柳絮便肆无忌惮地飞舞起来，裹挟着从泥土里钻出来的春的湿润气息。春河开冻，百花盛开，正是外出踏青赏花的好时节，但她却偏偏掩起屏风，孤眠不起。

“孤枕”两字后面向来都是“难眠”，纵使困意再浓、春觉再暖，她也难以成眠。房前屋后已尽是一派春光，屋内却昏昏暗暗，恰如那女子失落的心情。将灯烛移近，墙上便映出自己的身影，可惜与自己成双成对的只能是这摸不到触不到的虚影，叫她怎能不追忆往日良宵共度的情景?

昔日甜蜜的话语仿佛还在耳畔，正待细细琢磨，一阵风从窗外吹进来，那甜蜜的回忆便陡然抽离，只留下闲愁与苦涩在空气里弥散开来。这番愁绪难以消遣，索性起身走到窗前，哪知归鸿丝毫不懂得避讳离人的相思，一只只啼叫着从窗外飞过，偏偏又排不成规规矩矩的“人”字，想必这一笔凌乱的书写会令她心中更加烦怨吧！

这首词从明媚的春光写到人物的烦扰，一派欢喜、浪漫的景象都成了闺中人满腹幽怨的背景色，就像在花团锦簇、百芳争艳的花园内，偏偏有一株枯萎凋零的植物；又像在人群喧闹处，几乎所有人都面带喜色、纵情狂欢，偏偏一人兀立中间，满脸怨恼、双眼噙泪。这首词里的女子就是这样，当所有人尽情享受着怡人的春色时，她却感受不到他们的快乐。

王安石之子王雱曾做过一首《倦寻芳慢》，其中有这样两句：“倦游燕，风光满目，好景良辰，谁共携手？”“谁共”二字反诘，意即无人与共。即便是“风光满目”的良辰好景，无人携手同游览，于游燕之事就意懒情倦了。纳兰笔下这名女子也是这样吧，等不到离去的良人，便索性沉睡好了，“可怜人”无聊无绪的情态跃然纸上。即使这女子走出绣楼，也只能在一群人的狂欢中品尝一个人的孤单而已。

“归去后，忆前欢。”世人大抵如此，相伴之时往往只沉浸于甜蜜喜乐之中，竟不知再大的欢喜也有尽头。斯人若去，无论是闺中思妇还是独活的檀郎，剩下的唯有空忆而已。昔日“密语”只是前欢的象征，如今只剩了“孤眠”的滋味。

在王家卫的电影《东邪西毒》中，张曼玉手里拿着一朵桃花，倚窗看着大海喃喃自语：“直到有一天看着镜子，才知道自己输了，在我最美好的时候，我最喜欢的人却不在我身边。”最易逝去是韶华，人间的春色之美好正如青春，不论是在大自然中最美好的时节，还是在一个女人最璀璨的年华，不能与爱人长相厮守便都是莫大的遗憾。杜拉斯在《情人》一开篇写道：“我已经老了……”事实上最可怕的未必是衰老本身，而是不能与相爱之人从年少轻狂携手到鬓染霜花的空恨。

在纳兰容若的诗词中，就有这样一群惆怅伤怀的女子，她们或者独立樱桃树下，或者站在清冷的荷塘月色中，或者倚靠在窗台前，追忆温存的往事，怀念逝去的时光，那些离去的爱人、不归的浪子，在如柳絮般郁郁的思念中渐行渐远渐无书，唯有一斛清冷的月光，将她们的思念拉扯得那么漫长，长到像岁月一样悠远。

天涯伤老大，此生已蹉跎
——卜算子（燕子不曾来）蒋春霖

燕子不曾来，小院阴阴雨。一角阑干聚落华，此是春归处。

弹泪别东风，把酒浇飞絮。化了浮萍也是愁，莫向天涯去。

古心词韵

雪莱说：冬天来了，春天还会远么？然而，春天来了，终会走的。不同的时境，总会有不同的感触。中国的文人，自古便感悟着过去，也忧心着未来。

岁岁伤春人渐老，惨绿愁红，触目添烦恼，眼看暮春又过，暗惊岁月如梭。朱颜镜里渐消磨。休问春归何处，落花随逝水，花间醉舞婆娑，天涯伤老大，此生已蹉跎。

春天总是以自己的清丽与妩媚，带给世人安慰，也带给世人凄苦。人们总是妄图挽留美，而美总是在人们衣袖上染上些香气，便消失得无影无踪，任凭踏遍千山万水去追寻，终是枉然。韶华易逝，留春无计，自古文人墨客便写下了诸多诗文词作。“雨横风狂三月暮，门掩黄昏，无计留春住”，“凡客归者必归家，为问春家在何处”，“若有人知春去处，唤取归来同住”，其中哪一句不是集聚着对春天的缅怀，哪一句没有幽幽的叹息呢？

天地为一，人与自然合一，对于万物的伤感之情，总会挪到自身上来。文中有真我，注入深情，便自有独特的魅力。自古以来在书页中留下的文章诗词，莫不如此。

美丽的日子总是过得很快，正如春天去得匆匆。昨日刚盛开的繁花，昨日刚发芽的柳枝，不经意间已是另一番模样。就算是拿着相机，拍下美景，很多年后，剩下的也是叹息罢了。忍不住想到，怀念过去，是因为过去本身美好呢，还是因为回不去了呢？正是应了那句话：得不到的永远在骚动。

得不到便生生追寻，可是谁愿意做一朵无根的浮萍呢？纵然有漂流千年的自由，但并不代表会拥有永久的快乐。在春色将暮的时节中，蒋春霖想到自己如浮萍一般漂流，怅然泪下，挥笔写下《卜算子》。

燕子是给人空虚失落之感的“不曾来”的燕子，雨水是给人压抑沉重之感的阴阴雨，落花是使人倍感凄凉的被风吹聚到阑干一角的萎落在地之花，是作者心中眼中的春归处。正似刘铉在《蝶恋花·送春》中所云：“只道送春无送处，山花落得红成路。”春归去，一切成空。

春魂化作天涯飞絮，飞絮落花流水化作浮萍，来世杨花转来世浮萍的三生命运，使辞别人间的春魂注定了要生生世世飘荡。词人不愿像浮萍般向天涯去，终是身不由己，一生飘零。词作与辛弃疾的伤春图如出一辙：春且住，见说道、天涯芳草无归路。怨春不语，算只有殷勤，画檐蛛网，尽日惹飞絮。

春日是世间一切美好的象征。当冬日穿着棉衣不情愿离开时，温暖渐渐回归人间。春天便似美人身着薄纱，款款走来。老人度过冬天，便又熬过一年；孩子蹦过冬天，便又长大了一岁。在这个时节，一切绿色都在蓬勃孕育、拔节，这便是生命。春归令人欣喜，春暮意味着感伤。词中的世界，融进了芸芸众生一念一想。

梦回惆怅无寻处，春归不成
——蝶恋花（柳外轻寒花外雨）况周颐

柳外轻寒花外雨。断送春归，直恁无凭据。几片飞花犹绕树，萍根不见春前絮。

往事画梁双燕语。紫紫红红，辛苦和春住。梦里屏山芳草路，梦回惆怅无寻处。

总有很多东西无法挽留，比如走远的时光，比如枯萎的情感；总有很多东西难以割舍，比如追逐的梦想，比如心中的深爱。无法挽留时，便转成回忆。回忆总是带着那么点撩人的气息，无声地潜入黑夜，潜入梦中。

闲来无事的时候，会随手翻一些诗词。不求甚解，只要入人心怀便好。风轻轻掀动窗帘，像是来自远方的问候。每到这时，心便渐渐沉淀下来，随书中的一

行行排列的文字，或哭或笑。翻开一本书的时候，总会用手指划过扉页，看着目录挑选一个有着美丽名字的，一首诗词或者一篇散文。当“蝶恋花”三个字进入视线的时候，甚是觉得浪漫缱绻。翻到所指的书页，便邂逅了况周颐的这幅暮春图。

这首词极其简单，在闲暇的时刻使人禁不住念叨起来。寂寞的人，写寂寞的词，心随物转，面对殇景便有愁情。伤情难收之时，便也忍不住轻声责备：柳花依旧轻轻飘染，雨已然淅淅沥沥，为何就把春天断送了呢，有何凭据呢？恋花之人更恋春，飞花绕树不愿落入尘埃，以为春犹在，自欺欺人中又见春絮化浮萍，春当真是逝去了。

痴情人总有痴情的办法。阻遏春归成绝望，便用回忆延续春的生命。曾经燕子四处奔忙，繁花肆意开放，簇簇拥拥，委实令人欣喜。然而往事再美犹不可追，只能在孤灯的陪伴下入梦，梦绚丽多姿，春草萋萋，宛如画艺高超的画师把春天搬到了画屏上。天渐明，梦也无处躲藏，醒来时，只剩下一声凄惨的惆怅。

纵是多情人，百计千方地苦留亦不得，穷愁无路，真让人伤怀。

自古以来，多是敏感之人易生感慨，读词之人亦跟着叹息。春天挂在桃枝上，藏在柳芽里，嬉戏在解冻的小溪里。春在哪里，褒奖与赞美就在何处。若问春有哪般好，却也说不出。只当春要离去，声声挽留总是枉然时，恼人的情绪便无边迹地生发。

诗词如天上繁星，数清数量成为妄想。而在这浩瀚的词海中，挽春之词又占去大部分。咏春、惜春之作，内含着一颗颗由诗词包裹的心，简单、朴素，没有庄严宏阔，只是单纯地想在自己的世界里，让春天扎根、常驻。